그곳에는 눈물들이 모인다

그곳에는 눈물들이 모인다

초판 1쇄 발행/2006년 12월 27일

지은이/이상섭
펴낸이/고세현
책임편집/황혜숙
펴낸곳/(주)창비
등록/1986년 8월 5일 제85호
주소/413-756 경기도 파주시 교하읍 문발리 513-11
전화/031-955-3333
팩시밀리/영업 031-955-3399 · 편집 031-955-3400
홈페이지/www.changbi.com
전자우편/literat@changbi.com
인쇄처/한교원색

ⓒ 이상섭 2006
ISBN 89-364-3696-1 03810

* 이 책은 한국문화예술위원회의 2005년도 '문예진흥기금'을 받았습니다.

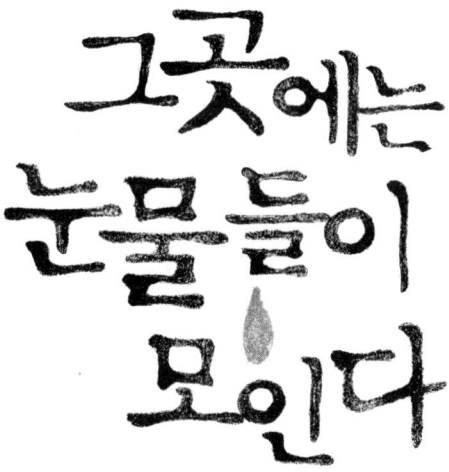

그곳에는 눈물들이 모인다

이 상 섭 소설집

차 례

자장가

고마 가마이 있으소. 평생 한데만 나댕기던 놈이 뭔 자슥새끼라꼬 일날 낍니꺼? 안다쿠이요, 어무이 마음요. 뒈졌다 싶은 놈이 덜컥 나타났으이, 우찌 안 놀래졌십니꺼. 그래도 마 누버 기시소. 그래야 지가 맘이 펜십니더. 근데 와 안죽 추븐데 이래 홑이불을 덮고 있십니꺼, 몸도 예전 같지 않담서? 지가 이불 꺼내올 테이 쪼매만 기다리소. 가마이 있어라카이요. 하이고, 어데 멀리 있는 것도 아이고 장롱에 있는 이불 하나 몬 꺼낼까 싶어 그라요, 시방? 못난 놈이지마는 오늘은 어무이캉 이바구도 하고 붙어 있으 낀께 꼼짝하지 말고 누버 있으소. 약도 사왔으이 나중에 묵고. 어무이가 잠이 안 온다카몬, 지가 자장가라도 불러줄 낀께 모처럼 잠도 푹 자고, 알겠능교?

보이소. 이래 이불 덮고 있으이 얼매나 좋십니꺼? 인자 따신 이불 덮었으이 잠도 잘 올 낍니더. 대신 지는 어무이 곁에서 술이나 한잔

할랍니더. 야, 맞심더. 오기는 하마 벌써 왔지요. 근데 우째 내 집에 왔는데도 방문 열고 들어서기가 힘들던지. 그래 동네 주변만 묶인 염소맨쿠로 뱅뱅 돌아쌓다가 오늘에사 들어온 기라요. 맞심더. 도둑놈처럼 사부적거린 놈도 지고요, 혹시 싶어 숨어 훔쳐보다가 들킨 놈도 지가 맞심더. 채소 이고 시장 가는 건 아인가 싶어가이꼬 눈에 불켜고 디다보기도 했고, 땅거미질 때쯤이몬 이젠 올라오겄제 싶어 눈깔 내리깔고 길바닥 훑고 그랬지요. 근데 아무리 멀찌감치서 볼라 캐도 어무이가 안 보이가 뭣이 이상타 싶었지요.

양푼이 할매한테서 들었심더, 어무이가 전때맹쿠로 장사 몬한 지 애북 됐다는 거. 그 말 들으이께네 돌로 가슴을 콱 내리찍은 것맹쿠로 아푸더라꼬요. 옛날 생각도 나고. 근데도 마음이 무거버 발이 떨어지야 말이지요. 그래 도저히 맨정신에는 집에 몬 드가겄다 싶어 소주 힘 빌리가이꼬 이래 들어오는 길이라요.

그라고 보이 지가 어무이한테 찾아온 기, 하마 십년 가차이 돼가나? 그새 어무이도 마이 늙어삐렀네요. 맞심더, 지도 어무이처럼 파삭 늙어삐렀지요. 어무이 몬 본 동안 남은 삶 다 살 대끼 살았으이 우째 안 늙겠심니꺼? 시방이사 옛날 그 탱글탱글한 살띠 하나 안 남았지만서도 그때만 해도 몸띵이 하나가 세상 살아가는 밑천이다 싶어 얼매나 신경을 썼다꼬요. 그란데 인자 어무이가 보다시피 살은 이래 빠질 대로 빠지고 기침에, 하필이몬 묵는 기라고는 술밖에 없는데 배도 불룩하이 튀어나오고 그라네요. 뭐, 그런 눈으로 보지 마이소. 이런 배야 나이들몬 다 나오는 기고, 기침이야 한뎃잠 자다보이 고뿔이라도 걸렸는지 불각중에 나오는 긴께네요.

어무이 곁에서 술 묵어서 그란지 오늘따라 쓴맛도 없네. 안주? 원래 지는 그런 거 안 묵십니더. 안주 무몬 술맛 베리싸서. 그나저나 아부지 소식은 없능교? 하긴 그기 언젯적 이야기라꼬 쾌꽝스리 아부지 야그를 꺼내는지 모리겄네. 인자 전설이 돼도 한참 전설이 돼삐린 이 바군데. 그라고 그런 사람을 어데 아부지라 부를 가치나 있십니꺼. 지 새끼 아무데나 슬어놓고 내뺀 벌거지나 마찬가지제. 시방도 가마이 생각해보몬, 불 싸지른 것도 그 인간이 분명할 끼라. 우리가 뭐, 돈이 많았능교, 그란다꼬 어데 누구랑 무씬 원수진 게 있능교. 와 겨울도 아인 멀쩡한 여름에 불이 나며, 불난 뒤에 때맞차가이꼬 그 양반이 사라진단 말입니꺼. 무다이 아부지 이바구를 와 하냐꼬요? 아, 그기야 손에 난 이 숭터를 본께 생각이 나서 안 그랍니꺼. 어무이 마음 아푸까 싶어 말 안할라캤지마는, 지한테는 핑생 지울 수 없는 숭터를 남겼으이 그걸 우째 잊아뿌겄능교. 얼라 적부터 별명이 '불똥'이 돼삐렀으이, 어무이는 몰라도 내사마 아부지란 사람은 그때부터 죽일놈으로 대가리에 콱 박혔다는 거 아입니꺼. 어무이도 알다시피 얼매나 이놈의 화상자국 땜에 놀림감이 됐십니꺼. 뭐, 뭐라카더노? 개구락지하고 저 '물통골 불똥' 하고는 당최 어디로 튈지 모르이 조심하라카더나?

압니더. 어무이가 아이였으몬 지는 이미 죽은목숨이란 거. 그걸 우예 잊아뿌겄니꺼. 어무이가 지를 품고 불길을 막았으이 손만 이리 됐제, 그리 안했으몬 지는 죽었을지 모리지예. 그 바람에 어무이만 온통 불덩이를 덮어써가이꼬 이래 끔찍하게 됐다 아입니꺼. 그 땜에 지보단 어무이가 아아들한테 놀림당하는 게 싫었다는 거, 어무이도 알 낍니더. 아아들 뚜까패라꼬 몽디까지 앵겨주곤 했으이까네요. 근데도 어무이는 웃기만 하고. 그때는 어무이가 얼매나 바보 같아 밉던지. 그래도 그런 일 빼고 나몬 돌움집이었지만서도 얼매나 훈훈했다꼬요.

어무이 장에 갔다오는 거 기다린 기, 지금 생각하몬 사진 디다보는 거 맹쿠로 선하다카이요. 장에 갔다가 돌아오는 길이몬 어김없이 호박엿이나 돌사탕 같은 기 다라이 안에 들어 있었응께요. 그때는 또 우찌 그리 배가 고프던지. 아이, 숟가락 놓고 돌아서몬 금방 배가 꼬로록 소리를 내이 지가 생각해도 환장하겠더라꼬요. 그래가 하늘 색깔이 노란색인 줄로만 알았다 아입니꺼. 갓 떠오른 해를 봐도 달걀 노른자맨치 묵을 거로 보이고, 달을 봐도 호떡처럼 보이있다몬 말 다한 기지 뭐요. 진짜 누가 밥만 맘대로 묵게 해준다몬 어데든 따라갈라캤지요. 뭐 인자 이바구하지마는 진짜 따라가기도 몇본 했고. 어무이는 그것도 모리고 내 잊아뿠다고 온 물통골을 다 뒤지고 그랬다 아입니꺼. 기억나지요? 와 그때는 묵은 것도 없는데 눈물은 어데 숨어 있다가 그리 펑펑 터져나오는 긴지, 원! 그래 대가리 좀 컸다고 어무이 속 긁어대며 도둑질이나 해쌓고. 그라고 보이 그 동서기 새끼, 안죽 기억나네. 아매 팔뚝에 삽날자국 그대로 남았을 거로?

갑자기 그 생각 하이 술 한잔 안 묵고는 몬 배기겠네. 하이고, 괘않타카이요. 기침이야 어데 병입니꺼? 마, 지 걱정은 마이소. 이상하이 어무이 얼굴 본께 자꾸 옛날 일이 떠올라서 안 그랍니꺼. 내사마 오늘만 마시몬 다시는 어무이 앞에서 안 마실 낀께 오늘만 봐주이소.

사실, 우리가 어데 갈 데가 있습니꺼? 아무리 법이 우짜니 캐도 집 짓고 사는 사람 그냥 가만 내삐리두몬 되제, 와 저거 맘대로 뿌사노이 말입니더. 그것도 다른 집은 가마이 놔둠서. 물통골 있는 집이 저거 말마따나 허가받고 세운 집이 몇채나 됐능교? 무식하다꼬? 남편도 없고 빽도 없고 말도 몬하이 저거 맘대로 해도 괘않타 싶어서? 그래서 틈만 나몬 어데서 술 처묵고 얼굴 뻘게가 찾아온 긴가? 난 그 동서기 꿍심을 처음부터 알고 있었다카이요. 아부지맹쿠로 눈깔이 뻐얼건 기, 처음부터 영 마음에 안 들더라쿤께. 그러이 그 동서기 망치칠 말리다가 어무이 나자빠지는 거 보고 눈이 휑 돌아삐린 기지요, 뭐.

압니더, 듣고 싶지 않다는 거. 그래도 오늘은 지가 꼭 이 이바구 해야겠심더. 와, 그런 줄 압니꺼? 이 못난 놈 살릴라꼬 다 그리 한 긴께네요. 인자사 이바구를 하는 기지마는, 그때 지도 속으로 얼매나 놀랬다꼬요. 아이, 팔뚝에 살이 푹 패이가 피가 물 흐르대끼 좔좔 흐르는 걸 보이 무섬증이 안 일어날 수가 있어야지요. 우리 처지에 치료비며 공무방해니 우짜니 해삼서 밑도끝도없이 씨부리는데, 하따 참말로 어없데요. 어무이라꼬 어디 해결방법이 있었겠십니꺼? 그란데 그렇게 떠벌리던 놈이 우찌 하루아침에 입은 또 싸악 닫았십니꺼?

지는 다 알고 있었습니더. 그 새끼, 주둥아리 닫게 할라몬 어무이 몸밖에 없다는 거. 그 땜에 어무이한테 미안해서 열심히 공부했다 아입니꺼. 그런 마음요, 진짜 고등학교 들어가서까지 거짓말 하나 안 보태고 변함없었십니더. 어무이도 알다시피 그때는 지가 맨날 책 디다보고 그리 안했십니꺼. 맞지요? 웃는 거 보이 기억이 나는갑네. 참, 진짜 공부를 해보이, 모리는 기 우예 그리 많고 궁금한 것도 쌔비맀는지. 학교에서 사고친 일도 그런 궁금증 땜에 일어난 기나 마찬가지라요.

선생이 '인간과 동물의 차이점'을 설명하는데, 이상하게 들을수록 반감만 생기더라꼬요. 아이, 인간이 사고하고, 직립보행을 하며, 불을 사용할 줄 아는 기 동물하고 다르다카는데, 지는 암만 생각해도 그기 아인 것 같더라꼬요. 그런 생각이 들어 지도 모리게 멍하이 있은 기지요. 근데, 선생이 하필 그때 지를 부르는 기라요. "야, 불똥! 어디 보고 있어! 너 선생님 설명 들었어, 안 들었어?" 함서 말입니더. 당연히

들었으이 들었다캤지요. 그랬더이, 그라몬 차이점을 안께 니 생각을 말해 보라쿠데요. 그래 이바구했다 아입니꺼. 암만 생각해도 인간과 동물은 차이점이 없는 거 같다꼬요. 그랬더이, 이 새끼가 안 그래도 오후 마지막 시간이라 목 아픈데 감정에 불똥 튀게 만드냐면서 몽둥이로 패는 기라요. 선생, 지는 인간이고 난 동물이라 길들이려면 매가 필요하대끼 말입니더. 웬만했으면 끝까지 맞아주고 말았을 낍니더. 근데 니 같은 놈이 있어 나라발전이 안되고 통일과업이 성취가 안되이, 없어지는 게 도와주는 기라는 말을 듣는 순간 눈깔이 확 뒤집히고 말았던 기지요, 뭐.

미안합니더, 인자 이런 이바구를 해서요. 그렇다꼬 어무이 얼굴도 안 보고 간 놈이라고 욕하진 마이소. 지는 그때 시장까지 달려가 어무이를 한참이나 보다 갔으이께네요. 아침에 이고 간 푸성귀는 햇살에 시들어 있었고, 넋나간 사람처럼 앉아 있데요. 그런 늘어진 모습을 보이 쫓아가 물건이고 뭐고 죄다 엎어삐리고 같이 떠나고 싶은 마음 꿀떡같았십니더. 차를 타고 떠날 때도 어무이의 그 늘어진 얼굴이 눈에서 지아지지 않더라카이요. 그래서 다짐을 했다 아입니꺼. 돌아오몬 그때는 반드시 내 손으로 집지어가 어무이캉 오붓하게 잘살 끼라꼬요.

생각하고 자시고 할 것도 없었십니더. 믿을 만한 밑천이라곤 몸띠밖에 없고, 먹여주고 재아주몬 그보다 더 좋은 데가 없었으이께네요. 그란데 느닷없이 나타나가 건설현장에서 일하겠다는 놈이 삐쩍 말라 놓으이 써주야 말이지요. 일하다 자빠질 걸 생각했던지 딴데 가서 알아보라카는데, 눈앞이 캄캄하기만 하데요. 그래도 갈 데가 없어 몇날메칠을 현장 주변만 뱅뱅 돌았지요. 틈만 나몬 시키는 대로 얼매든지 할 수 있다는 걸 비주고 싶어 부러 연장 들고 설치기도 했고요. 그러이까네 하루는 어떤 사람이 요모조모 살피보더이, 와보라카는 기라요. 그 사람이 박소장이었심더. 사무실로 들어가이 그 양반 하는 말이, 그런 몸으론 이런 험한 일은 몬한다, 이런 곳에서는 몸이 '머니메이커'람시롱 퍼뜩 돌아가라카는 기라요. 그란다꼬 돌아설 수 있십니꺼? 바짓가랭이 잡고 달라붙었다 아입니꺼.

괭이질이며 삽질 그거, 예사로 힘든 기 아이데요. 그란데도 쫓기나몬 지는 끝장이다 싶은께 쓰러질 각오 하고 덤빌 수밖에요. 고생고생해가 간주 손에 쥐자마자 바리 체육관으로 달려갔다는 거 아입니꺼. 밤에는 보디빌딩하고 낮에는 몸 안 아끼고 일했지요. 데모도(중간 기술자)를 시작할 때만 해도 언제 기술 익히나 싶더이, 세월이 무섭긴 무섭데요. 이력이 붙응께 목수일이며, 씨아기질, 보리쿠 쌓는 일도 하라쿠몬 척척 해낼 수 있었으이. 지보고 혼자 집지아라 캐도 질 수 있겠더라꼬요.

근데 어느날 박소장이 부르는 기라요. 뭐든지 묵고 살라몬 소위 '쫑'이란 게 있어야 된다, 그기 있어야 돈도 마이 받고 나이들어도 괄세를 안 받는다, 자고 일어나몬 순식간에 변하는 세상을 살라몬 몸도 중요하지만 머리도 굴릴 줄 알아야 하고, 물흐름에 민감하게 대처하는 물고기의 적응력을 배워야 살아남는담서 한살이라도 젊을 때 퍼뜩 자격증 따라카는 기라요. 듣고 보이 앞뒤좌우 한개도 틀린 기 없더라꼬요. 아이, 막말로 팔이라도 하나 덜컥 뿔라지몬 이 일도 끝장인 걸, 지도 다 봤으이께네요. 그래, 체육관에서 몸만들고 중장비기술까지 익히게 된 기지요.

지금 생각하몬, 와 하필이몬 그딴 걸 배왔을꼬 싶지만서도, 그때는 그런 생각은 몬했지요. 일에 찌들어 녹초가 된 몸을 이끌고 체육관에다가 팔자에 없는 공부까지 할라카이 잠이 얼매나 쏟아지던지. 사실대로 까놓고 말하자몬 너무 힘들어서 몇본이고 때리치아뿔라캤심더. 아이, 실기시험은 몇본을 치라캐도 자신이 있는데, 외워져야 말이지요. 다른 사람들은 덜컥덜컥 잘도 합격을 하는데, 지는 줄창 미역국만 묵었지요.

그란데 어무이요, 노력이라카는 기, 역시 무섭긴 무섭데요. 마지막으로 한본만 더 해보자, 이번에 떨어지면 포기한다는 각오로 덤볐는데, 합격이라카는 기라요. 그 소릴 들으이 믿기질 않더구만요. 뭐가 잘못된 거맹쿠로 머리가 멍해지는 기라요. 그런 와중에 지 이름 석자가 적힌 자격증을 손에 탁 쥐이까네 우째 그리 기쁜지. 자격증 받아 돌아오는 길에 얼매나 뽀뽀를 해댔는지 현장으로 돌아오이 벌써 나달나달해져 있더라꼬요. 세상을 손안에 다 쥔 것맹쿠로 기뻐서 어무이한테 자랑하고 싶은 생각밖에 없더만요. 와, 어무이도 기억날 낍니더. 오밤중에 공사장 포크레인을 몰고 집에 왔던 날! 야, 바로 그날이 합격한 날 아입니꺼. 현장에 있는 놈을 끌고 가자이 이놈의 기계새끼 걸음은 와 그리 느린지. 도로를 타고 오는데 비키라꼬 빵빵거리쌓고, 그러든 말든 높딱한 데 앉아 있으이 꼭 구름 위에 붕붕 떠 있는 거맹쿠로 기분 쥑입디더. 그래 고래고래 노래까지 불러제쳤다는 거 아입니꺼.

집앞에 도착하이 어무이도 자식냄새가 나는지 맨발로 쫓아나오데요. 달려나온 어무이를 덜렁 안아 기계 우에 앉힐 때, 지 기분 우땠는지 압니꺼? 인자 이거 타고 어무이가 가고 싶은 데몬 어디든 데리가고 싶은 맘뿐이었십니더. 한밤중에 어무이 태와가꼬 동네 떠나갈 듯

한바쿠를 도이, 사람들이 이게 뭔 소린가 싶어 파자마 입은 채로 달려나와 기경하고 난리가 났다 아입니꺼. 동네사람들 볼 때마다 어무이 얼굴에 웃음꽃이 피는데 그걸 보이 지 맘꺼정 훤해집디더. 그래가 어무이가 보고 싶다던 바다까지 달리갔다 아입니꺼. 어무이는 고향에 온 듯이 꼼짝할 생각을 안했고요. 지는 어무이만 처다봐도 그양 행복했십니더. 그렇게 하냥 바다만 바라보던 어무이가 무슨 생각이 들었던지 뜬금없이 돌아가자며 손을 잡아끌었지요. 만약 지 손을 끌지 않았으몬 세상 끝까지 갔을 낍니더. 어무이 생각을 집에 돌아와서야 알아챘지요. 지는 단박에 그걸 알아채리가 작업을 서둘렀고요. 포크레인으로 집앞을 몇본 밀어붙인께 산아래까지 훤해지던 거, 그거 어무이 눈으로도 똑똑히 봤지요? 어무이 돈 마이 버라꼬 채소쪼가리라도 심을 만하다 싶으몬 족족 밀어놓고 보이 부자가 된 기분이었지요. 훤한 햇살에 널찍한 땅을 휘둘러보던 어무이 눈은 시방도 잊혀지지가 않십니더.

감정이 또 솟구치 그란지 기침이 나네요. 배도 더 나온 거 같고. 아, 이거요? 이리 불룩한 거는 배에 물이 차서 그런 기라 병원 가서 빼몬 또 괘않십니더. 술요? 술이야 밤새 마셔도 까딱없으이 걱정할 거 없십니더. 어차피 지 몸은 지가 잘 알고 있으이께네요. 오늘겉이 어무이 만나가이꼬 술 한잔 해야제, 언제 또 마실 낍니꺼.

'깜빵'이란 말을 들으이 어이가 없더라꼬요. 어데, 지가 평생에 깜빵이란 데가 우찌 생겼는지, 또 그런 데가 지하고 무슨 상관이 있노 싶었는데 말입니다. 죄가 없다고 매달리도 손에 쇠고랑을 덜컥 채아뿌렀으이 어무이도 그기 얼매나 마음아팠겠십니꺼. 회사는 회사대로 중장비 절도죄니 우짜니 해쌓제, 관청은 관청대로 산림법이니, 도시계획법 위반이니 들먹이감서 옭아매는데 방법이 있어야 말이지요.

 팔자에 없는 신세가 되고 보이, 세상이 와 이리 매정하고 눈앞은 캄캄한지. 근데, 어무이요, 거기가 참 희한한 뎁디다. 나쁜 놈만 오는 데가 아이더라 이 말입니다. 옆방에 머리 허연 영감이 있었는데 들어온지 하마 이십년이 넘었다카더만요. 어디 대학에서 교수하다가 잡히들어왔다카는데, 뭐, 소신대로 글 썼다고 가다뺐다카더나? 깜빵서 지난 일은 잘못됐다, 미안하다 딱 한마디만 하몬 당장 내보내준다캐도절대 몬 그란다꼬 버티는 양반이었지요. 그 양반 보이 눈빛이 예사롭지 않은 기, 지 곁은 놈하고는 학실히 다르데요. 그 사람 봄시롱 지도생각 마이 했심더. 맨들어놓은 법이라카는 기 사람잡는 그물이고, 내가 옳다 싶으몬 밀고 나가는 것도 세상사는 방법이다 이런 거를 말입니더.

 그란데 사람들이, 세상이 바낀다꼬 귓속말을 해쌓는 기라요. 세상이 바꼈다 바꼈다 캐싸도 지 곁은 놈하곤 상관없었으이 안중에도 없었지요. 근데 뭔 일로 지를 보고 나가라카는 기라요. 캄캄한 데서 지내다가 훤한 세상 나오이께네 우째 그리 눈이 부시던지. 햇살도 햇살이지만 세상이 우예 그리 화악 달라져삐렀는지 눈을 제대로 뜰 수가없더라쿤께요. 버스에서 내릴 때만 해도 잘못 내린 줄 알았심더. 그흔하던 판잣집은 어데 가고 전부 슬라부집으로 바뀐 데다가 골목길이널따라이 포장이 돼삐렀으이, 어디가 어딘지 감을 잡을 수가 있어야말이지요. 거다가 지가 밀어놨던 땅은 온데간데없이 사라지고 아파트가 들어앉아 있으이 기가 막히더라꼬요. 불법이라카더이 우째 아파트가 들어섰는지 암만 생각해도 이해가 안되더만요.

 그래도 변하지 않은 기 하나 있긴 있데요. 주위를 둘러싼 큼지막한

돌들을 보는 순간 얼매나 목이 잠기던지. 우리집부터 그린벨튼가 하는 지역으로 묶였다는 걸 나중에사 양푼이 할매한테 들었지만서도, 강제철거를 안 한 것만 해도 다행이다 싶었십니더. 하기사, 고것만 해도 세상이 바뀌도 엄청나이 바뀐 기나 마찬가지지요. 예전 같으몬 어데 그런 일이 있을 법이나 합니꺼. 뻑하면 뭉개고 다시 쌓고 했겠지요, 뭐.

어무이, 지 얘기 듣고 있습니꺼? 허기사 어무이도 어디 잠이 오겠십니꺼. 오랜만에 아들 보이 어무이도 지처럼 잠이 안 올 낍니더. 거다가 언제 또 이놈의 자슥이 사라지꼬 싶으이 눈도 안 감길 끼고요. 걱정하지 마이소. 아까도 말했지만서도 인자는 어무이가 가라꼬 밀어내도 안 갈 낍니더. 어무이캉 같이 있을라꼬 단단히 마음묵고 왔으이께네요. 그러이 펜안하게 주무시몬 됩니더.

일이라도 해볼까 싶어도 쉽지 않데요. 받아주는 직장도 없제, 사람들은 슬슬 피하기만 하제, 사는 기 참말로 어렵더라고요. 한편으론 깜빵보다 더 몬한 곳이 이놈의 세상이다 싶기도 했고요. 맨날 처먹고 놀몬 뭐 하겠노 싶어 어무이 농사일 조금씩조금씩 거들었다 아입니꺼. 둘이 손 맞차가매 일하다보이 숨쉬고 이래 사는 것도 괜않다 싶었고요. 그때 이 보리꾸벽 안 올렸시몬 아매 지금도 집짓기는 힘들었을 낍니더.

그 생각을 하이 또 한숨이 나오네요. 이 너른 천지에 박소장을 다시 만날 끼라곤 꿈에도 생각 못했으이께네요. 미안합니더, 어무이. 주책없이 눈물을 보이서요. 이상하게 자꾸 그 생각만 하몬 눈물이 지도 모르게 나오는 걸 우야겠십니꺼? 이해해주이소. 어무이도 알다시피 우리집에 무다이 박소장이, 아니 박사장이 찾아온 거 알지요. 세월이 마이 흘러도 흘렀던지 건설현장을 여럿 갖고 있는 의젓한 사장님이 돼가꼬 말입니더. 명색이 사장이몬 지 겉은 놈이야 안중에나 있었겠십니꺼? 잊아뿌도 완저이 잊아삐고 지낼 정도로 세월이 흘렀으이 말입니더. 근데도 지를 용케 기억해가 "김억만이!" 카는데, 하따 그땐 그 소리가 얼매나 듣기 좋은지. 엎디리가이꼬 절을 몇본이나 했는지 모립니더. 그리 안할 수 없는 기, 중장비기술까지 인정해가이꼬 기사로 채용해주겠다이 그기 있을 수 있는 일입니꺼? 나이 사십줄에 봄을 맞은 기니 삼천 배를 하라캐도 아매 했을 낍니더.

얼매나 열심히 일했는지 모립니더. 다른 사람들이야 법정시간이 여덟 시간이니 우짜니 해쌈시롱 더이상 일 몬한다꼬 캐싸도, 지는 욕 들어가매 하던 일 끝내지 않으몬 포크레인 운전석에서 내려오질 안했지요. 사장님이 하라쿠몬 밤에 작업등 캐놓고 일을 했으이까네요. 그리 용을 써대 그라는지 몰라도 사람들이 지보고 '똥개'라쿠데요. 그리 일하면 월급을 받아도 더 받아야지, 반밖에 못 받는 주제에 시키몬 시키는 대로 다 한다꼬요. 저그들이 아무리 입을 놀리싸도 까딱도 안했십니더. 부지런을 떨어 그란지 밥은 또 얼매나 맛있었다꼬요. 밥을 몇공기나 묵어도 더 묵고 싶을 정도로 맛있었으이 말입니더. 그걸 알고 공사판 밥집 여자도 부러 지 밥은 마이 퍼주고 그랬지요. 거디기 여자의 찌개솜씨는 얼매나 일품이었는지. 저런 여자한테 평생 밥상 받아가매 살았시몬 얼매나 좋겠노 싶어 은근히 마음이 동할 정도였지요. 사람들이 겨우 걸음마 뗀 딸자식도 있고, 남편 잡아먹은 여자라 험구덕을 파대도 지는 좋기만 했심더.

그래도 그때까지는 지 여자가 될 끼라고 꿈에도 생각 몬했십니더. 지가 늦게까정 일한다는 걸 알아 그라는지 몰라도, 한날은 "이봐요,

김씨!" 하고 나를 부르는 기라요. 밥하고 찌개 남겨났으이 밤에 배고 푸몬 찾아묵꼬 일을 해도 하라면서요. 남한테 정 한본 받아본 적이 없어 그란지, 그 말을 듣는 순간 전깃줄에 대인 거맨치로 찌르르하더만요. 그날 밤에 밥을 묵는데 우째 그리 마음이 푸근하고 눈앞은 지랄겉이 뿌애지는지. 그뒤로는 여자 얼굴을 보면 볼수록 달덩이맨치 이뿌기만 합디다. 남들이야 무씬 험한 소릴 해싸도 내 귀에는 들어오지도 않고요.

사람이든 나무든 마음 주는 쪽으로 기운다는 말, 틀린 기 아입디더. 여자가 뭐를 하는지 궁금해 식당 주변에만 눈이 박혀 있었으니까네요. 하루는 여자 혼자 식탁에 앉아 소주잔을 지싯지싯 비우고 있더라꼬요. 평상시 같으몬 벌써 문닫고 집에 가도 갔을 시간인데 말입니다. 도대체 이기 뭔 일인고 싶어 한동안 문앞에서 왔다리갔다리하는데, 눈치를 챘는지 나를 보고 손짓을 하는 기라요. 기댈 데 없는 사람끼리 한잔 하자쿰서 말입니다. 근데 이해할 수 없는 기, 여자야 자기 처지를 이해하지만 김씨가 감방출신이란 게 이해가 안된담서, 그리 치자면 이 세상에 죄없는 놈 어딨겠냐며 술잔을 디미는 기라요. 알고 본께 그날이 남편 기일인데도 시댁에 발걸음도 못할 처지고 해서 울적한 마음에 한잔 한다카더만요. 그 바람에 이리저리 서로 속에 담고 있던 사연들을 터놓게 됐지요. 여자 말을 듣고 보이 참 안됐다 싶데요. 남편이란 양반이 곁에서 한번 앓아나 봤으면 억울치나 않을 낀데, 하는 말도 이해가 가고요. 신접살림 차리고 며칠 뒤 바로 사고가 났다는 기라요. 지금도 누가 그랬는지 모리고, 목격자도 없는 뺑소니사고가 돼삐린 기지요, 뭐. 멀쩡하게 잘살던 아들이 장가들자마자 죽어삐린께 네 시부모가 좋아할 리 있십니꺼. 서방 잡아먹은 년, 집안 말아먹을

20

년이라며 욕을 해대 결국 불러오는 배를 안고 집을 나왔다 안합니꺼. 그래도 이건 너무 억울하다, 내 맘을 우째 이리 몰라주노 싶어서 차마 뱃속에 든 씨를 긁어내지 몬하고 낳았다는 기라요. 아아가 있으몬 어른들 마음이 달라져도 달라질 꺼 아인가 싶어서 말입니더. 근데 갸가 벌써 세살인가 돼도 소식이 없으이 인자는 포기했다캄서 거푸 술잔을 꺾어대는데, 하따매 지가 감당을 몬할 정도였지요.

속마음을 터놔서 그란지, 여자 눈만 쳐다봐도 무씬 생각을 하는지 알겠더라꼬요. 눈빛이 흐리몬 괜히 지가 헤프게 웃음을 물어주고, 맑다 싶으몬 입을 함지박만하게 벌려 더 깔깔 웃어주고 그랬다는 거 아입니꺼. 시간이 더 지나이 밥그릇 놓는 소리만 들어도 속내를 알아차릴 정도였지요. 그러이 두 사람 사이가 소문이 안 나겠십니꺼. 은근히 살림 합치라고 말다리를 놔주는 사람이 생기데요. 여자도 안 싫고, 지도 또한 은근히 그랬으몬 싶었으이 합치는 기야 시간문제였지요. 그런 차에 박사장이 합환주 자리까지 손수 맹글어주이 얼매나 고맙든지. 지야 아무이 모시놓고 식이라도 올렸으몬 했는데 여자가 한사코 싫다는 걸 우야겠십니꺼? 그래, 아무이 몰래 장가를 들고 만 기지요.

마누라 품이 좋긴 좋습디다. 이게 내 여자다 싶으이 우찌 하루해가 그리 길던지. 밤이 얼릉 왔으몬 싶은데 돌아보몬 해는 중천에 걸리 있고, 우째 한본 안으몬 날이 후딱 훤해지고 하이 참말로 미치고 환장하겠데요. 게다가 지가 일을 빨리 마치고 가몬 마누라가 늦제, 마누라가 빨리 가몬 지가 일이 늦어삐리니 속이 새까맣게 탈 뿐이었지요. 둘이서 일은 또 얼매나 열심히 했다꼬요. 마누라는 밥일해서 벌고, 지는 포크레인 몰아서 돈 합치니, 자고 일어나몬 눈덩이처럼 돈이 붓는 것 같았심더.

근데 어무이요, 암만 생각해도 지 팔자는 거기까지밖에 안되는 모양입니더. 사람을 그리 쉽게 믿으몬 안되는 긴데. 아, 아입니더. 박사장도 그때는 우릴 그리 만들라꼬 한 기 아이고, 회사 살릴라꼬 아마 그랬을 낍니더. 그래 믿어야 덜 억울하지 않겠십니꺼.

술도 인자 얼매 안 남았네요. 이것, 딱 한잔만 묵고 고만 묵겠십니더. 어무이도 약 드시고 주무시고요. 지금 약 드시몬 금세 잠이 와가 아들 이바구 듣고 싶어도 몬 들으이 쪼매만 참으소. 제 말을 어무이가 안 들어주몬 누가 들어줄 낍니꺼? 이런 심정으론 죽어도 너무 억울해서 몬 죽으이께네.

와, 독한 소주만 묵느냐꼬요? 어무이도 참, 우야다 보이 그리 됐다 아입니꺼. 원래 지도 막걸리만 쭈욱 묵었지요. 근데 박사장 일이 있고 난 뒤부터 막걸리는 입에 대기도 싫은 걸 우야겠십니꺼. 아이, 애먼 사람한테 걸리들어가 고생하제, 법에도 지 모리게 걸리들었삐제 하이 평생 친구맹쿠로 지내던 막걸리를 멀리할 수밖에요.

박사장 이야기 하다 말았지요? 야, 그 박사장이 하루는 우리집엘 찾아왔는 기라요. 첨엔 뭔 일인가 싶었십니더. 기별도 없이 각중에 왔는데 얼굴을 보이 온통 걱정이 눌러붙었더라꼬요. 월급도 메칠씩 밀린 적은 있어도 빠진 적이 없는데, 이상하게 이번에는 석달하고도 달포가 지났길래, 미안하다는 말이나 하러 왔나 했심더. 근데 첫마디가 사업 한본 해볼 생각이 없냐는 기라요. 지 겉은 놈한테 사업이라니요? 어데 어울리기나 해야 말이지요. 그래 웃고 말았십니더. 그란데 박사장이 자꾸 찾아와가 얘길 하이, 들으면 들을수록 자꾸 귀가 열리더라꼬요. 아이, 누군들 날 때부터 사장이었십니꺼? 더군다나 명색이 건설회사 사장이 팔 게 없어 제 사지 겉은 장비를 팔라쿠겠십니꺼. 자금회전이 안돼 피를 토하는 심정으로 내놓는다고 할 때엔 참말로 통장째 건네고 싶은 심정이었지요. 거다가 박사장 회사 토목일은 지가 전부 도맡아하고, 원한다면 얼마든지 다른 현장도 일감 땡겨와주겠다는데, 그리 고마운 일이 어디 있겠십니꺼?

집사람이야 두 손 휘젓고 나섰지요. 그 맘을 우찌 지가 모리겠십니꺼. 지도 돈 모아 집장만하고, 어무이 모시고 사람구실하며 살자 맘묵고 있었으이께네요. 허지만 우야겠십니꺼. 박사장은 연일 찾아와 질질 짜쌓제, 이번이 기회다, 그런데도 굴러온 복을 그냥 차버리는 어리석은 사람이 어딨냐, 그리 사람이 통이 크질 몬하몬 큰일을 몬한담서 부추기니깐 마음이 타데요. 아닌말로 지가 깜방에 간 것도 따지고 보몬 내 포크레인이 없어 그리 된 거 아입니꺼. 그래 집사람을 붙잡고 설득을 했지요. 열심히 살몬 우리라꼬 사장 소리 몬 듣겠나 함서 말입니더. 집사람은 고개만 내리 흔들데요. 마누라가 고집을 부리니 지도 모리게 더 오기가 생깁디더. 사람이 이기 맞다 싶으몬 밀고 나가는 것도 살아가는 방법 중 하나란 거 알았으이, 일단 도장부터 찍고 보자 싶었지요. 일을 저질러놓으몬 집사람도 삘수없이 따라줄 끼다 싶어서요.

모아놓은 돈 죄다 긁어모으고 나머지 돈은 박사장이 일리준 대로 장비를 담보로 은행돈을 빌렸다 아입니꺼. 빚이야 졌지만 그래도 코끼리 겉은 장비가 내 것이 되고 나이 우째 그놈이 그리 귀엽던지. 요걸 몰고 멫본만 움직이몬 하루에 수십만 원이 들어온다카이 그것만 생각해도 배가 불러지는 기분이었지요. 말 마이소. 마누라야 펄펄 뛰고 솟고 난리를 피았지요. 그런 마누라였지만서도 하루에 수십만 원씩 갖다주이 숙지근해지데요. 마누라가 겁을 낼 정도로 벌이가 좋았으이께네요. 몸만 부지러이 움직이마 세상에 깔린 것이 전부 내 돈이다 싶은 기 얼매나 마음 푸근했다꼬요.

근데 얼마 안 가 일거리가 하나하나 줄어든다 싶더이, 뭣이 일을 해도 돈이 안 돌더라꼬요. 은행에서는 돈 갚으라꼬 독촉장이 날아들제, 일은 해도 돈은 안 주제, 묵고 살아야 하는데 통장은 탈탈 털어삔 지 오래니, 마 미치고 환장하겠는 기라요. 애물단지가 따로 없더구만요. 이래 방구들만 지고 있다가는 죄다 굶어죽겠다 싶어 박사장을 찾아갔다 아입니꺼. 당장 묵고살아야 한께, 손해보더라도 도로 가져가라 할라꼬요. 박사장은 부도가 나서 벌써 신용거래법 위반인가 뭔가로 쇠고랑 찬 다음이더만요. 일하던 사람들만 모이가 데모를 하고 난리가 났고요. 고의로 부도를 냈다더구만요.

이 일을 우야몬 좋노 싶어 냅다 박사장 면회를 갔다 아입니꺼. 박사장은 감방 안에서도 신수 하난 좋데요. 사식을 하면서 햇살 안 보는 감옥에 있으이 피부가 허여이 변해가이꼬 말입니더. 박사장은 지를 보자 웃으면서, "김사장 일은 김사장이 알아서 처리해야지 날 찾아오몬 어쩌냐"며 나무라더만요. 망할놈의 김사장 소릴 들으이 속이 더 아립디다. 그러는 사이에 뻘건 압류딱지가 붙고 기계를 움직이지 못하게 하더이, 어느 순간 새 주인이람서 끌고 가는데, 눈앞이 캄캄하더만요. 멀어지는 장비를 보이 내 재산 눈뜨고 죄다 빼앗긴 기분에 술 안 마시고 배길 수가 있어야요. 마누라는 엉엉 울어쌓제, 도저히 집에 있을 수 없어 나와삐렀다 아입니꺼.

지금 생각해보몬, 마누라한테 미안하다 한마디만 했어도 이래 되진 않았을 낀데 싶기도 하구요. 그렇지만서도 어데 우리가 법적으로 부부이기나 했십니꺼. 나 겉은 놈 만나가 빼빠지게 모은 돈, 홀랑 털려

버렸으이 집사람이야말로 복이라곤 지지리도 없는 년이지요, 뭐. 그러이 지 곁은 놈한테 미련 두면 더 불쌍해지는 깁니더.

괜찮습니더. 이깟 기침 땜에 자꾸 그리 걱정을 해쌓능교? 내사마 까딱없십니더. 압니더, 어무이 마음요. 진작부터 어무이 눈빛 보고 알고 있었으이께네요. 어무이 마음을 우찌 모리겠십니꺼. 어무이가 걱정할까 싶어 우야다보이 거짓말을 하게 된 깁니더. 인자는 담배씨만 한 희망도 없는데 오늘 당장 죽어도 뭔 미련이 있겠십니꺼. 다만 어무이가 눈에 밟혀서 목숨을 끊지 몬했을 뿐이지요. 내까정 죽으몬 우리 어무이 우야겠노 싶은 기, 자꾸 속이 쓰리가 말입니더. 건강하몬 그래도 괘않은데 어무이까지 몸이 이래 돼삐렸으이. 어무이도 생각해보이소. 지가 뭐 간뎅이 부은 짓을 했다꼬 이런 병에 걸린단 말입니꺼. 지가 살기를 암 곁은 존재로 살기를 했십니꺼, 간 크게 살기를 했십니꺼. 억울해서, 살아온 기 너무 억울해서 악착같이 더 살고 싶었을 뿐입니더. 병이라카는 것도 사람 맘묵기 따라 커지기도 하고 작아지기도 하는 기다 싶어 일일노동시장에 다시 찾아갔고요. 근데 그기 쉽지가 않데요.

인자는 지가 우째야 하는지 압니더. 박사장이 아리켜줬으이까네요. 외제차에 양복 입고 호텔에서 나오는 거, 지 눈으로 똑똑히 봤으이요. 그걸 처음엔 지 눈으로 보고도 믿지 몬했지요. 깜빵에 있어야 할 사람이 눈앞에 나타났으이 뭔가 잘못돼도 한참 잘못됐다 싶기만 했고요. 그렇지만서도 반가운 마음은 어쩔 수 없데요. 그래 달려갔다 아입니꺼. 근데, 근데, 지를 보고 거렁뱅이 쌔끼가 어디서 지랄이라며 발길로 차는데, 맞아서 아픈 기 아이고 억울해서 눈물이 나데요. 사람을 몬 알아봐요? 아입니더. 그 사람 눈이 소눈깔맹쿠로 커지는 걸 지 눈으로 똑똑히 봤으이께네요.

어무이, 이거 드이소. 지는 벌써 소주병에 타마신 지 오래됐십니더. 이것 묵고 나몬 어무이캉 내캉은 절대 안 떨어지고 지낼 수도 있십니더. 혹시 잠 안 오몬 어무이 잠들 때까지 자장가도 불러드릴 낀께 걱정하지 마이소. 소리도 없는 자장가를 우찌 아냐꼬요? 아무리 어무이가 벙어리라캐도 어무이 뱃속으로 나온 새끼가 그걸 몬 알아듣겠십니꺼. 지는 제 마음으로 다 들었십니더. 그라이 걱정 마시고 퍼뜩 드이소. 쓴맛도 없십니더. 여기, 물 좀 드시고요. 고맙습니더, 아니, 미, 미안합니더.

바다는
상처를
오래 남기지
않는다

1

 속이 들끓기만 했다. 그런 속을 추슬러보려고 고추 몇개 날것으로 먹었지만 비오듯 쏟아지는 건 땀뿐이었다. 선풍기 바람을 쐬어도 답답한 건 마찬가지였다. 되레 갤갤거리며 가래 끓는 소리가 짜증만 돋우는 격이었다. 이럴 바에야 차라리 바깥바람 쐬는 게 낫지 싶어 그는 젓가락을 놓자마자 부리나케 마당으로 나섰다. 그러나 바깥은 더 심했다. 불가마 속이 따로 없었다. 평상 위에 그늘을 드리워주던 감나무조차 오늘따라 딴청이었다. 그림자를 언제 제 발밑으로 당겨놓았는지 평상에는 그늘 하나 찾을 수 없었다. 그는 담배를 문 채 짜부라진 그늘 속으로 애써 몸을 디밀었다. 말복까지 지났다고 하지만 아직 복날이 또하나 남아 있지 않은가. 수호의 말마따나 말복 뒤에 오는 '광복'

이란 복날이 있어, 그날이 지나야 더위가 한풀 꺾인다고 했으니 애당초 날씨타령은 때이른 불평이었는지 모른다.

매립지공사장에서 울려퍼지는 중장비 소리가 요란했다. 폭염에도 아랑곳없이 작업이 한창이었다. 올겨울까지 매립을 마무리한다니 아마 공기를 맞추느라 부산을 떠는 모양이었다. 예전 같으면 아무렇지도 않았을 그 소리가 오늘따라 더 속을 헐떡증나게 만들었다. 매립공사 탓에 눈앞에서 들썩대던 바다가 아득히 밀려났다. 이제 해안으로 밀려오던 파도의 흰 손끝은 이곳에 서서도 볼 수 없었다. 바다를 볼 수 없다면 이곳은 불모의 땅이나 진배없다. 사람들은 억울하면 할수록 하늘을 처다본다고들 하지만 이곳 사람들은 그럴수록 바다만 바라보고 살아왔다. 억울함을 바다를 보며 삭이고 파도소리를 들으며 누그러뜨렸지만 그런 일도 바다가 멀어지면서 점점 없어졌다.

마을을 가로지르는 사차선길이 새로 뚫리면서 마을은 윗마을 아랫마을로 나뉘고 말았다. 자연 수호와 그의 집도 갈라졌다. 도로 아래로 지하도를 뚫어놓긴 했지만 시간이 흐르면서 널따란 도로는 마을의 경계선으로 자리를 굳혀갔다.

그는 길가에 바투 서 있는 은희네 집을 내려다보았다. 미간이 절로 좁혀졌다. 저 집을 안 보고 살 순 없다. 뿐이가, 은희네 집을 스치지 않으면 바다로 나가지도 못한다. 그러니 밉든 곱든 은희네와 부대껴야 한다. 그렇다면 뻔하다. 은희네를 스칠 때마다 자신의 삶을 보호하던 비늘은 하나하나 떨어져나가게 마련이었다. 생각이 거기에까지 미치자 그는 헐떡이는 생선처럼 연신 담배만 뻐끔댈 수밖에 없었다.

원래 은희네 집은 종만이 형의 집이었다. 정든 땅 떠나기 싫다며 혼잣몸 건사하며 형의 어머니만 홀로 살았는데, 노친네가 시난고난 앓

아대자 급기야 종만이 형이 도시로 모셔가면서 헐값에 내놓은 것이
었다. 그 낡은 집은 내놓기 무섭게 임자를 만나더니 이내 공사에 들어
갔다.

어느날, 아무래도 경쟁자가 생긴 것 같다는 아내의 말을 듣고 알아
보니 은희가 돌아와 가게를 차린다는 게 아닌가. 집 임자가 은희란 말
을 듣고 적이 놀랐다. 은희가 돌아온다는 말에 한편으론 기쁘기도 했
다. 그런데, 하필 스물하고도 두 해 만에 돌아와서 그의 의사도 묻지
않고 한다는 게 고작 가게라니, 이건 영 아니올시다였다. 길 아래 가
게가 생긴다면 자연 두 개의 구판장이 서로 갈라먹게 마련이다. 그런
소식을 들은 후부터 은희네 가게를 볼 때마다 자꾸 속이 짜기만 했다.
따지고 보면, 일이 이렇게 척척 잘 맞아돌아간 것은 다 수호 짓일 터
였다. 그렇지 않고서야 불가능한 일이었다. 도시에 있는 은희가 어찌
종만네 이사를 알았으며, 가게 낼 생각을 했을까 말이다.

"코딱지만한 동네에 뭔 이문 남는다꼬 그러는지 모리겄네, 참말
로!"

아내가 수돗가에서 야채를 씻으며 쭝얼거렸다. 그 말은 마치 가시
처럼 냉큼 그의 가슴에 박혔다.

"마을 두 쪼가리 낼 일이 있능교? 가게 임자가 누군지 알았으몬 몬
하게 막든지 안하고."

저간 사정을 안 후 마누라는 짬만 나면 대놓고 구시렁댔다. 더군다
나 가게 주인이 소꿉동무란 걸 알자 아예 호통질이었다. 그는 방으로
들어가 드러누워버렸다. 새벽같이 물일을 나섰다가 어판장까지 들른
터라 피곤하기도 했다. 망할놈의 경매사가 늑장을 부리는 바람에 제
법 시간을 끌었던 것이다.

"이삿짐 오늘 온다쿤께 가보지 그라요?"

아내의 빈정거림이 구정물처럼 몸을 뒤덮었다. 안 그래도 속이 칼날처럼 선 판에 마누라까지 작정하고 들볶고 지랄을 떠니 화가 솟구쳤다. 그는 벌떡 몸을 일으켜세웠다.

"보자보자 하이, 이 여편네가! 제 아가리라고 함부로 놀리싸몬 주둥아릴 째뿔 기다 고마!"

눈을 치뜬 채 고함을 지르자 아내는 입을 삐쭉거리며 그를 노려보았다. 표정으로 보아 여차하면 또 한마디 뱉을 모양이었다. 그가 눈을 부라리니 아내는 야채바구니를 들고는 부엌으로 들어가버렸다.

그는 다시 담배를 꺼내 불을 붙였다. 맨몸으로 갖은 고생 시키다가 겨우 살 만하다 싶더니 일이 터졌다. 아내는 살아보려 식당일을 마다하지 않았다. 돈만 모이면 작은 식당 하나라도 꾸밀 작정으로 부지런히 식당일을 배웠다. 그 바람에 손끝이 맵기로도 동네방네 소문날 정도였다. 매립지공사장 인부들 점심까지 대주게 된 건 그런 아내의 음식솜씨 덕분이었다.

여태 말하지 못한 답답한 마음을 풀어놓을 겸 수호네 집에 갈 요량으로 집을 나섰다. 그러나 그런 생각도 금세 접어야 했다. 은희네 가게 앞을 바삐 왔다갔다하는 수호가 눈에 띄었기 때문이다. 가게 앞에는 언제 도착했는지 트럭이 서 있었다. 실린 품으로 보아 이삿짐이 분명했다. 1.5톤 트럭에 죄다 실릴 정도니 도시에 살던 살림살이치곤 형편없었다. 트럭 주위로 은희 애처럼 보이는 조막만한 아이들이 자기 깜냥대로 이삿짐을 나르는 중이었다. 수호도 부지런히 움직여댔다. 소꿉친구가 이사를 왔으니 그도 수호처럼 들여다보고 짐도 날라주어야 했다. 그런데도 잘못 날아든 도둑갈매기 쫓듯 마음속으로 돌팔매만 날리고 있었다.

물빛이 예사롭지 않았다. 마치 온 바다가 종양이라도 앓는 듯 붉은 빛을 띠고 있었다. 전라도 쪽에서 시작된 적조띠가 조류를 타고 이곳까지 온 것이다. 이쯤 되면 수온이 내려가면 모를까 적조를 막을 재간이 없었다. 지금보다 심해진다면 올여름 바다농사는 헛일이었다. 그는 바다까지 속을 태운다는 듯 "테엑!" 하고 가래침을 물위에 보탰다. 그래도 벌겋게 달아오른 속은 식을 줄 몰랐다. 사실 그는 선창에서 적당히 어구 손질을 한 후 집으로 갈 작정이었다. 그러나 집에 있으면서 은희네 이사온 것을 모르는 척하고 있을 순 없었다. 해서 핑계삼아 배를 몰고 바다로 나왔는데 그만 일이 꼬이고 말았다. 더이상 가봤자 뻔했다. 그는 뱃머리를 돌렸다. 은희, 수호랑 같이 다닌 초등학교 건물이 눈을 파고들었다.

은희와 그는 누구보다 각별한 사이였다. 이곳의 짠 냄새가 싫어 대처로 나갔을 때, 유일한 말벗으로 처녀총각이 될 때까지 서로 만난 사이지 않은가. 그녀와 결혼까지 생각했다. 번번이 일자리를 잃고 마취제처럼 술병을 내리꽂을 때 차라리 은희와 함께라면 무슨 일이든 할 수 있지 않을까 싶었다. 그때 만약 은희가 취중에 한 그의 청혼을 받아들였다면 그길로 결혼했을지도 모를 일이다. 그 직후 은희네 식구들이 몽땅 도시로 이사해 은희를 다시 볼 수 없었다. 그런데 은희가 나타난 것이다. 지금 그의 감정은 뒤죽박죽이었다. 수호처럼 반갑게 맞을 수도 없었다. 어쩌면 자신이 이렇게 초라하게 변해버린 것을 감추고 싶은지도 모른다. 그깟 아내의 투덜거림 같은 건 아무것도 아니었다.

그는 가게문 앞에 우두커니 서고 말았다. 발밑에 달라붙는 불편한 심기 탓에 발 놀리기가 힘들었다. 맨손으로 찾아오기 뭣해 물칸의 숭어 몇마리를 가져온 게 후회스러웠다. 고개를 돌려 그의 집을 바라보았다. 아내가 서서 보고 있었다.

"아저씬, 누구세요?"

아이의 목소리가 들리지만 않았어도 발길을 돌렸을 터이다. 얼떨결에 돌아보니 티없이 깨끗한 눈빛의 계집애가 그를 올려다보고 서 있지 않은가.

"어, 엄마, 안에 기시냐?"

아이는 엄마라는 말을 듣자마자 대뜸 안쪽을 향해 "엄마!" 하고 소리를 질렀다. 대답이 없자 쪼르르 방으로 달려갔다. 그는 잠시 망설였다. 지금이라도 돌아서버릴까 싶었다. 그러나 가게를 빠져나가기 전에 들킨다면 안 온 것만 못하다는 생각에 그냥 서 있었다. 실내는 제법 그럴싸하게 꾸며진 상태였다. 이 정도의 공간이면 식탁까지 두어 개 놓아도 될 것 같았다. 게다가 층층으로 물건을 쟁여둘 선반까지 야무지게 마련해놓아 시내의 가게 못지않았다.

"어머, 덕수로구나. 왔으면 들어오지 않구!"

은희였다. 아이들은 무슨 구경거리라도 난 것처럼 우르르 몰려나왔다. 그러고 보니 아이가 셋이다.

"아이들이 아직 어려. 니네 애들은 꽤 크지?"

그는 이제 막 중학교에 들어간 애와 초등학교 오학년이 있다며 떠듬떠듬 말을 이은 후로 더이상 입을 열 수가 없었다. 대신 그는 물칸에서 건져온 큼직한 숭어 두 마리를 내밀었다.

"이삿짐도 못 거들어줘 부러 들렀다."

그는 냅다 양동이에서 파닥이고 있는 숭어를 낚아채 목을 꺾었다. 아이들이 이상한 소리를 냈다. 숭어 목 꺾는 걸 처음 본 모양이었다. 그는 나머지 한마리도 그렇게 숨을 죽인 뒤 바쁘다는 핑계로 돌아섰다.

"숭어회 먹어본 게 얼마 만인지 모르겠어. 나중에 짐정리 하는 대로 부를게."

은희의 말을 뒤로하고 그는 서둘러 가게를 빠져나왔다. 한참 후에야 겨우 발걸음을 늦춰 잡았지만 은희의 얼굴을 제대로 봤는지 분간이 되질 않았다. 그러나 흘낏 본 은희에게는 분명 세월의 흔적이 배어 있었다. 어쩌면 또래 여자들보다 더 나이들어 보이기도 했다. 이렇게 늙으리라고는 생각지 못했다. 변해도 그냥 잔주름만 늘어 있을 정도려니 했다. 하긴 과거의 얼굴은 그대로 멈춰 있기에 아름답다고 했던가. 집으로 오르는 길바닥에 은희의 얼굴만 밟혔다. 정작 따질 건 따지고 서운한 건 서운하다고 속시원히 말이라도 하고 말겠다며 간 걸음이 묘하게 꼬이고 말았다.

"아예, 그 집에서 자고 오제 그라요?"

집에 들어서자마자 아내는 냅다 언성을 높였다. 저녁을 먹던 아이들이 제 에미의 소리에 놀라 숟갈을 문 채 바깥을 내다보았다.

"여편네가 말짓거리하고는……"

그는 말끝을 흐리며 가게를 둘러보았다. 은희네 가게와 달리 초라하기 짝이 없었다. 선반들은 금방이라도 무너질 듯 휘었고, 그나마 앵글로 된 선반도 녹이 듬성듬성 슬고 칠이 벗겨져 형편없었다.

그는 부엌 바닥에 양동이를 팽개치듯 부려놓고 수돗가로 향했다. 아내가 고기를 들고 뒤따라나왔다. 그가 씻을 동안 아내는 굵은 팔뚝

힘자랑이라도 하듯 숭어 목을 꺾었다. 그가 은희네에서 꺾을 때와 달랐다. 얼마나 힘이 좋은지 여지없이 단번에 뚝 하는 소리가 났다. 오늘따라 아내의 몸피가 더 팅팅 부어 보이기만 했다. 예전 같으면 몸매야 어찌됐건 아프지만 않으면 된다 싶었다. 게다가 여태 제대로 먹지 못해 마른 나무젓가락 같던 몸에 살이 오르니 이게 다 살 만해 그렇지 싶기도 했다. 그런데 은희의 가냘픈 몸매를 보고 오니 이건 영 여자도 아니지 싶다. 게다가 목소리는 또 어떤가. 은희 목소리가 사각거리는 풀잎이라면 아내의 목소리는 '금성호' 뱃고동 소리 아닌가.

그는 거친 손길로 빨랫줄에 걸린 수건을 잡아떼어 물기를 훔쳤다. 아내는, 그가 방으로 들어서기 무섭게 숭어회 접시가 놓인 밥상을 디밀었다. 손이 잰 건 알아줄 만했다.

"아예 낼부터 점방문 열란가보지요?"

그는 무슨 말인가 싶어 회를 집다 말고 아내를 바라보았다.

"수호씨는 도대체 뭔데 나서서 거래처 전화번호까지 적어가고 난리요 그래!"

그는 아무 대꾸도 하지 않은 채 묵묵히 밥만 먹었다. 곁눈으로 흘끗거려보아도 아내의 볼은 물먹은 멍게처럼 잔뜩 부풀어 있었다.

2

요 며칠 동안 은희네 가게 앞엔 사람 그림자가 달라붙어 떨어질 줄 몰랐다. 이삿짐 정리하랴, 가게 물건 들이랴 쉴새없이 복작거렸다. 선창으로 가면서 기웃거릴 때마다 가게는 점점 구색을 갖춰가고 있었다. 진열한 물건도 그의 낡은 구판장과는 달랐다. 과자봉지들이 집어 들고 싶을 만큼 이쁘게 진열되어 있었다. 거기에다가 안채의 초라한 살림방을 가리려 드리워놓은 연분홍 커튼까지 매혹적이었다.

그렇지만 오늘은 왠지 한산했다. 문앞에 어지러이 찍힌 발자국만 바람이 건드리고 지나갈 뿐이었다. 이따금 은희네 아이들이 집앞에서 이리저리 몰려다니는 게 눈에 걸리기도 했다. 그는 멀뚱한 눈으로 은희네만 내려다보다가 뭔가 이상함을 느꼈다. 은희가 혼자되었다는 소문을 어디서도 듣지 못했다. 그렇다면 응당 남편의 모습이 비쳐야 옳았다. 그런데 며칠 동안 남편이란 작자는 눈에 띄지 않았다.

가게 앞에 트럭 한대가 달려와 섰다. 자신도 모르게 눈에 힘이 실렸다. 트럭의 짐칸에 실린 것은 간판인 듯했다. 트럭기사가 바깥동정을 살피는가 싶더니 이내 클랙슨을 울렸다. 잠시 뒤 문이 열리고 은희가 얼굴을 내밀었다. 차에서 내린 기사는 은희와 한동안 마주서서 주거니받거니 얘기를 나눴다. 은희는 손가락으로 가리켜가며 뭔가를 지시했다. 간판 세울 위치를 일러주는 모양이었다.

우리들 휴게소. 간판에는 그렇게 적혀 있었다. 재차 확인해도 분명히 '너그들'이 아닌 '우리들'이었다. 그걸 확인하자 저절로 눈썹 끝이 일어섰다. 세상에, 우리들이라니! 은희가 우리를 생각했다면 상호를 그딴 식으로 지어붙일 순 없었다. 그런데 그것도 모자라서 '휴게소'란 글자까지 또박또박 새겨넣다니. 이게 무슨 해괴망측한 일이란 말인가. 그리고 그런 간판이 어디 이런 촌구석에 어울리는가.

은희네가 깔끔을 떠니 우리도 꾸어다놓은 보릿자루처럼 그냥 있어선 안된다는 아내의 말이 떠올랐다. 그는 담배를 사정없이 발로 눌러 밟고는 트럭으로 향했다. 그나마 트럭이라도 있는 게 다행이었다. 사실 대처에 나가 여러가지 일을 해봤지만 그가 가장 잘한 게 운전이었다. 이곳에 올 때도 트럭이 살림의 전부다시피 했다. 한동안 트럭에 과일이며 야채를 싣고 장사를 해보기도 했고, 활어운송도 해봤다. 그러다가 가게를 얻은 다음부터 트럭은 동네사람들 부조 기계가 되었다. 급한 환자가 생기면 밤중에라도 트럭을 몰고 병원으로 내달았다. 쫌생영감도 그의 트럭이 아니었으면 이미 저승객이 되었을 터이다. 뿐인가, 잔칫집 음식 날라주기도 한두 번이 아니었고, 짐칸에 사람을 싣고 다니기도 다반사였다. 그런 작은 일들로 인심을 얻었다.

그는 곧장 목재상으로 향했다. 선반을 다시 만들려면 제법 많은 널빤지며 각목이 필요했다. 가게 내부구조를 완전히 뜯어고칠 수밖에 없는 엄청난 이 일을 너무 쉽게 생각한 건 아닌가 하는 생각도 들었다. 어쩌면 정작 손을 봐야 할 곳은 내부가 아닐지 몰랐다. 문제는 허름한 외관이었다. 은희네처럼 그럴싸한 가게를 만들려면 집을 아예 뜯어고쳐야 할 판이다. 그건 그가 하고 싶다고 할 수 있는 일이 아니다. 최소한 집주인인 수호에게 의논해야 했다. 그런데도 아내는 소갈머리없이 주먹구구식으로 몽니를 부렸다. 목재를 고르던 손에 힘이 탁 풀렸다. 아무래도 이건 아니었다.

아내와 한동안 승강이를 했다. 그냥 이대로 가만있을 순 없는 거 아니냐며 가게를 고치지 않을 것 같으면 무슨 대책이라도 내보라고 닦달이었다. 하다못해 간판이라도 내걸든가 해야 한다고 그놈의 주둥아리를 놀려댔다. 그러고도 모자라 무슨 화풀이라도 하듯 연방 전화질이었다. 거래처마다 전화를 걸어 무엇무엇을 한박스씩 주문하기도 하고, 안 갖다준다고 난리치기도 했다. 그는 아내의 악다구니를 피해 평상으로 나와버렸다. 평상에 앉아 있자니 자꾸 은희네 간판으로 눈길이 쏠렸다. 훤칠하게 쭉 뻗어올라간 모습에 눈이 아릴 정도였다. 저 간판에 불을 밝힌다면 온 동네가 환할 것이고 자연 지나가는 차량이며 동네사람들이 부나비처럼 모여들 것이다.

"전화 좀 받아보소!"

아내가 대뜸 그를 향해 목청을 높였다. 누구냐며 눈을 동그랗게 뜬 그에게 아내는 대답 대신 수화기를 바닥에 내던지고는 부엌으로 내빼버렸다.

"와 이리 얼굴 보기 힘드노? 어디 이사라도 간 줄 알겠다!"

수호였다. 예전 같으면 한번이라도 더 만나는 게 정이라며 전화보다는 그의 가게로 찾아왔을 터였다. 그는 대뜸 말을 쏘아붙였다.

"무슨 일로 전화질이고?"

"은희가 개업식 겸 집들이를 한다꼬 연락했더라. 혹시 물칸에 고기 있나? 빈손으로 갈 순 없는 거 아이가."

수호는, 친구로서 해줄 수 있는 부조라곤 고기밖에 더 있냐며 나발거렸다. 그물농사 죄다 털어 남 보신시키자는 말처럼 들려 사정없이 말갈기라도 휘두르고 싶었다. 그러나 수호는 그의 뒤틀린 심사도 아랑곳하지 않은 채 이런 일이 자주 있는 일도 아니니, 고기 몇마리 덜 잡은 셈치고 이번 참에 동네잔치 한번 벌이자며 호들갑을 떨었다.

"고기가 물속 우렁쉥이라도 되냐? 건지면 잔치할 정도로 연방 올라오게?"

마음이 있어야 길이 생기는 법이다. 마음이 없으니 딱딱하게 마른 소리만 났다. 하지만 수호는 막무가내였다. 꼭 돈을 받아야 할 것 같으면 자기가 고깃값을 내겠다고 했다. 못한다고 했다간 친구끼리 이

건 너무 야박한 것이 아니냐, 네가 왔을 때 난 안 그랬다는 말까지 나올까 싶어 마지못해 알겠다며 수화기를 내려놓고 말았다. 수호의 속내가 의심스러울 뿐이었다. 적어도 그를 생각한다면 수호가 그렇게 설치지 말아야 했다. 떫은 감정이 가라앉질 않았다. 아내는 귀를 세우고 앉았다가 수화기를 내려놓자마자 벌겋게 달아오른 입을 열었다.

"친구끼리 살림 거덜내가며 이번 참에 아예 계모임 하나 기차게 벌이자 그 말이지요? 하이고, 참말로! 아예 죄다 갖다주지 그라요?"

그는 아내를 향해 눈을 부라리다가 이참에 수호에게 서운한 마음도 전할 겸 거칠게 몸을 일으켰다. 그가 멀어질 때까지 아내는 등뒤에서 오징어포 씹듯 연신 입을 꽁알거렸다.

트럭을 몰고 선창으로 향했다. 은희네를 스치는 일이 부담스러워서였다. 차를 타면 금세 지나가니 걷는 것보다 훨씬 나았다. 선창은 아직 공사가 마무리되지 않아 테트라포드가 여기저기 흩어져 있었다. 짓다 만 방축에 앉아 그를 기다리던 수호는 트럭이 멈추자마자 재빠르게 달려왔다.

"괴기 얼굴이나 구경하겠나?"

수호도 적조를 모르는 바 아니었다. 그런 터에 비싼 회까지 장만해 잔치를 열 생각을 하다니. 뭐라고 한마디 쏘아붙이고 싶었다. 수호는 그런 그의 속내도 모르고 성큼성큼 배로 향했다. 오늘따라 녀석의 뒷모습이 지독스레 낯설어 보였다.

"은희 집에 자주 들르지 않구선…… 은희가 널 몹시 기다리는 눈치던데?"

수호가 돌아보며 말했다. 은희네 이삿짐이 도착했는데 코빼기도 보이지 않은 이유가 뭐냐고 캐묻는 듯한 말투였다.

"코딱지만한 집에 니 하나몬 됐제. 뭐 그만한 일로 나까지 나설 게 뭐 있냐?"

그는 시큰둥하게 말했다.

"횟감이라도 갖다줬으몬 포라도 떠주고 가야제. 그냥 개밥 던져주듯 주고 가몬 은희가 어찌 묵노?"

녀석은 어느새 그가 은희네에 들른 일을 안 모양이었다. 둘이 짝짜꿍이 되어 미주알고주알 그의 이야기를 한다는 게 마음 상했다. 더군다나 횟감을 갖다준 판에, 상전 모시듯 회까지 제 앞에 갖다바쳐야 옳다니.

"은희가 어디 손이 없냐 발이 없냐? 갯가 출신이몬 잡아묵어도 묵을 낀데 뭘 더하란 말이고!"

수호가 은희 집에 살 듯하는 것이 아니꼬워 던진 말인데 녀석은 어이없다는 듯 한동안 입만 벌리고 있었다. 그러더니 갑갑하다는 듯 눈을 부라리며 그를 향해 목소리를 세운다.

"니, 은희 손이나 제대로 보고 하는 말이가?"

그게 무슨 말인가 싶어 그는 눈만 동그랗게 홉떴다. 수호는, 그런 사실을 아직도 모르는 게 한심하다는 듯이 고개를 한참 갸웃거리더니 나직이 입을 열었다.

"은희, 개 왼손이 없다!"

"정말이가?"

"그렇다캐도."

그가 마지막으로 보았을 때까지 이쁘고 복스럽게 생긴 손을 간직하고 있던 그녀였다. 맏며느릿감처럼 모든 게 둥글둥글했다. 손가락이 도시 것들과 달리 길지 못하고 뭉툭하니 짧았으면 짧았지 손에 상처

하나 없었다. 그런데 손이 없다니.

"우야다가 그리 됐다카드노?"

"궁금하몬 은희한테 직접 물어봐라!"

수호는 그의 가슴에 멍이라도 남길 듯이 소리를 질렀다. 그러고 보니 그가 숭어를 들고 찾아갔을 때 은희는 손을 내밀지 않았던 것 같기도 했다. 시집가기 전까지 이상이 없었다면 그후란 셈인데, 그렇다면 결혼하고도 공장에 계속 다녔단 말인가. 험한 기계를 만진 것도 아닐 텐데 어떻게 손이 잘려나갔단 말인가.

"은희 남편은 만나봤더나?"

"바빠서 같이 오지 못했다쿠대. 며칠 뒤에라사 내려온다카더마는......"

"그기 무슨 말이고?"

"이야기 안하는 걸 우찌 알 끼고? 하여튼 옛날 은희가 아이다. 그러이 니가 좀 마이 도와줘라. 니는 내보다 그런 심정을 더 잘 알 거 아이가. 니하고 은희하고는 각별했으이......"

그는 갖다준 숭어가 어떻게 되었는지 궁금했다. 두 손 멀쩡한 여자도 힘들다고 남정네에게 포뜨는 일을 맡기는 터수에, 비늘도 날카롭고 등뼈도 모질게 굵은 그놈을 내던지듯 하고 돌아섰으니 말이다. 어쩌면 그가 갖다준 고기는 냉장고에 처박혀 있을지도 모른다. 그렇다면 안 갖다주는 것만 못했다. 숭어란 놈 자체가 횟감 외에는 아무 짝에도 쓸모없는 고기였다. 갈치라면 살이 물러 장년 겨드랑이 속에 넣었다가도 먹을 수 있지만 이건 숫제 매운탕을 해도, 구워도, 쪄도 맛이라고는 소금물 맛보다 못한 고기 아니던가. 자꾸 그물을 당기는 손에만 눈이 머물렀다. 미루적거리는 그의 행동을 보자 수호가 답답하다는 듯 다그치고 들었다.

"아예 바닷속에 있는 괴기 손으로 잡아올리는 기 낫겠다 마!"

잔칫상에 어울리는 비싼 돔은 구경도 할 수 없었다. 올라오는 건 불가사리나 죽은 돌게, 아니면 죽어 흐물거리는 꼬시래기가 전부였다. 겨우 해봤자 도다리 손바닥만한 게 몇마리요, 남정바리 몇마리, 모찌를 면한 숭어가 그릇을 채울 정도였다. 어판장에 이대로 들고 간다면 고기 씨말린다고 손가락질받기 십상이다. 그나마 작은 것들 바다에 도로 던져놓고 나니 장골 두엇의 안줏거리밖에 되질 않았다. 하는 수 없이 아침에 던진 그물까지 걷지 않을 수 없었다.

3

흥성한 잔칫집이 따로 없었다. 가게 입구에는 리본을 단 화분들이 줄지어 서 있었고, 그 뒤로는 큼직한 꽃지게까지 놓여 있었다. 무슨무슨 거래처의 사장 누구니 하는 것들을 보자 갑자기 그의 마음이 무거웠다. 아내가 저걸 봤다면 걸음을 돌렸을 게 뻔했다. 그도 쉬 발을 디밀기 어려운 판에 아무리 동네사람들이, 세상은 정으로 사는 거지 돈으로 사는 게 아니라고 해도 오기 어려울 터였다. 그는 주위 동정을 살폈다. 다행히 아내는 등을 돌리고 멀찍이 나앉아 있었다. 그래도 온 게 어디냐 싶어 마음이 놓였다.

그의 아내와 달리 수호의 아내는 바삐 움직였다. 부엌에서 음식을 들고 나오기가 몇번이었다. 가게 귀퉁이에 마련한 자리에는 벌써 동네 영감들이 앉아 있었다. 그들은 공술에 회까지 얻어먹는 게 동네 생기고 얼마 만이냐며 저녁하늘로 너털웃음을 피워올렸다. 만날 술통을 달고 사는 망태할배는 몇잔을 거푸 걸쳤는지 눈빛이 퀭했다. 아들 걱정에 뼈가 삭을 지경이라던 좀새영감도 눈에 띄었다. 그러고 보니 동네사람들이 죄다 모인 듯했다. 집들이 겸 개업식에, 동네 신고식까지 겸한 자리라 조그만 아이들까지 죄다 몰려와 잠방거려댔다. 그 와중에 아내는 떨떠름한 표정으로 분위기만 갉아대고 있었다.

"제수씨! 좀 도와주소. 장만할라몬 한참 걸린게."

수호가 눈치를 챘는지 그의 아내를 향해 냅다 소리를 질렀다. 말끝마다 제수씨, 제수씨 하다보니 어느새 녀석은 형노릇을 하고 있었다. 아내는, 하필 왜 내게 도움을 청하느냐는 투로 대뜸 수호를 향해 턱을 올려세웠다.

"우리 아 아부지 생년월일을 또 야그해줘야 됩니꺼?"

아내의 큰 소리에 어른들은 되레 재밌다는 듯이 껄껄 웃어넘겼다.

"그라몬 형수라고 부를 낀게 일단 아나구부터 손 좀 대보소."

바닷속이 어수선하니 고기도 길을 잃었는지 온갖 게 다 걸렸다. 아침에 걷은 그물에 고기가 주렁주렁 올라올 줄은 꿈에도 생각지 못했다. 게다가 최근 들어 얼굴 보기 힘든 커다란 문어까지 올라왔다. 문어는 살아서도 돈이요 죽어서도 돈인 귀한 생물이었다. 귀한 것인만큼 내놓기 아까웠지만, 그렇다고 그걸 빼자니 좀생이짓을 한다는 핀잔을 들을 것 같아 단념하고 말았다. 아내가 본다면 눈이 뒤집힐 게 뻔했다. 그는 아내의 눈치를 살폈다. 아닌게아니라 그릇 속의 문어대가리를 보자 아내의 손길이 멈칫했다. 그는 부러 못 본 척했다. 멈칫하던 아내의 손이 다시 움직이기 시작하면서 장어머리에 대못을 박고 구잇거리를 장만했다. 그러나 원치 않은 남의 잔치에 돈 살 문어까지 거덜났다는 듯 손길은 거칠기 짝이 없었다. 은희는 부엌에서 음식을 장만하느라 아예 밖으로 나오지도 못했다.

"이 사람들아! 먹자고 하는 일인데 먹어가며 하게. 자, 잔 받어."

망태할배가 공술 먹기 미안했는지 비틀거리는 걸음으로 다가와 잔을 건넸다. 수호의 아내는 눈치빠르게 초장을 들고 곁에 섰다. 수호가 비린내 묻은 손을 바지춤에 쓱 문질러 닦고는 잔을 받아쥐었다.

"으어 참, 오늘따라 술맛 한번 조옳다!"

"데끼, 이 사람! 어른 앞에서 술타령까지 하다이! 기분이 어지가이도 좋은가배?"

멀찍이 앉아 있던 쫌새영감이 말을 던졌다.

"친구간에는 돈부주고 몸부주고 아까운 게 없는 법이제."

차려낸 상에는 미역생선국과 고봉 쌀밥, 장어구이와 삶은 문어, 싱싱한 회까지 없는 것 없이 푸짐했다. 모처럼 동네사람들이 함께한 잔치였다. 그렇지만 아내는 분위기에 휩쓸리지 않으려 부러 겉도는 기색이더니 아이들이 숟갈을 놓자마자 기다렸다는 듯 집으로 횡허케 올라가버렸다.

시간이 흘러 하나둘 아이들을 이끌고 떠나니 주위는 금세 조용해졌다. 남아 있는 사람이라고는 술 좋아하는 망태할배뿐이었다. 젊은 사람들끼리 놀게 그만 일어서자고 쫌새영감이 망태할배를 잡아끌었으나 일어날 기미가 없자 쫌새영감은 혼자 몸을 일으켰다. 남은 사람이라고는 손에 꼽을 정도였다. 은희가 나타난 건, 끝까지 술탐하던 망태할배를 수호가 건강을 핑계삼아 일으켜세운 다음이었다. 몸을 제대로 가누질 못해 수호가 집까지 데려다주었다.

"오늘 너무 고마웠어. 너도, 네 아내도……"

그는 얼른 은희의 손부터 살폈다. 은희는 그의 눈치를 알아채기라도 했는지 왼손을 상 아래로 감춰버렸다.

"덕수 니네 부부한테 미안해서 어떻게 해?"

그 자리에서 정색을 하고 잘잘못을 따질 수는 없었다.

"암튼 고향에 온 걸 환영해!"

그가 술잔을 내밀었다. 그러나 은희는 고개를 저었다.

"나, 무슨 일이 있어도 술은 절대 입에 안 대. 대신 내가 한잔 줄게!"

은희가 술병을 그러쥐었다. 그 순간 그는 보고 말았다. 수호의 말은 거짓이 아니었다. 은희의 손을 보는 순간 떠오른 건 목 없는 생선이었다. 손등의 절반 이상이 완전히 잘려나간 상태였다. 마치 두부모 자르듯 싹둑 잘려나간 손에서 손가락의 흔적이라곤 찾을 수 없었다.

"자꾸 그렇게 쳐다보지 마."

은희는 뭉텅 잘려나간 손을 다시 상 아래로 숨겼다. 그는 묻지도 못하고 거푸 술잔만 꺾어댔다.

"난 여기서 널 보리라고는 짐작도 못했어."

"나도 마찬가지다. 니가 이곳에 올 끼라고는 꿈에도 생각 못했다."

어느새 그이 목소리는 떨리고 있었다.

"종만이 오빠와 병원에서 맞닥뜨린 것이 계기가 되었어."

은희는 병원에서 우연하게 종만이 형을 만났다고 했다. 그후 종만이 형이 어머니를 모셔가기 위해 이곳을 들락거리다가 종내는 수호의 귀에까지 들어갔고 일이 이렇게 꼬이게 되었단다. 그렇지만 이렇게 되고 보니 그리 나쁘진 않은 것 같다며 흡족해하는 눈치였다.

수호가 조금만 늦게 나타났더라도 속마음을 터놓을 수 있었을지 모른다. 그러나 수호가 오면서 분위기는 달라지고 말았다. 앞으로 친구 셋이 잘살자며 같은 이야기만 되풀이했다. 게다가 수호는, 셋이 이렇게 다시 만난 게 얼마나 기쁘냐며, 시시콜콜 어릴 적 코흘리던 애기까지 끄집어내 아득한 옛날을 더듬게 만들었다.

4

머리맡이 어수선했다. 벽을 울려대는 공사장의 기계소리, 부엌에서 나는 설거지 소리는 서로 경쟁이나 하듯 번갈아 들렸다. 그물을 걷으러 바다에 나갈 일이 없어 모처럼 늑장을 부리며 방구들을 지고 누웠지만 마음은 편치 않았다. 어젯밤에 보았던, 손가락이라고는 하나도 남아 있지 않은 은희의 뭉툭한 손이 자꾸 천장에 어른거리기만 했다. 빌어먹을. 자신도 모르게 혼잣소리를 했다.

"인부들 올라올 끼요. 인자 제발 인나소!"

아내의 목청에 짜증이 잔뜩 묻어 있었다. 그는 방안 가득 펼쳐둔 생각들을 접고 몸을 일으키지 않을 수 없었다. 인부들이 몰려온다면 방방마다 밥상을 놓아야 하니 일단 몸을 피해줘야 했다. 그는 냉수를 들이켠 다음 감나무 밑에 가 앉았다. 술기 탓인지 몸이 께느른한 게 기운이 바지춤으로 죄다 줄줄 새는 기분이었다. 감나무도 그의 심기를 눈치챘는지 가지 하나 까딱하지 않았다. 대신 조무래기 주먹만한 감만 푸른 윤기를 더하며 햇살 속에 얼굴을 내밀고 있었다.

그는 담배 하나를 물고 은희네로 눈길을 던졌다. 사람의 그림자 하나 눈에 띄지 않았다. 다들 선풍기 앞에 앉았거나 아니면 그늘에 몸을 숨긴 모양이었다. 그가 눈길을 길목으로 돌렸을 때 낯선 남자 하나가 들어왔다. 찬찬히 남자를 살폈지만 모르는 얼굴이 분명했다. 그렇다고 매립지공사장의 인부도 아닌 성싶었다. 그렇다면 가슴팍에 '해룡건설'이라는 큼지막한 글자가 박혀 있어야 했다. 남자는 아침부터 술에 취한 듯 배트작거리는 걸음이었고 입성도 부랑자처럼 엉망이었다.

"쏘주 한병만 주쇼!"

터덜거리며 가게로 들어선 남자는 다짜고짜 술부터 찾았다. 대낮부터 술탐을 하는 낯선 주정뱅이를 보자 호기심이 일었다. 아내가 술병을 건네면서 웬 사람이냐는 듯 요모조모 뜯어보고 있었다. 그러거나 말거나 남자는 술병을 쥐자 곧 몸을 돌려세웠다. 남자가 그의 곁을 스치자 문뱃내가 끼쳤다. 남자는 큰길이 아닌 마을 뒷산으로 향했다. 길을 잘 알고 있는 사람처럼 거침없었다. 그는 남자가 모퉁이를 돌아 사라진 다음에도 시선을 뗄 수 없었다.

"망태할배 친구하자꼬 쌍지팡이 짚고 달려오겠네, 참말로! 이상한 기 하나 나타나 동넷물 베리놓터이, 이젠 저런 사람까지 굴러오이 동네 꼬라지가 우습게 돼가는구만!"

아내는 갑자기 나타난 손님이 마치 은희와 한통속이라도 되는 듯 침을 튀겼다.

"사람들 밥 묵으로 안 오는데 당신 먼저 퍼뜩 묵으소!"

그제야 그는 앉았던 자세를 풀었다. 그사이에도 포크레인 소리는 여전히 마을을 휘감고 있었다. 소리가 멈추지 않는 걸로 봐서는 아무래도 오늘 점심은 늦을 모양이다. 그는 늦은 아침상을 끌어당겼지만 식욕이 없었다. 국에 밥을 말아 억지로 서너 숟갈 떠넣고 있을 때 기계소리가 톡 끊겼다. 그러곤 잠시 뒤 가풀막을 타고 오르는 차바퀴 소리가 요란하게 일었다. 바깥을 살피니 인부를 태운 차가 몰려오고 있었다. 그는 얼른 숟갈을 놓고 방을 빠져나왔다.

"어따, 참말로 덥네. 아지매! 냉수 있으몬 그것부터 퍼뜩 좀 주이소!"

아이스박스에 대형 얼음을 넣고 생수병까지 띄워놓아도 몰려오는 더위는 어쩔 수 없는 모양이었다. 그들은 수돗가로 몰려가 자기 집처럼 웃통까지 훌러덩 벗어던지고 등목을 했다. 인부들이 하나둘 밥상으로 모여들었다. 먼저 앉은 이들은 입이 미어지게 밥을 퍼넣고 있었다. 그는 그런 인부들을 지켜보다가 다시 길을 훑었다. 낯선 남자는 보이지 않았다. 대신 나무 그림자 하나 까딱하지 않는 폭염만 길바닥에 내리쏟아지고 있었다.

"하여튼, 그동안 잘 먹게 해줘 고맙습니다."

부엌 쪽에서 울리는 말이었다. 고개를 돌려보니 소장과 아내가 나란히 서 있었다. 인부들은 이쑤시개를 문 채 신발을 신고 있었다. 마주선 아내의 얼굴에 잿빛이 잔뜩 눌러앉아 있었다. 소장은 아내의 표정에도 아랑곳없이 몸을 돌려세웠다. 그걸 신호로 인부들도 삼삼오오 차에 올랐고 꽁무니를 빼듯 사라졌다. 평소 같으면 아내는 그들이 떠날 때까지 그림자를 밟고 서 있어야 했다. 그런데 아내는 잘 가라는 말은커녕 부엌 문지방도 넘질 않았다. 부엌 쪽을 바라보니 아내는 거친 손길로 설거지를 하고 있었다.

"미친년 하나 땜에 집구석이 쫄딱 망하게 생깄네, 마!"

아내가 말한 미친년이 누군지 짐작하고도 남았다. 그러나 그는 아무 말도 할 수 없었다. 한손만으로 돌아온 그녀를 본 후 무턱대고 욕을 내뱉을 수가 없었다. 한편으로는 그녀가 정착할 수 있도록 돕고 싶은 마음도 있었다. 동업이라 할지라도 그에게는 배도 있었다. 몸만 부지런히 놀리면 바다가 곧 돈밭 아니던가. 이깟 구판장 벌이야 아껴쓴다면 얼마든지 때려치워도 괜찮을 것 같았다. 그러나 문제는 아내였다. 아내가 꾸려온 가게는 재기의 발판이었다. 가게문을 닫는 것은 어쩌면 아내 인생을 절망의 구렁텅이에 빠뜨리는 일이 될 것이다.

발걸음 소리가 어지럽게 울렸다. 고개를 돌려보니 산으로 향했던 남자가 다시 내려오고 있었다. 걸음발은 금방이라도 자빠질 듯 아까보다 더 휘청거렸고 손에 쥐고 있던 술병도 사라지고 없었다. 남자는 담에 몸을 부딪혀가며 내려오고 있었다. 남자는 용케 흔들리는 자세를 고쳐잡으며 가게까지 오더니 주머니를 만지작거렸다. 그러곤 말도 없이 가게 안에 들어가 술병 하나를 그러쥔 채 도로 나왔다. 술을 달라는 말도 없었다. 돈을 던지듯 건네고는 길 아래를 향해 걸어갔다.

"당신은 배알도 없소? 오라면 오고 가자쿠몬 가고 그라게?"
전화를 내려놓기 무섭게 아내는 냅다 대갈일성을 질렀다. 그러나 어구를 손질하기로 약속한 건 은희가 이사오기 전이었다. 다만 은희의 이사와 적조 탓에 늦어졌을 뿐이다. 어구는 버스 바닥에 실을 수도, 택시 짐칸에 싣기도 어중간한 물건이었다. 그의 드럭이 그런 물선 싣는 데 제격이긴 했다. 예전 같으면 잘 다녀오라고, 보신탕이라도 한 그릇 잡숫고 오라고 했을 터였다. 그가 은희의 손만 보지 않았더라면 수호에게 핑계를 늘어놓으며 거절했을지 몰랐다. 그는 아내의 부어오른 얼굴을 긁기 싫어 키를 들고 밖으로 나와버렸다.
"우리도 여태까지 해줄 만큼 했다는 거 제발 좀 아소!"
아내의 독오른 말은 차에 오를 때까지 이어졌다. 참다못한 그가 아내를 향해 인상을 구겼다. 미친년이니, 망할년이니 하며 자기 언니뻘 되는 은희에게 막말을 하는 것도, 당신은 배알도 없냐는 말도 듣기 싫었다.

"아예 가는 김에 친구 여편네 밑구영까지 닦아주고 오소, 마!"

"제 아가리라고 함부로 놀리싸몬 언젠가 일난다캤제?"

그는 버럭 고함을 지르고 떠났다.

트럭소리가 들리자 수호는 대문을 빠져나왔다. 둘은 곧장 시내 어구점으로 향했다. 차를 달리면서도 그의 입은 이상하게 열리지 않았다. 아내의 비아냥이 귀에 딱지처럼 남아 그저 묵묵히 차만 몰아댔다. 그의 차가운 기분을 알아챘는지 수호가 갑자기 날씨타령을 했다. 아닌게아니라 태풍이 북상중이라더니 그야말로 바람 한점 없었다. 맞은편 구름장의 발걸음도 예사롭지 않았다. 이렇게 잔뜩 물쿠다가 어느 순간 바람이 몰려오면 때맞춰 바다는 제 몸을 부풀리며 영각 쓰는 황소처럼 선창을 들이받을 것이다.

"은희 서방이 온 모양이더라?"

그는 수호의 말에도 아무 표정을 만들지 않았다. 남편이 왔으면 왔지 온 모양이라니 말투치곤 어째 좀 이상했다.

"은희 서방이 온 기몬 온 기제 온 모양이라니 그기 무슨 말이고?"

"아직 못 봤으이까 그렇제."

뇌리에 스치는 게 있었다. 그런데 그 남자는 햇살에 그을린 구릿빛 얼굴에 주정뱅이였고, 부랑자나 다름없는 사람 아니던가.

"와 이사올 때 같이 안 오고 가리 느까 왔다더노?"

"뭐, 어데 병원에 있다가 늦었다카디마는……"

"병원에?"

"자세한 내막이사 은희가 입을 다물고 있으이 우찌 알겠노!"
수호도 답답하다는 투였다.

5

몸담고 살아가는 사람들에게 넉넉한 사랑을 베풀던 바다의 넓은 품은 이제 깨지고 뭉개지고 멍이 들었다. 적조는 해마다 반복되고 바다는 미친년 치맛자락처럼 날뛰기만 했다. 활어값이 금값이라고 해도 워낙 고기가 잡히지 않으니 소용없었다. 더군다나 인근의 조선소 탓에 물속은 탁해지기만 하니 이러다간 몇년 후면 바닷일은 종치기 십상이다.

바닷속이 마르니 사람들도 하나둘 떠나기만 했다. 자연 여객선 부두도 손님을 잃게 되었다. 불과 몇년 전까지만 해도 부두 앞은 택시로 만원이었고, 사람들로 북적거렸다. 여객선이 끊어지고 식당이 하나둘 문을 닫자 점점 을씨년스런 거리로 변하고 말았다. 심지어 어판장 앞까지 오던 버스노선을 바꿔버려 어판장은 소금비 맞은 배추마냥 시들해졌다.

"저짜 끄터리로 갖다대소!"

이물에 앉았던 아내가 소리를 질렀다. 엔진소리 탓에 들리지 않을까 싶어 손가락질까지 했다. 그는 아내의 지시대로 키를 조정했다. 모처럼 아내와 여유를 갖고 물일을 할 수 있었다. 평소 같으면 아내를 이곳까지 대동해올 수도 없었다. 아내는 아내대로 인부들 점심일을 서둘러야 했기 때문이다. 그는 어판장 앞의 선박들 틈새를 비집고 배를 묶었다. 그리고 곧장 물칸의 고기부터 살폈다. 은희네 개업식 탓에 한번 거른 그물질이라 돈을 살 만하기는 했다. 아직 적조가 짙지 않아 다행이었다. 그러나 날씨가 지금처럼 계속 들볶는다면 죽은 고기 걷기 십상이다. 그는 물밑을 내려다보았다. 물빛은 탁하기만 했다.

아내는 어판장으로 종종걸음을 쳐댔다. 아내가 대야를 가져오면 종류별로 담으면 그만이다. 경매물건도 줄어 예전처럼 몇시간을 기다릴 필요도 없다. 대야에 숭어는 숭어대로, 도다리는 도다리대로, 잡어는 잡어대로 담기 시작했다. 감성어는 비늘 하나 다치지 않게 신경을 더 썼다. 간혹 아나고가 뜰채에 걸려오면 크기부터 확인했다. 한일어업협정이 있은 후에 나타난 변화 중의 하나였다. 일본 근처 장어어장을 잃으면서 인근 장어공장은 문을 닫았고 아나고의 집단 산란지가 이곳인 때문에 치어에 해당하는 아나고는 어획금지 대상이었다. 그러나 감성어는 예외였다. 비록 남정바리(감성돔)를 면했다 하더라도 이 녀석들은 조금 뒤면 빠져나가기 때문에 잡고 싶어도 잡을 수 없을뿐더러, 이곳으로 돌아오지도 않는다. 그런 터에 오늘따라 이빨이 큼직한 감성어를 세 마리나 걸었으니 돈이 될 만한 고기는 요것들밖에 없다.

휑빈하던 공터에 물차들이 꼬리를 물고 서 있는 것을 보니 마음이 훈훈했다. 경매가 끝나는 대로 고기를 싣고 내뺄 트럭이지만 그래도 자신이 잡은 고기를 기다리고 있다는 사실이 기분좋았다. 그는 끙끙거리면서 대야를 날랐다. 어판장 안에는 생선대야들이 줄지어 늘어서 있었다. 아내는 대야에 물을 채워넣기 바빴다. 물이 많아야 고기들이 활발하게 움직일 것이고 그래야 웃돈을 받을 수 있기 때문이다. 낙찰된 물고기들은 순식간에 자리를 벗어났다. 그의 차례가 왔다. 경매꾼들이 그의 고기 앞에 선다 싶자 경매사의 입이 움직이기 시작했다. 경매인들 손놀림이 바쁘더니 금세 낙찰이었다. 그야말로 눈 깜짝할 새였다. 새벽부터 뼈빠지게 고생하며 얻은 수확이 순식간에 임자가 바뀌자 서운한 마음이 일었다. 늘 그렇지만 좀더 고기 값을 두고 승강이를 했으면 싶었다. 게다가 조금 더 불러주었으면 하는 감성어까지도 값을 더 부르는 사람이 없어 삼만사천원에 낙찰이 되자 남아 있던 힘마저 쭉 빠지는 기분이었다.

제법 주위가 희붐하게 밝아오고 있었다. 그는 바다를 향해 눈길을 주었다. 어판장을 빠져나가는 배의 엉덩이는 보였지만 들어오는 배는 없었다. 그는 선술집으로 향했다. 경매 끝나면 잠시 들러 목 축이고 깔딱요기 하는 장소였다. 여름이면 돼지고기 꼬치, 겨울이면 생선묵이 안줏거리로 나왔다. 벌써 망태할배는 선풍기 앞에 자리를 잡고 앉아 있었다. 마시기 시작하면 주머니에 돈이 마르지 않는 이상 자리를 뜨질 않는 양반이었다.

"돈 좀 만들었는가?"

그가 들어서자 망태할배가 물었다. 앞에는 맥주잔 가득 소주가 담겨 있었다.

"요즘 돈 되는 사람 있습디까, 어데?"

그는 말이 끝나기가 무섭게 꼬치부터 덥석 물었다. 고기 몇도막을 씹어넘기자 시장기가 가시는 듯했다. 솔찮은 요기였다.

"여게 한잔만 더 도!"

망태할배는 그 큰 잔을 들이켜고 또 술을 청했다. 주독 오른 망태할배의 코가 빨개지고 있었다.

"저놈으 영감탱이, 또 시작이다! 있어도 몬 준다는 거 알면서도 저래쌓네, 그래!"

식당할매가 주방에서 내지르는 말이었다.

"마, 그만 드시고 일나이소. 집에 가야지예!"

그가 망태할배의 겨드랑이를 붙들었다. 할배는 비틀거리면서도 잔을 입에 갖다대는 건 잊지 않았다. 그 몸으로 배를 몰 수 있다는 게 신기할 정도다. 현도 형이 죽지만 않았어도 주정뱅이가 되진 않았을 것이다. 대학에 들어간 아들이 대견해 아들 이름을 입에 달고 다녔다. 자랑거리이던 아들이 무슨 일에 연루되었는지 잡혀가 반병신이 되어 나타났고, 시난고난 앓다가 그만 눈을 감고 말았다. 자식을 잃은 후, 밥보다는 술로 끼니를 삼는 버릇이 생겼다.

망태할배의 팔을 끌고 나왔을 때, 아내는 뱃바닥을 청소하고 있었다. 멀찍이 수호의 배가 들어서는 것이 보였다. 늘 수호는 그보다 일찍 나섰기에 오늘은 어쩐 일로 늦었는지 궁금했다. 망태할배의 배가 빠져나가자 그 자리로 수호의 배가 들어왔다.

"고기 마이 들었던갑제? 이리 늦는 걸 보이."

수호는 고개부터 잘래잘래 흔든다. 하긴 그물 하나를 놓지 못하니 안 봐도 훤했다. 그는 수호의 뱃전에서 담배 하나를 물었다. 수호가 담은 고기는 달랑 네 대야에 불과했다. 큰 배의 수확치고는 형편없다. 수호 아내가 생선대야를 어판장으로 냉큼 가져다 나른다.

"와 이리 늦었더노?"

"은희 남편 땜에 마 이리 늦어뻐렸다 아이가."

은희 남편 때문이라니. 그럼 은희 남편한테 무슨 일이 있었단 말인가.

"얼마나 처묵었는지…… 겨우 집에 업어놓고 오다보이 이리 됐다."

"그기 무슨 말이고?"

"지 집도 못 찾아갖꼬 매립지에 자빠져 자고 있더라쿤께. 참, 기가 차서!"

"……?"

"은희가 말은 안해도 남편 땜에 어지가이 속썩고 살았는가비더라."

남편이란 작자가 오자마자 술주정을 부리다니. 그럼 환자란 얘기는 도대체 무슨 말인가.

"미친놈이 따로 없제. 살로 왔으몬 은희를 도와주면 좀 좋나. 되레 못살게 군다니깐!"

"병원에 있다 나왔담서 술은 뭐 땀시 묵었단 말이고?"

"하여튼 나중에 숟갈 놓는 대로 우리집에 좀 온나. 이야기 좀 하그로!"

수호는 그 말을 끝으로 배에서 내렸다. 통을 들고 나서는 걸로 보아 기름집에라도 다녀올 모양이다. 그는 친구의 뒤통수를 물끄러미 지켜보다가 배에 올랐다. 망태할배의 배는 어느새 치끝을 돌아서버렸는지 보이지 않았다.

은희네 가게 앞은 조용했다. 대형간판만 아무 일 없디는 듯이 허공에 걸려 있었다. 은희 남편이란 작자의 흔적을 확인할까 싶어 두리번거렸지만 찾을 수 없었다.

수호 집에 다다랐을 때 수호는 아내에게 술상부터 내오라고 했다. 아침부터 웬 술상이냐 했더니 어구점 다녀온 트럭 기름값이라 우겼다.

"인부들 점심도 은희네에서 묵기로 했땀서?"

수호가 잔을 채우며 물었으나 대답하고 싶지 않았다. 손님들을 은희네로 뺏기는 중이라 속이 쓰렸다. 동네 조막만한 손님까지 은희네 아이들과 어울려 그의 가게는 텅텅 비다시피 했다.

"이참에 마 자네가 가게 정리하는 거는 어떻겠노?"

느닷없이 하는 말치고는 가관이었다. 친구의 근심이라도 풀어주는가 싶었더니 이건 되레 바지춤에 똥 묻히는 꼴 아닌가.

"그기 무씬 말이고?"

"내 말은 말이다. 친구끼리 아무래도 한동네서 경쟁하는 기 영 맘에 걸리는 기라."

"그라몬 나더러 문닫아라 이 말이가? 말이 되는 소릴 해라. 친구 의릴 생각하몬 은희 지가 먼저 문을 닫아야제, 와 내가 문을 닫노?"

"은희는 겨우 살아볼라꼬 온 긴데 니가 이해해주야제."

"뭘 이해해줘? 그러몬 지가 먼저 나한테 와서 그런 언질이라도 줘야 할 거 아이가. 이태 내가 말은 안했지만서도 니도 그런 점에선 친구로서 서운타!"

"니가 알았어도 어쩔 수 없었을 끼구마는."

"뭘 어쩔 수 없었단 말이고? 먼저 의논했으몬 내 가게 내놨을지 우찌 아나."

"됐다 고마. 그래서 시방 야그할라꼬 안하나."

"......?"

"니, 쫌새영감이 땅 내놓은 거 알제?"

수호는 대뜸 화제를 바꾸었다. 그 일은 그도 소문으로 들어 알고 있긴 했다. 수협돈 빚내 아들 동찬이 살림집 마련해준다고 배며 전답까지 담보로 잡힌 것을. 그래서 영감의 가슴에 조개무지 같은 걱정만 쌓여간다는 것도 잘 알고 있었다. 그런데 수호가 무슨 의도로 그런 말을 내뱉는지 속내가 의심스러웠다.

"농협과 수협이 합치면서 돈 갚으라고 독촉인 모양이더라. 연체도 제법 된 모양이던데……"

"그거하고 나하고 무슨 상관 있노?"

말투로 보아 그에게 인보증이라도 서달라는 것 같았다. 그는 구겨진 신문지 표정만 하고 있었다.

"은희네 가게 옆 텃밭도 결국 내놓은 모양이던데……?"

"……?"

"그 땅은 지금 당장 집이 들어설 수도 있는 땅 아이가. 해서 난 니가 이참에 샀으몬 싶어서……"

하긴 앞으로 매립이 끝나면 아파트도 들어설 것이고, 길가에 바투 붙었으니 무슨 가게를 해도 돈될 만한 곳임에는 틀림없다.

"횟집도 제법 괜찮을 끼다. 제수씨 솜씨라면 따로 주방 안 맡겨도 될 거고, 또 횟감이야 자네도 있고 나도 있으이……"

그는 앞뒤없이 고개부터 설레설레 흔들었다. 흔한 횟집을 세운다는 것도 그렇거니와 수호의 말에 이상하게 거부감이 일었다.

"내사 마 그런 생각 해본 적도 없다!"

그 말을 끝으로 일어섰으나 수호의 말이 틀린 것은 아니었다. 은희네 가게가 길가에 버티고 서 있는 한 그의 가게는 앞날이 훤했다. 게다가 은희는 한손이 그렇다고 하지만 뽀야니 도시티가 나는 구석이 있어 남정네를 끌 수도 있지만 그의 아내는 어촌 아낙이 다 된 처지 아닌가. 얼굴에 주근깨며 부풀 대로 부푼 몸피는 그가 보아도 이쁜 구석이 남아 있지 않았다. 어쨌든 하루빨리 결정을 내려야 할 일임은 분명했다.

6

오후 들어 날씨가 심상찮았다. 파도의 손끝이 날카롭게 일어서는 것을 보니 태풍이 가까이에 붙은 모양이었다. 태풍 경로가 일본 쪽이라니 다행이지만 그렇다고 해도 무시할 수 없었다. 그는 하늘을 올려다보았다. 구름이 달음박질하듯 바쁘게 움직이고 있었다. 바람도 제법 매서웠다. 바람 한점 없던 어제 날씨와는 딴판이었다. 마치 가을바람처럼 시원하게 느껴지기까지 했다.

"퍼뜩 안 갔다오고 뭐 하요!"

아내는 하늘을 흘낏 쳐다보더니 그의 행동을 재촉했다. 파도가 그렇게 심하진 않으나 바다에 던져놓은 그물은 아무래도 오늘 내로 걷어야 할 것 같았다. 그는 선창으로 걸음을 내디뎠다. 은희네 간판은 불어오는 바람에 요동치고 있었다.

은희네 가게 앞에 누군가 파라솔을 차지하고 앉아 있다. 지나가던 사람은 아닌 듯했다. 그렇다면 승용차라도 있었을 것이다. 가까이 다가가보니 전혀 낯선 얼굴이 아니었다. 며칠 전 그의 가게에 들렀던 주정뱅이 남자였다. 테이블에는 술병도 놓여 있었다. 남자는 그가 지나가도 술만 마셔댔다. 은희의 남편이라기엔 아무리 봐도 너무 늙은 양반이었다.

선창 옆에는 사람들 몇이 모여 배를 뭍으로 끌어올리고 있었다. 모양으로 보아 쫌새영감의 배가 분명했다. 매립공사 때문에 이곳 사람들의 일만 더 늘어났다. 물흐름이 바뀌다보니 선창도 예전 같은 구실을 하지 못했다. 조그만 바람에도 너울이 일었고, 파도가 선창을 넘기

일쑤였다. 그러니 안전하게 배를 뭍으로 끌어올리지 않을 수 없었다.

쫌새영감이 그를 향해 손짓을 했다. 남의 손은 잘도 빌리면서 제 손은 아끼는 양반인지라 돕고 싶은 마음이 없었으나 이런 일에 한사람이라도 도와준다면 일이 한결 수월하다. 그가 다가가 배를 밀 때엔 이미 쫌새영감은 잔뜩 지쳐 있었다. 배를 위쪽까지 옮기자마자 영감은 갯바닥에 덜렁 엉덩이를 부렸다.

"하이고, 인자 이 짓도 못해먹겠구먼!"

고맙다는 말을 그렇게밖에 표현하지 못하는 영감이었다.

"영감님 힘이라면 안죽 이십년은 더 물일 할 수도 있겠는데요 뭐."

쫌새영감은 화답하듯 벙긋 웃었다. 그러나 그 웃음도 잠시였다.

"이제 살아봤자 뒤늦은 빚고생만 남은걸 뭐."

영감은 미간을 좁힌 채 하늘만 올려다보았다. 구부러져 물음표 모양이 된 영감의 모습이 안쓰러워 보였다.

"매물은 많은데 임자는 도통 나타날 생각을 않는다는구먼. 연체만 갚으면 일단 배는 안 넘겨도 되겠는데…… 허어, 그 참!"

영감의 말에는 아쉬움이 잔뜩 배어 있었다. 어부의 배에 대한 집착만큼은 헤아릴 수 있었다. 내놓은 밭금에 대해 물으려다 영감의 마음을 상하게 할까봐 몸을 돌렸다.

그물을 드리운 곳에 다다르니 바람이 점점 드세어지고 사위도 비를 흩뿌릴 듯 급작스레 어두워졌다. 그물을 표시한 부이를 집자마자 바삐 손을 놀렸다. 이럴 때 아내라도 곁에 있었으면 좀 좋을까. 하필이면 오늘따라 마실이라니. 아내는 웬만해선 마실을 나가지 않았고 여행이란 말은 아예 꺼내지도 않았다. 비록 보잘것없는 구판장이었시만 아내가 없으면 문을 닫아야 할 처지가 아닌가. 한데 아내는 오늘 무슨 바람이 일었는지 아침을 먹자마자 옷을 차려입는 것이었다. 날씨가 급작스레 변할 양이면 가는 것을 막고 나섰을 터이다. 그러나 모처럼 식구들 죄다 이끌고 바람 좀 쏘이려고 한다니 막을 수가 없었다.

혼자 그물을 당기면서 정리까지 하려니 일은 더디기만 했다. 배는 연방 물살에 쏠려 몸을 틀어댔다. 평소보다 두 배나 힘이 들 정도였다. 그래도 간간이 고기가 올라오긴 했다. 고기 한마리 따는 데도 여간 신경이 쓰이는 게 아니었다. 배는 흔들어대고 발로 누르는 그물은 자꾸 바다로 쏠려 제자리에 서기도 힘든 판국이었다.

때마침 배가 큰 파도를 맞아 기우뚱한다 싶더니 이내 몸이 한쪽으로 쏠렸다. 순간 중심을 잃고 말았다. 뭔가 사정없이 어깨를 쳤다. 한동안 쓰린 어깨 때문에 꼼짝할 수 없었다. 넘어지며 부딪힌 어깨의 통증이 전신으로 퍼져나가며 욱신거렸다. 애써 당긴 그물은 다시 물속으로 빨려들어갔다. 그도 모르게 욕지기가 치밀었다. 이놈의 뱃일은 해도 해도 끝이 없다. 허구한 날 소금기 밴 물 묻혀가며 일해도 굳어지는 건 삶이 아니라 굳은살뿐이었다. 그렇다고 편안하게 일할 수 있는 곳도 아니지 않은가. 무슨 돈이 된다고 뱃일을 시작했는지 알 수 없었다. 그는 한동안 멍청히 앉아 파도에 몸을 내맡겼다.

우릿한 통증은 사라지지 않았다. 그렇다고 무작정 이렇게 난바다에 앉아 있을 수도 없었다. 다시 몸을 놀리기 시작했다. 그물을 얼추 다 당겼지 싶었는데 예상치 못한 놈이 딸려왔다. 넙치였다. 그것도 엄청나게 큰 놈이다. 웬 횡잰가 싶었다. 이놈 탓에 자빠졌지 싶어 아픈 것도 금세 잊었다. 그는 비늘 하나 다치지 않게 정성을 다했다. 그물을 조심스럽게 찢기 시작했다. 한마리의 고기를 잡기 위해 그물을 찢어야 하는 어부의 심정을 누가 알기나 할까. 찢었다가 도로 기우기를 몇

차례 하다보면 그물은 낡고 시간은 속절없이 흘러갈 뿐인걸. 더군다나 오늘처럼 태풍 전에 잡은 것은 어판장 경매도 할 수 없지 않은가. 경매에 들어가려면 며칠간은 물칸에 두어야 하는데 배를 뭍에 올려야 하니 그럴 수도 없다. 이참에 식구들 목구멍 때라도 벗기는 수밖에.

바다는 제 몸을 부풀리며 달려들었다. 그는 한껏 자세를 낮추었다. 간간이 빗방울까지 듣고 있었다. 머리 위의 먹장구름이 예사롭지 않은 표정을 지었다. 그는 손을 재게 놀렸다. 뱃전은 어느새 젖기 시작했다.

배는 모두 뭍으로 끌어올려져 있었다. 덩치 큰 수호의 배도 마찬가지였다. 아내는 언제 돌아왔는지 선창에 서 있었다. 아이들도 보였다. 날씨도 변하고 하니 마음이 변한 모양이었다. 그를 기다리고 있는 식구들을 보자 얼굴이 풀렸다. 아내 곁에 서 있는 사람은 수호였다. 아내와 수호는 무슨 말을 주고받고 있었다. 수호가 주로 말을 하는 쪽이었고 아내는 듣는 쪽이었다. 그가 뭍에 닿을 때까지 두 사람의 대화는 끝날 줄 몰랐다.

"그릇 좀 가져와!"

그가 고함을 지르자 아내는 양동이를 들어 보였다. 물칸의 고기를 뜰채로 떠서 양동이에 담았다. 넙치를 보니 아까웠다. 몇만원은 얼을 비싼 놈이었다.

물칸을 비우자 그는 첨벙 바닷물로 뛰어내렸다. 파도에 쓸린 퍼런 파래들이 발목을 감았다. 벌건 물도 올라왔다. 매립공사 탓이다. 수호가 다가와 앞쪽에서 배를 끌었다. 아내와 아이들이 끌어올리기 쉽도록 뱃바닥에 통나무를 갖다댔다. 뱃머리가 해안에 닿자 잘 미끄러지던 배는 꼼짝하지 않았다. 장골 몇사람의 힘이 더 필요했다. 다친 어깨가 또 욱신거렸다.

"어데 다쳤능교?"

아내가 이상한 낌새를 챘는지 물었다. 그는 별거 아니라는 듯이 고개를 저었다. 아이들도 덩달아 달라붙었다. 겨우 힘을 모으자 조금씩 뭍으로 오르기 시작했다. 밀고 끌기를 얼마나 반복했을까. 배는 어느새 안전한 곳까지 올라와 아랫도리를 드러내 보였다. 그제야 그는 허리를 펴고 가쁜 숨을 골랐다. 아내고 아이고 온통 땀으로 흥건했다. 건너편 새로 축조하는 선창이 눈에 띄자 속이 뒤집혔다. 약조대로 먼저 선창부터 마무리했더라면 이런 일은 하지 않았을 터였다.

"우리 엄마 좀 살려주세요, 아저씨!"

느닷없이 다급한 목소리가 공기를 꿰뚫었다. 앉았던 사람들 모두 소리나는 쪽을 향해 고개를 돌렸다. 바닷가를 향해 계집애 하나가 달려오고 있었다. 허겁지겁 뛰는 꼴이 심상찮았다. 은희의 둘째애였다.

"살려달라이? 어데 옴마라도 아픈 기가?"

수호가 물었다. 아이는 숨만 헐떡이며 대답을 못했다. 그러나 새파랗게 질린 얼굴이 일의 다급함을 말해주고 있었다. 수호가 먼저 은희네로 향했다. 그도 덩달아 엉덩이를 들었다.

은희네 가게는 이미 아수라장으로 변해 있었다. 가게의 유리창은 죄다 박살이 났고, 파라솔이며 가게 앞의 화분들도 깨져 나뒹굴고 있었다. 가게 안은 더했다. 과자봉지며 캔류, 라면 등속까지 제자리를 지키는 것이 하나도 없었다. 분홍빛 커튼도 찢겨 너덜거렸다. 은희는 그들이 왔는데도 고개를 꺾은 채 방바닥에 앉아 있기만 했다.

"무슨 일이고, 이기?"

수호가 물어도 은희는 고개를 들지 않았다. 얼굴을 감싸고 있는 한 쪽 손이 은희를 더욱 슬프게 만들었다. 집안 구석구석을 기웃거려봐도 남편이란 작자는 보이지 않았다. 아이들만 방안에 겁먹은 표정으로 웅크리고 있을 뿐이었다.

"이 주정뱅이 쌔끼를 잡아다가 그냥, 콱!"

수호가 참을 수 없다는 듯 화를 내자 은희는 손만 가로저었다. 그래도 남편이라고 두둔하는 것이 안쓰럽기 짝이 없었다. 그는 수호의 어깨를 두드렸다.

"우선 가게부터 정리해놓고 보자고."

남의 가정일을 내 일처럼 막무가내로 덤벼드니 수호의 급한 성격도 어지간했다. 수호는 계속 씩씩거렸다. 뒤늦게 아내와 아이들이 올라왔다. 아내 또한 가게 앞에 서서 무슨 이런 일이 다 있느냐는 듯 얼굴을 잔뜩 구겼다. 그는 아내와 아이를 향해 먼저 집으로 올라가라고 손을 내저었다. 아내는 주저주저하더니 돌아섰다. 그가 빗자루를 찾아쥐자 은희는 그럴 필요까진 없다며 빗자루를 빼앗았다. 애가 겁을 먹고 달려간 모양인데 아무 일 아니라며 등을 떠밀었다.

"태풍이 온다는데 유리창을 박살내면 어쩌잔 말이고. 정신나간 놈의 쌔끼가 따로 없다카이!"

그의 발앞에 보라색 꽃을 피운 양란이 우동가락 같은 하얀 뿌리를 드러낸 채 누워 있었다. 아무래도 우선 이것들부터 살려놓고 봐야 할 것 같았다.

"빨리 끼아준다쿤께 쪼메만 기다리몬 될 끼다."

수화기를 내려놓고 밖으로 나오며 수호가 말했다. 그는 공터에 구덩이를 파고 화초를 심었다. 은희는 괜찮다며 두 사람을 내몰았다.

은희의 생떼에 막상 나오긴 했지만 그냥 헤어지기가 아쉬웠다. 수호도 그런 모양이었다. 뱃일을 도와주었으니 덤으로 잡은 넙치라도 먹고 가라며 수호를 잡아끌었다. 수호도 그냥 집으로 가기가 뭣했는지 순순히 그의 뒤를 밟았다. 집에 도착하자마자 그는 수호의 아내를 불렀다. 아내는 전같이 볼멘소리를 내지 않았다.

"그래도 그렇지, 세상에 그런 놈의 쌔끼가 어딨냐 그래!"

술잔을 받기 전부터 수호는 목청을 돋우었다. 술상이 들어왔을 땐 말리고 자시고 할 새도 없이 술잔을 꺾기 바빴다.

"제집 박살내고 마누라까지 두들겨패는 놈이 사람새끼냐, 개새끼지!"

수호의 아내가 진정하라고 해도 들을 생각은커녕 씩씩거리기만 했다.

"그 쌔끼 버릇을 단단히 고쳐줘야 돼! 어데 망나니 같은 놈의 쌔끼가 남의 동네 살러 와선 개지랄을 떨어. 고랑에 처박아 정신차릴 때까지 자금자금 밟아삐야 된다니깐!"

한번 터진 말은 걷잡을 수 없었다. 지금 당장 은희 남편을 찾아서 요절을 낼까 걱정될 정도였다.

"햐, 이거, 난데없는 태풍이 따로 없다카이!"

곁에서 그만 마시래도 수호는 되레 자기 아내를 향해 눈을 부라렸다. 그러자 수호의 아내는 빨리 자리가 끝나기만 기다리는 눈치였고 아내도 그의 옆구리를 쿡쿡 찔렀다.

수호는 몇잔을 더 마신 다음, 버릇을 단단히 고쳐주겠다며 호통을 친 후 몸을 일으켰다. 순식간에 들이켠 술이라 몸이 휘청거렸다. 주정뱅이 욕하면서 지가 더 처묵고 지랄이라며 수호의 아내는 낮게 투덜거렸다. 수호는 마치 무엇을 향해 달려들 듯 걸음을 서둘렀다. 수호의 아내가 부축을 하자 사정없이 뿌리쳤다.

7

바람소리가 거칠었다. 후드득 빗방울 떨어지는 소리도 요란했다. 시계를 보니 새벽 두시를 조금 지나 있었다. 그 시각에 깨어난 건, 바깥에서 나는 소리 때문이었기보다는 어쩌면 어깨의 통증 때문이었는지도 몰랐다. 한번 다친 어깨는 그를 밤새 뒤척이게 만들었다. 몇번 어깨를 매만지고 난 다음 다시 누웠지만 잠은 쉬 오질 않았다. 은희네 일이며, 술에 취해 씩씩거리던 수호의 표정이 되살아났다. 그때 전화통이 울렸다. 코를 골며 잠들었던 아내가 눈을 화락 떴다. 그러고는 무릎걸음으로 기어가 수화기를 움켜쥐었다.

전화통을 붙들고 아내가 몇번이고 "여보세요"라는 말을 되풀이했다. 아무 말이 없자 별 이상한 전화도 다 보겠다며 수화기를 내려놓았다. 그러고는 하품을 물고 곧장 몸을 쓰러뜨렸다. 바깥에선 여전히 빗소리와 바람소리가 뒤섞여 들렸다. 전화기가 또 울렸다. 잠든 척하던 그가 아내를 가로막고 수화기를 집어들었다.

"미안해. 너무 늦었지?"

수화기에서 울려나오는 목소리를 듣자마자 귀가 확 뚫리는 기분이었다. 생전 전화 한번 없던 은희가, 그것도 이 밤중에 전화를 한 것이다. 늦은 걸 알면서도 전화를 했다면 필시 무슨 일이 있는 게 분명했다.

"지금 차 좀 갖고 내려와줄 순 없겠니? 급해서 그래."

은희는 한밤중인데도 불구하고 잠을 자지 않은 것 같았다. 은희의 전화를 받기 위해 잠에서 깬 것 같아 기분이 야릇했다. 급하다는 말에 그는 아무 생각 없이 "그러마" 하고 전화를 끊긴 했다. 한밤중에 급히 내려와달라니 대체 무슨 일인가. 바깥에는 빗소리와 바람소리만 요란할 뿐 다른 소리는 들리지 않았다. 바지를 껴입으면서도 뭔가 일이 묘하게 돌아간다 싶었다.

"뭔 일로 오밤중에 남의 집 사람을 개 부르듯 부른다요 그래?"

아내는 매섭게 쏘아붙였지만 은근히 걱정이 되는 모양이었다. 일어서서 점퍼까지 부리나케 떼어입고 나서는 그의 뒷모습을 아내는 한참이나 지켜보았다. 마당으로 나오니 은희네는 대낮처럼 훤했다. 간판의 불도 훤하게 켜져 있었다. 그는 우산을 챙길 겨를도 없이 트럭으로 달려가 시동을 걸었다.

차가 가게 앞에 멈춰서자마자 은희가 나왔다. 은희는 온몸이 피로 범벅이 돼 괴기스럽기 짝이 없었다. 뒤를 이어 아이들도 몰려나왔다.

"병원에 좀 데려가줘, 제발!"

은희는 자꾸 방안으로 눈길을 주었고 빗소리 사이로 간간이 남자의 신음소리가 들렸다. 방안으로 들어서니 은희의 남편은 얼굴이고 몸이고 온통 피범벅이었다.

"이 지경이 됐는데 병원에 안 가고 뭐 했노?"

"죽게 내버려두라는 걸 어쩌니? 죽은 듯하다가도 손만 대면 눈을 부라리며 덤벼드니 이러지도 저러지도 못하고……"

그가 둘러업는데 남편은 버팅기며 야단이었다. 다친 사람이라고 하기 어려울 정도였다. 흐물거리는 주정뱅이가 이렇게 힘이 셀 줄은 몰랐다. 얼마나 당차게 뻗대는지 은희의 도움 없인 차에 태우기도 곤란할 지경이었다. 그냥 있으면 죽는다고 호통을 치며 겨우 차에 태웠지만 이번엔 운전이 문제였다. 차문을 두들기며 법석을 떨어대 몇번이고 갓길에 차를 세워야 했다. 안 그래도 궂은 날씨 탓에 운전이 신경 쓰이는 판에, 환자라는 사람이 당장이라도 차에서 뛰어내리려고 덤비니 눈이 열 개라도 모자랄 판이었다. 몇대 패주고 죽게 내버려두고 싶었다.

은희 남편은 응급실에 도착해서도 발악을 멈추지 않았다. 죽기를 간절히 바라는 사람처럼 죽여달라고 고래고래 고함이었다. 의사도 이런 상태로는 치료가 불가능하다며 신경질을 냈다. 양팔과 다리를 부여잡고 진정제를 쑤셔박듯 한 뒤에야 겨우 소란을 잠재울 수 있었다. 고함을 지르는 간격이 점점 벌어진다 싶더니 입술을 투르르거리며 이내 잠이 들었다.

잠든 것을 확인한 다음에야 두 사람은 응급실을 빠져나왔다. 어느새 짙던 어둠도 한층 엷어져 있었다. 응급실 복도 벤치에 앉은 은희는 그가 자판기에서 커피를 뽑아 건네도 넋잃은 사람처럼 멍한 눈을 하고 있었다. 그는 딱히 할말을 찾지 못해 쓴 커피만 홀짝거렸다.

"지금 무슨 생각 한 줄 아니?"

좀체 입이 열릴 것 같지 않던 은희가 입을 열었다.

"그때 너랑 결혼했더라면 하고 엉뚱한 생각을 했어."

은희는 뜬금없는 말을 하면서도 진지한 낯빛이었다.

"새삼스레 무슨 쓸데없는 말을 하고 그라노?"

"쓸데없다는 건 알아. 그렇지만 지금처럼 삶이 무너지진 않았을 거란 생각이 스치는 걸 어떻게 해."

그는 은희의 이야기를 듣기가 무안해 빈 컵만 잘근잘근 씹어댔다. 비록 술의 힘을 빌리긴 했지만 그의 청혼은 거짓이 아니었다. 그러나 그의 청혼은, 어처구니없다는 듯 은희가 깔깔 웃어버리는 바람에 해프닝이 되고 말았다. 그랬는데, 그렇게 깔깔거리며 웃던 은희가 새삼 그 일을 뚜렷이 기억하고 있다니. 그렇다면 은희는 승낙의 뜻으로 웃었단 말인가.

"손은 우야다가 그리 다쳤노?"

그는 화제를 바꿀 겸 참았던 물음을 던졌다. 은희는 그의 질문에 당혹스러워하며 반만 남은 왼손을 나머지 한손으로 덮어버렸다.

"처음부터 남편이 저렇진 않았어. 누구보다 일찍 일어났고 늦게 잠들던 사람이야."

은희가 엉뚱한 말을 하고 있었으나 그는 아무 말도 하질 않았다. 병원 밖은 바람소리로 요란했다. 창문들이 부르르 떠는 소리를 덩달아 냈다.

"공장이 제법 잘 돌아갈 땐 둘이 공장에서 밤을 샐 정도였지."

"……?"

"규모가 크진 않았어. 돈이 많질 않았으니깐. 그래도 둘이 힘을 합쳐 우산을 하나하나 만들 때면 참으로 재밌었는데……"

그녀는 말을 더 잇지 못하고 울먹였다. 그녀는 두 손으로 얼굴을 감싸고 고개를 숙였다. 차마 그에게 눈물을 보일 수 없었는지 한동안 그렇게 앉아 있었다. 얼마나 그렇게 앉아 있었는지 모른다.

"집중력을 잃은 게 화근이었어. 도무지 일이 손에 잡히지 않을 정도였어. 남편과 심하게 다퉜거든."

"봉합도 가능하다면서?"

"그것도 손가락이지. 손바닥까지 날아간 걸 의사라고 어쩌겠어?"

괜한 것을 물었구나 싶어 그는 부러 헛기침을 했다.

"그나마 조금 모았던 돈은 치료비로 날아가고 일감은 끊어졌어. 우산도 돈이 된다고 대기업에서 앗아가버렸어. 메이커 단 것을 보면 우리가 만든 건 거들떠보지도 않아. 파리만 날릴 뿐이었어."

그 다음은 그녀가 얘기하지 않아도 알 듯했다. 그가 그랬던 것처럼 모든 게 아래로 곤두박질쳤을 터이다.

"어찌 보면 그 사람도 불쌍해. 그 사람이 술취해 집에서 난동부리는 걸 보고 수호가 뭐라 하지 않았어도……"

"수호가 도대체 우쨌는데?"

"술취한 사람보고 아무 보탬이 안되니 차라리 죽지 뭐 하냐고 했어. 수호가 가고 난 뒤 진짜 죽겠다고 난리를 피운 거야. 칼로 제 몸을 그어대고……"

수호의 심정을 이해할 수 있을 것도 같았다. 일찍 부모를 여읜 수호로서는 자식에게 사랑을 주지 못하는 부모는 부모가 아니었다. 수호야말로 누구보다 사랑에 굶주린 놈이었고 외로움을 타고난 놈이었다.

"내가 병원에 가자고 하니까 죽게 내버려두라고, 건드리면 너부터 죽이겠다고 억지를 부리는 바람에 연락이 늦어졌어. 수호를 보면 더 난리를 피울까봐 연락조차 못하겠고."

어쨌든 다행이었다. 일단 사람은 살려놨으니 그도 술 깨면 미안해할 거라며 그녀를 위로했다. 그녀도 그러면 좋겠다며 고맙다는 말을 되뇌었다. 너라도 있어 여기로 이사온 게 나행인지 모르겠다며 희미하게 웃기까지 했다.

8

　오늘따라 기상나팔 노릇을 하던 아내의 목청이 날이 훤하도록 터질 줄을 몰랐다. 그 바람에 아이들은 어미의 눈치를 살피며 일어나 세수를 했고 숟갈을 놓기 무섭게 내뺐다. 아이들의 뒤통수에 대고 늘 쏟아 놓던 잔소리까지도 없자 그는 마누라가 어디 고장이라도 났나 싶어 여간 마음이 찜찜한 게 아니었다.

　병원에서 돌아와 그냥 눕기가 뭣했다. 해서 저간 사정도 밝힐 겸 입을 열었다. 그런데 그게 그만 의외로 길어지고 말았다. 아내는 퉁명스레, "아파본 년이 그래, 남의 속 아픈 걸 그렇게 모른단 말이고" 하며 말방구를 쏘긴 했지만 그에게 그만 하라는 얘기는 하지 않았다.

　그는 아내의 작은 움직임 하나에도 신경이 쓰였다. 부엌 쪽에서 소리가 나는 걸 보니 설거지를 하는 모양이었다. 그러나 이전과 달리 아주 얌전했다. 모처럼 무거운 입을 하자 그의 가슴에 자꾸 밀물지듯 불안감만 몰려들었다. 차라리 전처럼 텁텁한 막걸리 같은 목소리가 터졌으면 싶기도 했다.

　구들장만 지고 있을 순 없었다. 아내 눈치도 눈치지만 하늘 눈치도 봐야 할 것 같았다. 바다가 가라앉는 대로 물일을 서둘러야 했다. 그는 밖으로 나섰다. 바람은 한결 순해져 있었지만 마당은 온통 감잎으로 도배질을 해놓은 상태였다. 그러고 보니 간밤에 감나무가 얼마나 몸살을 앓았는지 달고 있는 잎 중 성한 게 하나도 없었다. 찢어지고 상처나고 너덜너덜한 게 자꾸 눈을 아리게 만들었다. 그래도 아내의 부지런함은 평상 위에 남아 있었다. 마당은 비에 젖어 비질하기 아직

일렀지만 평상이야 언제 동네손님이 들이닥쳐 엉덩이를 부릴 줄 모르니 물기라도 훔쳐놔야 했던 것이다. 그렇다면 아내가 어디 고장난 건 아니라는 얘기였다.

평상에 엉덩이를 걸쳤다. 아직 구름장이 다 물러가지 않아 햇살을 보려면 한나절은 지나야 할 것 같았다. 덕분에 바다에서 막 빠져나온 물바람을 맞으니 꼭 초가을 같았다. 동네 또한 단체목욕이라도 한 듯 말갛게 씻긴 게 마치 낯선 동네가 새로 들어선 느낌이었다. 은희네의 간판도 더 훤해진 듯했다.

"개똥이 따로 없지, 온 동네에다 꾸린내 피아가매 오만 지랄을 다 떠는 저런 기 개똥이제, 뭣이 개똥이겠노!"

수굿하던 아내의 입에서 거친 말이 터졌다. 용케 잘도 참는다 싶더니 도저히 그냥 두고 볼 순 없는 모양이었다. 그의 숟갈이 허공에서 멈칫했다.

"당신도 한본 맡아보소. 저것들이 뭔 냄새를 피아는지! 은인을 알몬 어디 저랄 수가 있능교?"

아내의 입에서 매운내가 풀풀 풍겼다. 어지간히 속이 타는 모양이었다. 그도 아내의 마음을 모르는 바 아니었다. 바다에서 배 손질을 끝내고 돌아오는 길에 똑똑히 보았다. 마을회관보다 더 많은 사람들이 은희네 가게에서 북적거리고 있었다. 바다로 나가지 못하니 하나둘 모여들었을 테고, 사람들이 둘러앉은 것을 보고 너도나도 곁술이라도 먹으려고 달려든 모양이었다. 이전 같으면 죄다 그의 가게에 모였을 사람들이다. 게다가 점심시간이라 공사장 인부들까지 합세를 하니 이건 회관 동회 때보다 더 많은 숫자였다. 곁을 지나는 그는 괜히 어깨가 움츠러들고 딛는 걸음이 허둥대었다. 그러니 아내의 마음은 오죽하겠는가. 어쩌면 진짜 태풍은 이제부터 시작되는지도 모를 일이었다. 비구름을 이고 앉은 아내를 앞에 두고 숟갈질을 계속할 자신이 없었다.

밖으로 나오자 햇살이 달려들었다. 평상 위에 드리워진 감나무 그늘도 태풍 탓에 숭숭 구멍이 뚫렸다. 그는 그늘 속에 몸을 디밀며 은희네를 흘낏거렸다. 오늘이 인부들 간조오날이라도 되는지 가게 앞에 선 삼겹살을 굽는 연기까지 피어나고 있었다. 몰려온 연기에서는 지독한 고깃내가 났다. 이따금 사람들의 웃음소리가 들려오기도 했다.

그는 죄없는 담배만 축내다가 도로 방으로 들어왔다. 그러고는 선풍기를 틀어놓고 넉장거리로 드러누워버렸다. 간밤에 잠을 설쳐 눈도 씀벅거렸고 비지땀을 흘린 뒤 배까지 부르자 하품이 절로 터졌다. 밥상을 들고 부엌으로 들어간 아내는 나올 기미가 없었다. 이번 참에 아예 부엌 곳곳에 눌러앉은 때며 안 쓰던 그릇까지 들어내 씻고 또 씻으며 솟구치는 부아를 다독거릴 모양이다.

그가 눈을 감고 잠을 청하고 있을 때 찻소리가 들렸다. 차는 그의 가게에 멈춰서더니 이내 인기척이 났다. "점장님" 하는 걸 보니 거래처에서 찾아온 모양이었다. 잠시 뒤 아내의 신발 끄는 소리가 났고 곧이어 두런거리는 이야기 소리가 들렸다. 남자의 이야기가 제법 길게 이어지더니 어느 순간, 아내는 혀 꼬인 소리를 내기 시작했고, 중간중간에 양념 삼아 웃음까지 보태는 것이었다. 아내의 태도로 보아 필시 반가운 소식을 물고 온 건 아닌 모양이었다. 두 사람의 이야기는 제법 길어지고 있었다. 아내의 애타는 목소리가 들렸다가 끊어졌다가 했다. 잠시 뒤 찻소리가 났고 아내는 광주리만한 입을 한 채 방문을 열

었다. 그는 졸음을 이겨낼 수 없었다. 아내의 씩씩거리는 소리도 그때
만큼은 자장가 같기만 했다.

잠이 들었나보았다. 전화기가 미친 듯이 울어댔다. 눈을 뜨자마자
주위를 두리번거렸지만 아내의 흔적은 어디서도 보이질 않았다. 할
수 없이 전화기를 끌어당겼다.

"뭐 하노? 빨리 와서 마누라 좀 안 말기고!"

수화기를 들자마자 다짜고짜 터진 수호의 목소리는 불같았다. 그는
잠시 우두망찰했다.

"그기 무씬 말이고?"

수호는 답답하다는 듯 한숨을 던지더니 재차 말을 이었다.

"은희네서 머리끄뎅이 붙잡고 한바탕 쌈박질이 터졌다카이?"

그는 예감하고 있었다. 아내의 몸에서 화약냄새가 짙게 풍기고 있
었고 터뜨릴 빌미만 찾고 있었다는 것을. 그랬기에 싸움이 터졌다는
얘기를 듣고도 태연했다. 그는 정신도 차릴 겸 느릿하게 담배부터 찾
아 꼬나물었다. 벌써 폭죽 같은 아내의 목소리가 동네 하늘을 펑펑 울
려대고 있었다. 그 소리를 듣자 잠결에 소나기처럼 퍼붓던 아내의 거
친 말들이 되살아났다.

방문한 사람들은 빙과류회사의 실사단이었다. 빙과류회사에서는
실사단을 현장에 보내 조사하게 한 다음 투자가치가 있는 가게에는
대대적인 지원을 했다. 그게 아내를 폭발하게 만든 도화선이 되고 말
았다. 냉동고며 물량까지 지원해주고 써비스 차원에서 파라솔이며 각
종 사은품까지 준다니 아내에겐 돈 안 들이고 가게 확장할 좋은 기회
였다. 해서 아내는 음료수까지 건네며 안달복달 매달렸지만 실사단은

고개만 내젓고 돌아섰다. 그때 그는 알고 있었다. 실사단이 다음엔 은희네에 들를 것이고 그러면 결과는 뻔하다는 것을. 아내 또한 그걸 모르지는 않았을 것이다. 다만 실사단이 어떻게 나오나 싶어 보다가 이때다 싶어 치달았을 터이다.

"제수씨가 실성한 거맨치로 달려드이 이거야 원, 끝이 안 보인다야!"

정신없이 달려드는 아내의 심정을 알 만했다.

"퍼뜩 와가 우찌 좀 해봐라, 으잉?"

그는 알겠다며 수화기를 내려놓았다. 그러나 그가 나서서 말릴 일이 아니란 걸 알고 있었다. 해서 느긋하게 신발까지 꿰차는 여유를 부려가며 밖으로 나섰다. 은희네 가게 앞은 이미 아수라장이었다. 웃음소리가 흥건하던 곳이 이젠 악다구니로 가득했다. 주위엔 동네에서 몰려나온 아낙들이 싸움을 말리느라 부산스러웠다. 한편 멀찍이 떨어진 남정네들은 모처럼 구경거리가 생겼다는 듯 담배를 꼬나문 채 지켜보고 있었다. 그는 천천히 걸으면서 속으로 되뇌었다. 어쩌면 이번 싸움은 한번은 터져야 할 고름인지도 모른다고. 횟집을 내는 일은 그 다음이라고.

그곳에는
눈물들이
모인다

바다는 안개에 짓눌려 힘겨웠는지 거친 숨소리를 토했다. 그럴 때마다 은빛 비늘 같은 파도가 일었다. 덩달아 종마처럼 듬직한 배들도 바닷길을 달리고 싶어 몸을 뒤챘다. 경매가 시작되려면 아직 두어 시간은 남았다. 그런데도 벌써 부둣가는 어둠의 모서리를 밀며 하루를 시작하고 있었다. 서둘러 달려온 배들은 계선줄을 묶자마자 생선보다는 피곤한 집어등 불빛을 먼저 부려놓는 중이다. 공판장 앞은 이미 활어트럭과 짐수레로 북새통이다.

그는 잠비늘을 털며 시장으로 향했다. 꼭두새벽부터 일을 나서는 게 결혼 후 굳어진 버릇이었지만 요즘 들어 몸은 무거웠고 하품만 터졌다. 일할 기분이 아니었다. 거래처는 하나둘 떨어져나갔고 활어 수입도 신통찮았다. 천영감의 말처럼, 러브호텔이 필요한 것은 저질스런 상대, 고질스런 상대를 가리지 않는 오입쟁이 인간이 아니었다. 고기 씨가 말라가고 바다 밑바닥이 텅 비니 어자원 확보를 위해서도 러브호텔이 필요한 건 물고기였다. 만선기가 나부낀 것도, 고기 등을 타고 영도로 건넜다는 것도 옛말이었다.

시장 골목도 인기척으로 들끓기 시작했다. 어수선한 발걸음 소리가 피어오르고 덜 풀린 목소리가 하나둘 고요를 찢었다. 골목이 인생 장터가 된 사람들은 목좋은 곳을 놓치지 않으려 발에 바퀴라도 단 것처럼 부산을 떨었다. 덩달아 그의 마음도 바빴다. 모녀상회로 잰걸음을 쳤다. 주변에서야 묵인된 자리라지만 따지고 보면 엄연한 불법 건축물이다. 단속반만 떴다 하면 영락없이 헐릴 간이횟집. 횟집이라고 그럴듯하게 써붙이고 비닐로 바람벽을 치는 바람에 자리싸움은 덜 수 있다. 그러나 진짜 목좋은 곳은 횟집 앞이다. 살림 맡은 아줌마부대들이 주고객이니 그네들이 지나가는 발밑까지 활어를 디밀지 않으면 거들떠보지 않는다. 그러다보니 자연 새벽마다 자리다툼을 하지 않을 수 없다.

아무리 난전사람들끼리 은밀히 협조한다고 해도 안심할 수 없었다. 언제고 틈만 나면 놓인 좌판도 밀어내기 바쁘니 새벽마다 습관처럼 싸움이었다. 그가 눈뜨면 가장 먼저 해야 할 일도 자리확보였다. 활어야 확보하지 못한다 해도 자리만큼은 놓쳐선 안된다. 그랬다긴 결고 거친 장모의 욕바가지를 온종일 들어야 하기 때문이다. 지금처럼 끝없이 내리막으로 치닫는 활어운송이라면 입에 모터를 단 것처럼 대놓고 구시렁거릴 터였다.

그는 부지런히 일손을 놀렸다. 좌판을 끌어다가 놓고 위에 대야며 생선 담을 소쿠리 위치까지 잡았다. 다음에는 낡은 파라솔을 꺼내 세워 전깃줄을 걸었다. 주위에서도 하나둘 불이 켜지고 있었다. 그제야 그는 허리를 펴고 비린 손을 털었다. 이제 장모가 나타나 생선만 진열하면 끝이다. 그렇다면 공판장으로 가는 길을 서둘러야 한다. 은밀한 일처리를 하려면 더이상 늦춰선 곤란하다. 그는 부리나케 약속장소로 향했다.

*

시장으로 돌아오니 장모의 목소리가 폭포처럼 쏟아지고 있었다. 잔뜩 독이 오른 말토막은 멀리서 들어도 속이 따끔거릴 정도였다. 누군가 장모의 자리에 곁다리를 넣은 모양이었다.

"이 바닥은 어데 임자도 없다카더나? 눈구영은 뒀다가 어디 쓸 끼고!"

장모의 앙칼진 목소리는 가까이 갈수록 날카로웠다. 하필 너른 데 두고 송곳 박을 곳도 없는 곳에 나타났냐는 불만이 진득한 목청이었다.

"별 개뼈다귀 같은 기 나타나 아침부터 머리 김나게 만드네?"

장모가 노려보는 곳에 진짜 개뼈다귀 같은 여자가 자리를 꿰차고 앉아 있었다. 늙수그레한 여자가 아니었다. 멀리서 보아도 아직 갯내가 묻지 않았을 젊디젊은 여인이었다. 넉넉하게 잡아도 마흔이나 되었을까.

"젊은 사램이 어데 엉덩이 붙일 데가 없어 노인네 자리를 넘보노, 넘보길!"

여자의 얼굴이 낯익다. 그는 잠시 머리를 갸웃거렸다. 그러고 보니 며칠 전부터 시장골목 초입에 앉아 있는 것을 본 기억이 오롯했다. 그때, 여자는 꽂아둔 촛대처럼 요동도 않고 앉아 있었다. 지나가는 사람에게 생선을 사라는 말이나 눈빛도 보내지 않았다. 그랬기에 저러다 어느 순간 보이지 않겠거니 했다. 그런데 무슨 독한 마음을 먹었는지 목이 좋은 자리를 찾아온 것이다.

"바닷물 묵어봐야 짠 줄 아나? 짠맛을 참말로 한본 보고 싶다 이기가?"

좌판이 합법적인 자리가 아니니 옮기지 않는다면 도리가 없다. 그렇다고 쉬 자리를 내줄 장모와 그 일당도 아니다. 이곳에서 젊음을 보낸 노련한 '아지매'들이었고, 장모야말로 이 골목이 짜할 정도의 욕쟁이 '불알할매'가 아니던가. 얼마나 단속반의 불알을 오래 잡고 버텼으면, 저러다 씨감자까지 못 쓰게 만드는 거 아녀? 하며 시장사람들이 걱정했을까. 그런 장모였지만 이번 자리싸움은 의외로 오래갈지 모른다. 그건 여자의 굳게 다문 입에서 느껴졌다. 더이상 밀린다면 끝장이란 듯 어금니를 깨문 표정이 묘하게 사람을 끌게 만들었다. 장모가 이번 서울행을 그대로 감행한다면 자칫 좌판이 반쪽으로 좁아질지 모른다. 그런 낌새를 알아차렸을까. 장모는 입을 도끼날처럼 놀린다.

"그래도 퍼져앉았네 그래. 보자보자 하이 낯짝은 사람인데 속에 야시가 들어앉았구만!"

장모는 여자를 결딴내고 말 것처럼 눈꺼풀을 뒤집고 들었디. 여차하면 머리끄덩이라도 쥐어잡을 태세다. 그래도 여자는 한마디 대꾸가 없다. 되레 듣기 싫다는 듯 고개를 외로 꼬고 딴전이었다. 장모는 그런 여자의 태도에 뚜껑이 열렸는지 여자 앞의 생선대야를 걷어찼다. 그제야 여자도 참을 수 없다는 듯 더럭 고함을 질렀다.

"왜 이래요? 여기가 할머니가 분양받은 땅이라도 돼요? 남의 물건은 왜 차요, 차기를!"

여자가 눈까지 부릅뜨며 장모를 노려보았다. 장모도 지지 않고 대거리를 했다.

"그래, 이년아! 내 땅이다. 우짤래?"

여자는 어이없다는 표정이다. 그러자 장모는 다짜고짜 여자의 생선 대야를 뒤엎어버렸다. 순식간의 일이었다. 담겨 있던 생선이 사방으로 흩어졌다.

"이 할머니가 정말……!"

상황이 긴박하게 돌아가자 이를 지켜보던 꼬끼오여사가 방패막을 치며 나선다.

"하이고, 성님도, 뭔 새파란 년하고 아침부터 역정인교, 역정이? 지도 귀가 있으몬 알아들었을 낀께, 마 참으소."

보다못한 꼬끼오여사가 장모를 끌고 횟집 안으로 들어갔다. 가만있던 함흥댁도 안되겠다 싶은지 일어섰다.

"나랏님도 늙은이 대접은 해준댔지비. 자네가 저쪽으로 나앉어라우."

"아니, 이 바닥에 임자가 어딨어요? 할머니가 이야기 좀 해보세요, 정해진 임자가 있어요?"

"저 할망이 저래봬도 이 바닥이 사십년이래. 그러이 젊은 사람이 이해해줘야지, 누가 이해해주간?"

"이해하고 자시고 할 것 없어요. 어차피 같이 나선 장삿길 아니에요?"

"그런다고 나란히 앉아 문어를 팔어? 자네도 이 바닥 생활 한번 해보라우. 같은 품목으로 얼마나 버티는지!"

부드럽게 목소리를 굴리던 함흥댁이 언성을 높이자 여자가 입을 닫왔다. 함흥댁의 말이 가슴에 얹힌 모양이었다. 여자는 씩씩거리면서도 함흥댁이 물건을 챙기는 걸 막지 않았다. 함흥댁이 손을 잡아끌자 젊은 새댁은 마지못해 돌아섰다. 그러고 보니 새댁은 물독 뒤에서 자란 듯이 키가 훤칠했다. 그 와중에도 장모는 목청을 놓지 않았다. 작은 물에 큰 배 가라앉는다는 말처럼 그냥 두다간 무슨 일이 벌어질지 몰라 이참에 아예 혼쭐을 단단히 낼 모양이었다.

"안 그래도 속에 걱정이 태산겉이 들어앉았건마는 별 개떡같은 것까지 굴러와 지랄이네, 참말로!"

작년에 먹은 음식까지 올라오겠다는 듯 미간을 좁히고 선 장모를 보자 그도 모르게 피식 웃음이 나왔다. 그를 하인 부리듯 막 대하는 양반이라 당하는 꼴이 속으로 고소했다.

"왔으몬 미친년이나 내쫓지 뭐 한다꼬 허팟줄 터진 사람맨치 실실 쪼개며 속에 불을 지르고 난리고?"

그는 아무 말도 하지 못했다. 대꾸하고 싶었지만 치뜬 장모의 눈을 보는 순간 입이 절로 닫혔다.

"정신을 꽁무니에 차고 다니는 것도 아이고…… 얼릉 올라가기나 해!"

장모의 난데없는 지청구를 듣자 그도 모르게 감정이 튄다.

"지금 가고 있잖아욧!"

그는 시퉁스레 입을 빼물고는 거칠게 몸을 돌려세웠다. 안 그래도 더 있다간 날아올 말매가 성가실 터였다. 부둣길을 다잡아 걷다가 홧김에 괜히 길바닥에 뒹구는 생선상자를 걷어찼다. 발가락이 너무 아팠다.

*

　근래 들어 장모의 심기가 불편한 건 사실이다. 내 팔자가 문어인생이라는 듯 장모는 팔남매를 두었다. 형제가 많다보니 크고작은 일들이 끊일 날이 없었다. 그런데도 한동안 궂은 소식이 뜸하던 집에 좋지 못한 소식이 연이어 전화선을 탔다. 작은딸의 '작은 사고'에 이어 큰아들의 '큰 사고' 소식이 날아든 것이다. 그가 생각해봐도 작은딸의 사고가 분명 큰 사고인데도 장모한테는 그게 아니었다.

　그러니까 며칠 전, 울산에 사는 딸이 자궁에 근종이 생겨 입원하게 되었다며 은근히 병문안을 왔으면 했다. 선도 안 보고 데려간다는 셋째라 한걸음에 달려가리라 여겼는데 그게 아니었다. 나이들어 다리가 셋이 된 늙은 에미가 어딜 나다니겠냐며 알아서 잘 치료하고 나중에 틈 봐서 들르마 하며 전화를 끊어버렸다. 그런데 몇시간 뒤에 서울에 사는 큰아들한테서 전화가 온 것이다. 사연인즉 제사 때문에 며느리와 싸웠다는 그다지 중요하지 않은 소식이었다. 그런데도 장모는 전화기가 녹을 정도로 움켜쥐고 놓을 생각이 없었다. 집안 무너지는 소리라도 들은 것처럼 한동안 며느리 험구덕만 팠다.

　따지고 보면 부부싸움이 터진 건 큰처남이 실직 후 시작한 사업이 내리막길을 치달으면서부터였다. 그런데도 앞뒤 잴 것도 없이 그런 책임을 며느리한테 뒤집어씌우는 거였다. 살림이 여문 데가 없어 손에 쥐는 대로 흥청망청 쓰기 바쁘니 그짝이 났다는 둥, 매사가 물커덩거리는 게 결혼할 때부터 맘에 안 들었다는 둥 시시콜콜 고시랑거렸다. 그러더니 무슨 생각인지 제삿날엔 무슨 일이 있어도 올라갈 거니

사남사녀를 죄다 소집할 것까지 명령하며 부러 '큰 사고'로 위장해버렸다.

집안일이 어수선하게 꼬이니 불똥이 그에게까지 튀었다. 성난 황소 영각 쓰듯 되레 그에게 호통질이었다. 게다가 그에게 이번 서울행에 동참하자니 묶인 염소처럼 시장골목만 돌던 할매가 정신에 맛이 갔나 의심스러웠다. 일이 일인지라 몸을 뺄 수 없는 게 시장 좌판 아니던가. 그렇다고 장모 신세를 지는 처지니 입이 있어도 큰소리칠 처지가 아니라 참고 말았다. 거절했다간 첫째동서처럼 뺨이 얼얼하게 달아오를지 모르기 때문이다.

첫째동서는 술고래였다. 뱃놈 근성을 버리지 못해 뭍에 올라서도 술을 달고 살았다. 보다못한 장모가, 만날 술만 처먹고 가정을 돌보지 않으려면 무엇 때문에 애까지 싸지르고 결혼을 했냐며 사위의 귀퉁배기를 올려붙이고 말았다. 그 일이 있은 후 좋아하던 술도 끊고 지금도 장모의 말이라면 꼼짝 못할 정도니 더이상 말하면 무엇 하겠는가. 뿐인가, 뺨만 안 얻어맞았지 꼼짝 못하는 건 둘째동서도 마찬가지다. 보증사슬에 얽혀 모아놓은 재산을 잃은 후, 장모에게 앙금 없이 어리버리하게 산다며 욕바가지를 들어 지금도 슬슬 피한다. 셋째는 또 어떤가. 가장 사위 중에 안정되고 호방한 성격이지만 그런 놈은 집구석에선 보탬이 안된다며 나무라니 셋째동서조차 장모 만날 기회만 생기면 꽁무니빼기 바쁘다. 그러니 그가 감히 장모의 말뒷동을 대는 일은 있을 수 없다. 말대꾸라도 한다면 이건 집안의 쿠데타나 다름없기 때문이다.

그렇다고 이니 말순씨의 행티가 맘에 드는 것도 아니다. 집장만할 때까지만 참자 해도 사람 사는데 어디 그게 뜻대로 되는가. 신접살림 시작한 이래 두 사람만 오붓하게 지낸 적이 없다. 눈치가 둔치라 아내는 남편 속마음도 헤아릴 줄 모른다. 새벽에 나갔다가 들어오면 불침번 교대처럼 장모와 아내는 나가는 통에 두 사람만 쳐다보고 있을 수도 없다. 밤늦게라도 한번 안아보려 하면 아내가 녹초가 되어 쓰러지고, 장모는 잠도 없이 내일 일을 또 준비하니 장모 잠자리 들기를 기다렸다가 그가 먼저 잠들기 일쑤다. 그러니 씨 보기는 애초에 글렀다. 봄이 오고 새순이 돋는 걸 보니 더 짜증이 났다. 남들 외국으로 신혼여행 간다는데 일 때문에 신혼여행도 미루고 만 것이 두고두고 후회스럽다.

먼동이 트는 부둣길을 터덜거리며 걸었다. 멀리 타워크레인이 흐릿하게 눈을 파고들었다. 그것을 보자 미간이 절로 좁혀졌다. 처가살이로 눈치를 봐야 할 판국에 집 뒤에 아파트공사가 시작되면서 저것까지 귀찮게 굴었다. 하필 망할놈의 기계가 집 위에 아슬아슬하게 걸려 있어 쳐다볼 때마다 조바심이 쳐졌다. 저게 떨어지면 어쩌나 싶으니 하루에도 몇번이고 기계 눈치를 살피게 된 것이다. 이 눈치 저 눈치에 지붕 위의 기계 눈치까지 살피려니 더 피곤했다.

예인선이 무리지어 정박한 곳에 천영감이 배를 손질하고 있었다. 지금처럼 사월에 들어서면 트롤선 같은 대형선박이 거의 입항한 터라 일감이 없다. 하루에 여섯 드럼의 기름을 때가며 바다로 나서봤자 헛그물만 올리니 자연 칠월까지 잠정휴업에 들어가는 셈이다. 그래서 항구는 더 복잡하다. 그런데도 영감이 일찍 나온 걸 보니 또 잠을 이루지 못한 모양이다.

한때 바다를 주름잡았다는 천씨. 그물을 드리우면 만선을 기록할 정도로 고기를 많이 잡았다던 어부. 그러나 그렇게 고기를 잘 잡았다는 천씨도 아내만큼은 잡지 못했다. 집을 나간 아내의 모가지를 거머쥐고 오겠다며 길을 나선 천씨는 술병 목만 그러쥔 채 돌아왔다. 그때부터 그는 아내 대신 술병과 살기 시작했다. 그러나 하나밖에 없는 아들만큼은 포기하지 않아 다시 도선사 일을 시작했다. 그렇게 목숨만큼은 놓지 않았는데 요즘 들어 또 아들 해민이 때문에 걱정인 것이다.

"일거리도 없는데 뭐 한다고 이래 일찍 나왔습니꺼?"

흑백사진처럼 어둠에 싸여 있던 천영감이 힐끗 그를 쳐다보았다. 파도 탓에 영감의 몸이 술취한 사람처럼 뒤뚱거렸다.

"몸도 배처럼 움직여야 녹이 안 슬지. 또 우째 알어? 눈먼 손님이나 하나 걸려들는지……"

예인작업이 없는 때는 푼돈이라도 벌어야 한다. 먼바다에 정박한 배까지 선원들을 실어나르거나 생필품을 옮겨주기도 하면서. 그러다가 간혹 이곳 어시장을 찾는 외지인이라도 나타나면 항구를 한바퀴 유람시켜주며 선비를 받기도 한다. 영감의 말대로 그런 사람이 새벽 바다를 보고 싶어 나오지 않으리란 법도 없다.

"해민이는 아직 자릴 잡지 못하고 술만 퍼묵습니꺼?"

영감은 점퍼 주머니를 뒤져 담배를 꺼내물었다.

"차라리 취직 안될 빼사 조그만 가게라도 하고 싶다는데 돈이 있어야 말이제. 돈이 된다몬 무슨 짓이든 해서 자식 소원만큼은 들어주고 싶구마는. 대학 나온 놈이 저래 취직하기 힘들어 괴로워하이 어디 애비가 보고 있을 수가 있어야지, 원!"

영감은 한스럽다는 듯이 담배만 뻑뻑 빨아댔다. 휘어진 등이 여린 불빛에 드러났다.

"그나저나 자넨 장모에게 언제 손주 안길 텐가?"

"둘이 얼굴 마주보기도 힘든데 손주를 만들 시간이 있남요, 어데!"

"나처럼 한 것 없이 나이테 안 키울라몬 한살이라도 젊었을 때 서둘러."

천영감이 나직하게 웃었다. 그러더니 일손을 움직이기 시작했다. 그는 몸을 돌려세웠다. 가로등을 물고 있는 바닷가의 표정이 한결 밝아 보였다. 모가지가 붙잡힌 배들은 파도가 엉덩이를 치자 연방 푸드득, 소리를 질렀다.

부둣가의 간이화장실 앞에 이르렀을 때이다. 누군가 재빨리 화장실 안으로 빨려들어가듯 몸을 숨겼다. 그는 고개를 갸웃하며 화장실 안을 살폈다. 혹시 '삼텡이'가 아닌가 싶어서였다. 삼텡이라 불리게 된 건, 부모가 비고 배가 비고 머리가 비어서였다. 그러다보니 자연 상택이가 삼텡이로 변하고 말았다. 만약 함흥댁이 외손자라고 치마폭으로 싸안지 않았다면 무슨 일을 벌일지 예측할 수 없는 놈이다. 워낙 정신이 걸레 같은 녀석이라 고삐 풀린 망아지처럼 나돌아다니기 때문이다. 그는 녀석이 아닐까 싶어 눈길을 박고 한동안 서 있었다. 안에서는 아무 소리도 들리지 않았다. 누군가 뒷일이 급해 소란을 피운 모양이었다.

*

골목 입구의 벚나무가 먼저 그를 보고 반겼다. 백년도 더 되었을 늙은 벚나무는 건망증이 없는지 올해도 가지마다 불그스레한 꽃망울을 쥐고 있었다. 이곳에서 유일하게 계절의 표지판 구실을 하는 나무. 그래서 사람들이 늘 우러러보며 하늘같이 여기는 나무였다. 그러나 이

제 사람들은 더이상 벚나무를 쳐다보려 하지 않는다. 우러러볼 때마다 나무보다 더 높은 곳에서 굽어보고 있는 크레인이 사람들의 눈을 먼저 찌르기 때문이다.

높은 지대에 아파트가 들어서리라고는 아무도 생각지 못했다. 상처처럼 붉은 살이 드러나더니 대형 크레인이 들어섰다. 대형 크레인은 동네 일대의 집들을 구석구석 훑어보며 숨겨진 가난을 살피기 바빴다. 작업소리가 요란해질수록 사람들의 어깨는 좁아졌고 고개는 꺾였다. 그런 사람들의 마음을 아는지, 아니면 벚나무 또한 제 목숨이 위태롭단 걸 알아챘는지 올해는 유달리 꽃망울을 일찍 밀어올렸다. 저런 상태라면 조만간 튀밥 같은 꽃숭어리를 매달 터였다. 그러다가 바람이 불면 이곳을 들어서는 사람들을 위해 봄눈 같은 제 꽃잎을 하르르 날리겠지. 지쳐 돌아오는 사람들의 머리와 어깨 위에. 그런 생각을 하자 여태 맘놓고 벚꽃길 한번 나서지 못했다는 생각이 난다. 남들이 해마다 한다는 봄놀이며 여행마저 맘놓고 나서지 못한 채 매일 반복되는 지겨운 일상의 연속. 조금만 틈을 주면 누군가 그 자리를 가로채는 시장인생. 인생역전을 위해 뛰어든 골목이지만 인생은 '역전'이 아니라 '여전'이지 않던가. 근래 그가 풀이 죽은 것도 그런 탓인가. 어쩌면 천영감의 말처럼 나이테 더 많아지기 전에 자식농사라도 아무지게 지어놓아야 하는 건 아닌지 모른다. 그런 생각을 하자 가만있던 아랫도리가 영도다리처럼 일어섰다. 그도 모르게 집을 향해 걸음을 서둘렀다.

나무대문은 오래되어 제 스스로 무릎을 꺾으며 주저앉는 중이었다. 손을 대사 고통스럽다는 듯이 끼르륵, 비명을 토했다. 그러거나 말거나 서둘러 현관문을 밀어붙였다. 아내는 시큰둥한 표정으로 그를 힐

끔 쳐다보더니 칼질만 해댄다. 물먹은 멍게처럼 뿌루퉁하게 부어 있
는 얼굴을 보자 일이 글렀다 싶다. 안 그래도 배나 여자나 곡선이 생
명인데 마누라는 그렇질 못해 은근히 다른 여자에 눈길이 가곤 했던
터이다. 그런데 얼굴까지 부어올랐으니 자칫 잘못 덤볐다간 되레 해
코지를 당할지 모른다. 순간 남의 집에 들어온 듯 어색했다. 장모 없
는 틈에 치마라도 들어보려 했던 마음이 싹 가셨다.

"부산횟집에서 꼭두새벽부터 전화 왔습디다!"

아침부터 아내의 말투에 가시가 배어 있다. 그는 올 것이 왔구나 싶
다. 횟감 주문량이 떨어지고 은근히 고깃값이 비싸다며 말토를 달 때
부터 눈치챘다. 죄없이 쭝떡쭝떡 썰리는 오이토막이 그 대신 칼매를
맞는 것 같았다.

"없는 거래처를 물어와도 힘든 판에 든 괴기까지 놓치몬 우야는교
그래?"

할말이 없다. 방으로 건너와 넉장거리로 누워 애꿎은 아랫도리만
쓰다듬었다. 집구석에 불난 것도 모르고 혼자 일없이 퍼올린 춘정이
부끄러웠다. 횟감 배달도 이젠 사양길이었다. 너도나도 대규모의 수
산회사와 직거래를 트거나 주인이 직접 활어차를 이용해 횟감을 실어
나르니 그와 같이 중간이익을 챙기는 활어판매상은 버티고 설 자리가
없다. 수입은 나날이 줄어갔다. 이러다간 정말 트럭에 새긴 '모녀상
회' 로고를 떼야 할지 모른다.

"이럴 빼사 마 다시 배 타는 기 낫겠구마는……"

그 말을 듣는 순간 그는 벌떡 몸을 세웠다. 다시 배를 타라는 얘기
는 죽으라는 말과 같았다. 그는 살기 위해 바다를 포기한 사람이었다.

"방금, 뭐라캤노?"

그도 모르게 언성이 높아졌다. 아내가 놀랐는지 목소리를 낮추었다.

"아이, 하도 답답하이 하는 말 아이요. 이러다간 그리 싫다는 처가
살이는 언제 그만둘 낀교 그래."

그 말을 들으니 그로서도 딱히 변명할 말이 없다. 부지런히 모아 내
집 장만하기 위해 스스로 들어선 처가살이 아니던가. 울도 담도 없는
그를 선택한 건 아내 또한 자신의 부지런함을 믿었기 때문이다. 담뱃
갑에 손이 갔다. 그는 담배 하나를 꺼내물고 불을 댕겼다. 배를 타던
날이 떠올랐다.

너른 밭에 파를 갈아엎고 팻말을 심던 날, 아버지는 농약을 소주처
럼 들이켰다. 그 일로 어머니마저 용케 움켜쥐고 있던 정신을 놓아버
렸다. 미친놈의 세상이 우열이 너그 애매를 미치게 만들었구먼. 밤낮
없이 밭고랑을 헤매던 어머니는 결국 일터를 하늘로 옮겨버렸다. 그
에게 남겨진 건 힘껏 말아쥔 두 주먹밖에 없었다. 그는 그길로 고향을
떠나 뱃놈이 되었다. 세상꼴이 보기 싫었고 멀리멀리 떠나고 싶어서
였다. 그러나 바다생활이 그를 도리어 어머니처럼 미치게 만든다는
걸 알았다. 굽어보는 바다색이 자꾸 붉게 보였다. 점점 발밑의 바다가
더 위험하다는 걸 깨달았다. 하선을 하지 않을 수 없었다.

"퍼뜩 한술 뜨고 일 안 나갈 끼요? 제숫감 장만할라묜 바쁠 낀데 나
치는 대로 얼른 가게로 나오소!"

아내의 말에 대답도 하기 싫었다. 장모의 극성도 극성이지만 아내
또한 다를 게 없었다. 그저 머슴 부리듯 부려먹기 바빴다. 돈이 되든
안되든 그 또한 일을 하고 있지 않은가. 그런데도 툭하면 개 부르듯
불리시 이거 해라, 저거 서들라며 사람을 가만두지 않았다. 처가살이
라 앞앞이 말 못하고 시키는 대로 했다. 그러다보니 이건 어째 데릴사

위처럼 신세가 밑바닥으로 내리구른다 싶다. 그도 모르게 입이 거칠
어지고 만다.

"누가 장인 제사에 간다카더나? 누군 배알도 없냐, 장모님이 가라
마라 맘대로 정하게?"

"지야 일 땜에 몬 가도 당신은 갔다와야 할 거 아이요. 여태 시키는
대로 잘도 하다가 무씬 바람이 불어 올해는 안하겠다는 긴지 모리겠
네?"

"할매 혼자 가는 길도 눈에 익혀놔야제. 처남들도 바뿌다고 빠지는
제사를 와 내가 해마다 모시노?"

"눈에 익은 글자만 몇개 아는 할매가 우째 서울을 찾아가는교? 그
라는 사람이 여행 가자는 얘긴 뭔 심보로 했는지 모리겠네."

"하이튼 이번엔 안 갈 테니깐 알아서 해!"

"욕바가지 들을 일만 골라서 하고 있네. 마 밥이나 들고 퍼뜩 나가
소."

아내는 별일 다 보겠다는 듯 잠시 문턱에 섰더니 덤으로 쓰일 야채
바구니며 앞치마, 물신까지 챙겨 나가버렸다. 활어배달이야 손님이
없는 오전에 가면 그뿐이었다. 일찍 나서봐야 횟집문은 닫혀 있기 때
문이다. 억지눈을 감았다. 신세치고는 참 처량하다 싶었다.

*

인생이란 한순간에 변한다. 그는 지금도 그런 순간이 벼락처럼 온
다고 믿고 있다. 물론 그 벼락이 날벼락이든 물벼락이든. 아내가 사라
지는 순간 천영감의 삶이 변했고, 남편이 바다에서 사라지는 순간 장

모의 인생이 바뀌었다. 모든 게 순간적이다.

배에서 내린 후 식당배달원이 되었다. 월급은 얼마 되지 않았지만 오토바이를 타고 달리는 기분만큼은 돈과 바꿀 수 없었다. 여태 맛보지 못한 쾌감이었다. 그는 오토바이를 타고 배달을 했고 퇴근 후엔 바닷길을 달렸다. 달리고 싶을 때까지 달렸다. 그렇게 미치도록 바쁘게 움직이며 사는 맛을 즐길 때였다. 장모가 냉동고기를 녹인 비린 물을 길바닥에 뿌리는 순간 공교롭게도 그의 오토바이가 지나갔다. 그에게 닥친 난데없는 물벼락을 피하려 핸들을 꺾었고 그 결과 꼬박 육개월을 누워지내야 했다.

날이 갈수록 발이 간지러워 미칠 때였다. 장모는 자기 탓이라며 어느날 병원으로 말순씨를 보냈다. 그러니까 그때까진 말순씨가 아내가 되리라고는 꿈에도 생각지 못했다. 그랬기에 그냥 이러저러하게 얽혀진 인연 중의 한가닥이거니 해, 퇴원 후 시장에서 만나도 서로 아는 체할 뿐이었다. 마주칠 때마다 말순씨의 낯이 붉어지는 걸 눈치챘지만 말이다.

그런 어느날, 장모 때문에 또 된벼락을 맞고 말았다. 뜬금없이 미음을 부탁해 할매가 어디 아픈가 싶어 배달을 갔더니 말순씨가 드러누웠다는 것이다. 일 때문에 구완을 못하니 대신 미음이라도 먹여야 할 것 같아 불렀다며, 요리조리 찾아가면 된다고 약도까지 일러주는 것이 아닌가. 가지 않을 수 없었다. 일러준 대로 벚나무 아래에서 가풀막을 타고 올라 세번째 집. 오토바이를 세워놓고 세번째가 맞나 몇번을 확인한 다음 잠깐 망설였다. 말순씨! 하고 부르고 싶었지만 이름조차 대놓고 불러본 사이도 아닌데다가, 남의 집에 배달온 주제에 소리를 내지르기도 뭣해 그냥 대문을 밀고 말았다. 방문 앞에 서서 몇번을 불러도 아무 소리가 없었다. 어디 아프겠거니 하며 문을 지그시 밀자 방 가운데에 말순씨가 머리에 수건을 동여맨 채 잠이 들어 있는 것이 아닌가. 거기까진 괜찮았다. 총각 마음을 뒤흔들어놓은 건 그녀의 풀어진 옷자락 사이에 고개를 내민 뽀얀 앞가슴이었다. 순간 눈앞까지 뽀얘지면서 그를 달아오르게 만들었다. 미어져나온 가슴을 도로 밀어넣어줄 수도 없고, 배달온 음식을 들고 그냥 돌아설 수도 없었다. 난감했다. 그러다 결국 도로 문을 닫고 헛기침 몇번으로 말순씨를 불렀다. 잠시 뒤 앓는 소리가 났고 그는 기다렸다는 듯이 다시 문을 열었다. 운신이 힘들 정도로 그녀는 앓고 있었다. 심하면 병원에 가야 하지 않겠냐고 하자 거기까지는 아니라며 힘없이 고개를 저었다. 그때 차라리 돌아서야 했다, 벼락을 피해야 할 것 같으면.

인연이 되려고 그랬는지 이상하게 앓는 사람 팽개쳐놓고 돌아서기가 뭐했다. 경험상 그도 가장 힘들 때가 몸이 아플 때 아니던가. 곁에 아무도 없다는 것이 얼마나 견디기 힘든지 그는 잘 알고 있었다. 해서 미음이라도 먹고 힘내라고 권했을 뿐이다. 숟갈질도 힘들어 보이는 그녀인지라 떠먹여주고라도 가야 한다 싶어 말순씨를 조심스럽게 일으켜세웠다. 순간 여민 젖가슴이 그를 향해 또 삐죽이 고개를 내미는 것이 아닌가. 그 바람에 당황한 그는 미음을 젖가슴에 쏟고 말았다. 놀란 비명소리에 그는 어쩔 줄 몰랐고 급한 바람에 손을 갖다대고 말았다.

여기까지 일이 진행되었다면 없던 일로 칠 수 있었다. 그런데 그때는 뭐에 씌었는지 말순씨가 그렇게 예뻐 보이지 않을 수 없었다. 얼굴이 발간 게 꽃도 얼굴을 숙이고 달도 숨을 정도로 이쁘기만 했다. 심장이 멎을 듯해 그도 모르게 "말순씨!" 하며 가슴을 파고들었던 것이다.

어떻게 일을 치렀는지 몰랐다. 팬티를 내리고 본능적으로 나무토막 같은 아랫도리를 놀렸을 뿐이다. 말순씨의 입에서 "아" 하고 비명이 터지는 순간 그녀의 가장 깊은 곳에 닿았다 싶었다. 그는 더 깊은 곳까지 닿고 싶어 몸을 뒤챘다. 그럴수록 말순씨의 손톱이 그의 등을 더 깊이 파고든 기억이 오롯하다. 그가 기운을 잃고 쓰러졌을 때 지독히 등이 쓰렸기 때문이다.

두 사람이 방안에서, 그것도 몰래 벌거벗고 설친 일을 어떻게 알았을까. 그건 지금 생각해도 이상한 노릇이다. 짜고 친 고스톱도 아니고 뒷수습도 하기 전에 사람들이 달려왔고 뒤이어 장모까지 나타난 것이다. 졸지에 그는 치한이 되고 말았다. 애지중지 키운 딸 순식간에 도둑맞았다며, 경찰을 부를까 아니면 책임질 일이 있으면 책임질래 어쩔래 하며 으름장을 놓았다. 도둑은 절대 아니라고 가슴이라도 쪼개 보이고 싶었지만 어쩔 도리가 없었다. 울며 겨자 먹기로 책임지겠다고 약조하고 나니 이 무슨 날벼락인가 싶어 정신이 아뜩했을 뿐이다.

*

"우열아, 아니 박서방! 씹을 빠진 놈들이 또 들이쳐 개지랄을 떨어댄다. 퍼뜩 좀 내려온나, 으이?"

수화기를 쥐자마자 장모의 목소리가 터졌다. 그의 이름까지 들먹이자 기분이 묘하게 뒤틀렸다. 그런 탓인지 장모의 다급한 목소리를 듣고도 연신 하품만 디졌다. 단속반이 떴다면 그가 가도 이미 엎질러진 물이었다. 가판대는 부러지거나 트럭에 실려갔을 것이고, 죄없는 생선들만 옆구리가 터진 채 시체노릇을 하고 있을 터였다. 그러니 기실 장모의 전화는 단속반을 몰아내달라는 뜻이 아니라 부러지고 망가진 가판대를 고쳐달라는 거나 마찬가지다.

솔직히 말해서 장모야말로 단속반들도 아예 건드릴 생각을 않는다. 워낙 이 바닥에 굴러먹은 밑바닥 인생이라 그들도 손금보듯 잘 안다. 심하게 굴었다간 습성상 집고 할퀸다는 것을. 그래서 가져가는 거라 곤 쉽게 만들 수 있는 가판대나 생선대야 몇개가 고작이다. 기실 '불알아지매'라 지어부른 것도 그들이 아닌가. 단속반이 들이닥쳐 하도 못살게 구니깐 이게 여덟 자식 밥그릇이나 마찬가진데 못하게 하면 그럼 너그가 책임질 거냐며 단속반 불알을 잡고 매달린 것이다. 그게 얼마나 고통스러웠으면 다음날부터 아예 장모 근처에는 얼씬도 하지 않더란다. 그러니까 장모는 이 바닥에 살아 있는 전설적인 인물이라 해도 과언이 아니다. 다만 세월이 흘러 불알아지매가 불알할매로 바뀌었을 뿐. 지금도 가끔 그 일이 생각나 "불알할매!" 하고 부르면, "불알 겉은 소리 하고 자빠졌네. 없는 불알을 어디다 갖다붙여. 공알할매 면 몰라도"라며 육두문자를 갈긴다. 게다가 뭔 '씹'은 그리 입에 달고 사는지, 말끝마다 심심풀이로 '씹'이 들어간다.

언젠가 텔레비전을 볼 때였다. 미국이 이라크를 침공한 뉴스를 계 속 보여주자, 텔레비전에 눈을 박고 있던 할매가 이맛금을 만들며 입 을 열었다. "참말로 세상 한번 네미씹이네. 저런 개씹 같은 짓을 뭐 한 다꼬 테리비로 중계를 다 하누. 함흥댁이 보면 또 억장 무너지겠구 먼" 했다. 이 정도면 약과다. 제 배 앓아 낳은 막내딸에게도 "씹터래끼 세냐, 와 그리 굼떠!" 할 정도니 모르는 사람이면 모녀지간인지 의심 할 정도다. 그러니 장모는 몸 자체가 '욕상자'나 진배없다.

시계불알을 살폈다. 시간이 제법 이른 걸 보니 이번 단속은 꽤 빠른 편이다. 어디 높은 사람이라도 떴나보다. 그는 느긋하게 신발을 꿰어 신고 시장으로 향했다. 벚나무 그늘을 빠져나와 곧장 부둣길로 접어 들었다. 길바닥에 치잣빛 햇살이 깔리는 중이었다. 때를 기다렸다는 듯이 부두 공터에는 노인네들이 몰려나와 진을 치고 있었다. 삼삼오 오 둘러앉은 영감들 사이에는 신문지가 깔렸고 화투패가 돌고 있었 다. 시장골목으로 들어서려는데 부두를 어슬렁거리는 낯익은 얼굴이 보였다. 개코 문형사였다. 개코가 그를 보자 알은체를 했다.

"자네, 오랜만이군. 안 그래도 한번 만나보고 싶었는데 잘됐네. 어 때, 차라도 한잔 할까?"

"시간 없네요. 단속이 떠서……"

"그래? 그럼 하나만 묻자. 대장이는 요즘 어딨대?"

"내가 그걸 어떻게 아요!"

개코가 그럴 줄 알았다는 듯이 얼굴을 찡그린다.

"친구라고 두둔하기는. 암튼 보이면 연락 줘. 연락처는 아직 갖고 있지?"

개코가 먼저 몸을 돌려세우자 그도 돌아섰다. 가다가 돌아보니 개 코는 화장실로 향하고 있다. 보나마나 또 냄새를 맡으러 가는 모양이 다. 화장실 구석구석을 누비며 또 일회용 주사기를 찾거나 담배꽁초 를 주워 쿵쿵 냄새를 맡겠지. 이 바닥에 문형사가 나타나 좋은 게 하 나도 없다. 그렇다면 이곳은 또 한동안 보이지 않는 긴장된 공기가 흐 를 터였다. 은근히 대장이 엄마, 꼬끼오여사가 걱정이었다.

시장에 다다랐을 때 입구 쪽에 자리다툼을 하던 새댁이 앉아 있었 다. 이곳 사람을 닮지 않은 하얀 피부. 고생이라곤 한번도 한 적이 없을 듯한 갸녀린 손. 그리고 알맞게 젖어 있는 촉촉한 눈과 머릿결은 멀리서도 눈에 띌 정도였다. 그녀가 이곳까지 떠밀린 걸 보니 텃세를 당할 재간이 없었나보다. 게다가 생각지 못한 단속 앞에서 허둥거렸는지 그녀 앞에는 급히 쓸어담았을 법한 생선들이 어지럽게 널려 있었다.

좀더 들어서자 시장바닥은 여름처럼 후끈 달아올랐다. 사람들의 호흡은 거칠 대로 거칠어져 있었고 제자리를 지키고 있는 사람이 없을 정도였다. 어지럽게 뒹구는 진열대며 물건들을 보니 마치 이 골목으로만 태풍이 지나간 것 같았다. 그런 와중에도 사람들은 서로 낄낄거려댔다. 이미 익숙한 일이라 그런지 억울하다는 표정은 없었다.

"햐, 요것들은 때리뿌사는 걸 뭔 재미로 안다쿤께. 아무짝에도 쓸모없이 맨들었잖어."

"그래도 그건 못질 몇번만 하몬 다시 쓰겠구만. 이거 봐. 이건 어데 땔감밖에 더 쓰겄나?"

"이런 일 당할 때마다 이놈의 돈이라도 왕창 벌어 구청을 통째 사버리고 싶다카이!"

"하이고, 그기 가능하다몬 나도 한구멍 넣어도. 한맺히긴 피차일반 이니께."

"그기 안될 건 또 뭐 있누? 카드만 있으몬 그걸로 집도 사는 세상이라는데."

"아서라, 카드빚 땜에 튼실한 솔가지나 찾을라고?"

"찾아갈 때 가더라도 돈 한본 실컷 써봤으몬 원이 없겄다."

"그나저나 이 태풍에 모녀상회는 또 살아남았네?"

"망치라도 들이댔다간 지 연장이 몬지 고장날지 모리는데 함부로 건드릴 수야 있겠나, 어데?"

"오늘 보이깐 할매보단 딸이 더 독종이더라카이. 젊은게 여간 아이라, 안 그렇더나?"

"암튼 이 바닥에 살아남을라몬 저런 억척은 돼야 한다쿠이."

잘못 구운 빵빛의 늙은이들이 장모의 자리를 힐끗거리며 입방아를 찧어댔다. 그가 나타나자 하나둘 슬쩍 조개입을 했다. 그는 못 들은 척 지나쳤다. 모녀상회가 살아남았다고 하지만 생채기를 입지 않을 수 없다. 다만 다른 사람들의 피해보다 적다는 것뿐이다.

짐작대로 모녀상회 건물은 차일만 내려앉았다. 저 정도면 그의 손도 필요가 없었다. 떨어진 간이간판이야 다시 달면 그만이고 가판대야말로 어차피 방패용이 아니던가. 그래도 장모의 입에서 씩씩, 발동기 소리가 났다.

"저기 또 내 눈을 쥐어뜯어싸서 미치겠다. 얼릉 손 좀 봐!"

장모는 그가 나타나자마자 벌건 입을 열었다. 가게에 있어야 할 아내가 아무리 둘러봐도 보이지 않았다. 손을 놀릴 생각은 않고 그가 주위를 두리번거리자 장모가 그사이를 참지 못하고 방정맞은 입을 놀린다.

"니 눈엔 징모 아푼 건 비지도 않고 마누라만 빈다 이기제, 시방?"

"저때가 되몬 마누라 다리가 꽃가지로 보여 잡아당기고 싶어 환장할 낀데, 와 성님은 그리 눈치가 없는교?"

싼입 때문에 주둥아리에 납덩이를 달아야 된다고 욕을 들어도 그사이를 참지 못하고 꼬끼오여사가 말간섭을 했다. 장모의 눈이 금세 세모꼴로 변했다.

"남의 집안일에 꼭 끼여드는 눈치없는 건 자네네!"

꼬끼오여사가 입을 삐죽 내밀고는 멈췄던 손을 놀리기 시작했다. 여전히 함흥댁은 넋을 잃고 앉아 누더기 같은 하늘만 바라보고 있다. 실종신고까지 했는데도 손자에게서는 아무 소식이 없는 모양이다.

"우리 것 고치고 할매 것도 손 좀 봐줘라. 저 정신으로 장사나 하겠냐, 어디?"

가판대를 손질하고 무너진 차일을 매만지고 있을 때 아내가 눈에 걸렸다. 물차에 횟감을 뜨러 갔었는지 물대야를 출렁이며 오고 있었다. 걸어오면서도 고기 처음 구경하는 사람처럼 눈길을 자꾸 물대야에 빠뜨리자 신경이 곤두섰다.

"야이, 할망구야, 이 바닥에 지정신으로 장사하는 사람이 어데 있노. 나도 자슥새끼들 땜에 앞근심에 뒷근심까지 업은 년이다. 괴기라도 팔아야 상택이를 멕여살리도 살릴 거 아인가배. 얼른 심 좀 내!"

보다못한 장모가 안쓰러워 던진 말에도 함흥댁은 꼼짝하지 않았다. 할매가 요즘 들어 계속 힘든 모양이었다. 할 수 없이 그가 이것저것 챙겨가며 손을 놀려주어야 할 것 같다.

"우째 괴기 낯이 이리 선교?"

아내는 숨을 헐떡거리면서 다가오더니 그를 향해 대뜸 한마디를 던졌다. 그는 짐짓 모르는 척 냅다 지청구를 먹인다.

"바닷물도 자세히 보면 여러 색이다. 똑같이 생긴 괴기가 어딨노?"

그의 말에도 아내는 이상하다는 듯 연신 고개만 갸웃거렸다.

*

오후로 접어들자 사람들로 붐비기 시작했다. 한바탕의 소동으로 끌탕을 첬지만 그런 일이 언제 있었냐는 듯 시장사람들의 표정은 밝았다. 장모도 손님들이 북적대자 손님낚시에 여념이 없다. 꼬끼오여사는 쌈지에 지전을 차곡차곡 챙겨넣으며 연방 웃음을 싸질렀다. 틈이 날 때마다 콧노래까지 섞는 걸 보아선 뭔가 좋은 일이 있긴 있는 모양이었다. 그런 여사를 보자 자꾸 문형사의 얼굴이 어른거렸다.

손님 끌기에 정신이 없던 장모는 뭔 일이 있는지 전화기를 붙잡고 있었다. 뒤편으로 펼쳐진 바다 위로 갈매기가 서넛 풍경으로 떠서 이따금 마실을 나오는 게 눈에 걸리기도 했다. 활어배달을 마친 그도 본격적으로 아내의 장사를 도와야 했다. 오전이야 손님이 뜸한 편이나 오후 들면 회 손님이 들이닥치기 때문이다.

"이 미친놈아! 그 바쁘다는 대통령도 메칠마다 보는데 넌 우째 일 년이 넘도록 얼굴짝 한본 보기 힘드냐?"

장모의 전화질은 끝이 없었다. 아마 인천에 사는 셋째아들인 모양이다. 이번 장인 제사를 빌미로 식구들을 깡그리 불러모을 작정이 틀림없다.

"하따, 미친놈 지랄병한다. 에미처럼 바쁜 몸이 어딨냐? 마 씨버리지 말고 와. 성 땜에 에미가 할말이 있응께!"

장인 제사를 시울에 있는 큰아들네에게 넘긴 것도 어쩌면 장모의 꿍꿍이셈일지 모른다. 제숫감 마련에 드는 경비도 무섭다며 혀를 빼물 정도였으니깐. 꼬끼오여사는 막걸리 몇잔 걸친 사람처럼 연신 육자배기가락을 흥얼거렸다. 다들 부산을 떠는데도 함흥댁만 어깨를 늘어뜨리고 앉았다. 마음에 상택이만 들어차 있나보다.

"눈치도 없이 지 기분 좋다고 혼자 떠드는 것 좀 보소."

어느새 전화를 끊은 장모가 꼬끼오여사를 향해 눈을 흘겼다. 그 말은 곁에 앉은 함흥댁의 속내도 헤아려 진중하게 행동하라는 나무람이었다. 노래를 질질 흘리는 꼴이 아무래도 대장이 돌아온 게 분명했다. 그렇지 않고서야 개코가 나타날 리 없다.

내다버린 쓰레기봉지처럼 아무데나 술에 취해 몸을 구기고 잠들던 대장이가 어느날 종적을 감췄다. 처음엔 맘잡고 배 타고 나갔나 했는데 몇년이 지나도 나타나질 않았다. 불쑥불쑥 묻지 않은 말까지 뱉어가며 끼여드는 꼬끼오여사도 아들얘기만큼은 끝까지 함구했다. 그러다보니 사람들은 칼맞아 죽었다더니 어디 정신병원에 갇혀 있다느니 말도 많았다. 그런 대장이에 대한 소문도 세월이 흐르면서 흐릿해지고 말았다. 꼬끼오여사가 계속 웃음을 싸지르자 장모는 걱정스럽다는 듯이 혀끝을 찼다.

"저기 혹시 남자가 또 생긴 건 아이라? 암만캐도 수상타!"

대장이란 전과 5범이라는 얘기다. 일일이 죄목을 열거하자면 5범도 넘는다. 공무집행방해죄, 무전취식, 노상방뇨, 기물파손, 폭력 등 이루 헤아릴 수 없다. 대장이는 한때 그와 같이 트롤선을 타기도 했지만 워낙 천성이 한자리에 붙어 있질 못해 걸핏하면 그만두는 걸 밥 먹듯 했다. 보다못한 꼬끼오여사가 장사밑천을 대주기도 했지만 망나니짓만 하는 바람에 말아먹는 게 일이었다. 그런 대장이를 보면서 꼬끼오여사는 큰소리 한번 치질 못했다. 꼬끼오여사가, 하필 뒤늦게 알게 된 남자가 아내와 자식이 있는 유부남이었던 것이다. 뒤에 그런 사실을 알면서도 어린 대장이를 팽개치고 살림까지 냈다. 그렇게 한다면 평생 제 남자가 될 줄 알고. 그러나 모든 게 한순간에 와르르 무너졌고 다시 시장으로 돌아오고 말았다 장모는 그런 대장이 엄마의 내력을 두고 한동안 "그놈의 지랄같은 성미가 남의 부부 사이에도 끼여들어

화를 자초했구만. 자고로 사람 아가리는 자주 놀려야 먹고살지만 가랑이는 함부로 놀리다간 인생 끝장인겨" 하며 혀끝을 찼다.

*

남녀 한쌍이 걸어오는 것이 보였다. 여자는 짙은 썬글라스를 끼고 있었다. 남자는 이리저리 기웃거리더니 그를 뚫어져라 쳐다보았다. 그러고는 다시 곁에 선 여자를 바라보았다. 여자가 천천히 고개를 끄덕여 보이자 남자가 먼저 가게 안으로 성큼성큼 들어섰다. 발걸음이 시원시원한 게 통이 꽤 커 보였다. 손님 눈치를 보고 있던 아내가 손님이 앉자마자 재빨리 덤안주를 내려놓았다. 손님이 들어서자 장모도 목소리를 낮추고 다시 골목으로 눈길낚시를 내걸었다.

"이봐요, 형씨, 나 좀 봅시다!"

남자의 억양이 낯설었다. 이곳 사람은 아닌 모양이었다. 그가 고개를 들어 남자를 바라보았다. 남자의 볼에 난 상처 때문에 험악해 보였다. 여자는 몰려오는 갯내가 역겨운 듯 손으로 연신 코끝을 털어대더니 담배를 꺼내물었다.

"우리 어디서 본 적이 없수?"

"없는 것 같은데요. 혹시 단골이슈?"

"아, 아뇨."

남자가 여자를 바라보았다. 여자는 흘낏 남자를 쳐다보고서는 이내 바다 쪽으로 눈길을 돌려 이리저리 기웃거렸다. 여자의 짙은 화장냄새가 역겨웠다.

"형씨, 혹시 이 근처에 배 가진 양반 없소?"

"와요?"

"아, 그냥 일이 좀 있어서요."

"배 모는 사람이야 많죠. 요 앞에 가면 천영감도 있고요. 아매 모녀 상회에서 왔다몬 알아서 잘해줄 낍니다."

"그래요?"

남자는 힘차게 고개를 끄덕였다. 그러곤 다시 말을 이었다.

"이 집에 제일 비싼 놈이 어떤 놈이요? 그걸로 후딱 한접시 해주쇼!"

그는 기다렸다는 듯이 참돔을 뜰채로 떠서 숨을 죽였다. 뜨내기손님들은 틈만 보였다 하면 일어서기 일쑤다. 그러니 꼼짝할 수 없다는 듯 살아 있는 생선의 숨을 죽여야 비로소 내 손님이 된다. 그가 서둘러 회를 장만하는 동안에도 남녀는 말없이 바다만 바라보고 있었다. 그러고 보니 남자가 몹시 험악해 보였다. 그에 비해 여자는 나이가 제법 들어 보였다. 여자는 자리가 불편한지 썬글라스를 벗지 않고 연신 사방을 두리번거렸다. 그는 속으로 어디 밀항이나 나선 사람들처럼 보여 자꾸 눈길이 갔다. 바닷바람도 적당히 살점에 섞어 회를 뜬 다음 손님에게 내밀었다. 여자는 남자 가까이 접시를 밀고는 지갑에서 수표부터 꺼내들었다.

"바쁘니깐 먼저 계산부터 해줘요. 얼마죠?"

"쐬주는 한잔 안하시고요? 얼큰한 매운탕 식사도 되는데……"

"이런 데서 뭘 또 먹어요?"

여자는 짜증스럽다는 듯이 턱끝을 올려세웠다. 남자가 주위를 두리번거리더니 상체를 여자 쪽으로 내밀며 귀에 대고 속삭였다. 그러자 여자도 알고 있다는 듯 고개를 주억거렸다. 그가 다시 잔돈을 쥐고 다가섰을 때 사내는 입을 열 듯하더니 이내 다물었다. 자세히 보니 남자의 팔뚝에는 문신이며 흉터자국이 가득했다. 남자가 바라본 곳을 힐끗거렸지만 그의 눈에는 예인선만 걸려들 뿐이었다.

"일 끝내는 대로 곧장 와. 난 이런 곳은 맘에 안 드니깐. 알았어?"

남자는 알겠다는 시늉을 했다. 여자가 떠나고 나서도 남자는 조각난 바다만 기웃거렸다. 그러다가 술잔을 서너 잔 거푸 잡아채더니 엉덩이를 들었다.

"지금 가면 그 영감을 만날 수 있소?"

그가 그렇다고 하자 남자는 곧장 바다로 향했다. 겨우 회 몇점을 집어먹고 나가버리자 그가 더 황당했다. 천씨의 예인선이 묶인 곳을 살폈지만 천영감도, 배도 보이지 않았다. 대신 길가에 쪼그리고 앉아 이쪽을 뚫어져라 쳐다보는 새댁만 걸려들었다.

손님이 뜸해 그가 담배 한대를 물고 부두로 나섰을 때 남자는 천씨를 만나고 있었다. 제법 이야기가 긴 듯 한동안 꼼짝하지 않았다. 담배꽁초를 던지고 돌아서려는데 이번에는 두 사람이 나란히 배로 향하는 게 보였다. 잠시 뒤 엔진소리가 울렸고 바다를 향해 배가 미끄러져 나갔다.

*

손님이 남긴 잔술을 비운 뒤 오이토막을 우겨넣고 있을 때였다. 이쪽으로 걸어오는 천씨가 보였다. 태우고 나간 남자는 보이지 않고 대신 꼬마아이의 손을 잡고서였다.

"저기 누고? 상택이 아이가?"

장모의 말에 해바라기씨처럼 까맣게 굳은 표정을 하고 있던 함흥댁이 벌떡 몸을 일으켰다. 그러더니 "상택아" 하며 달려가기 바빴다. 그러나 달려간 함흥댁은 상택이를 안고서는 대뜸 목청부터 높인다.

"지정신도 아인 눔이 지 맘대로 싸돌아다니누! 이 할망구 속태워 뒈지게 할 작정이네, 응?"

기린 목이 되어 있던 함흥댁의 모습은 어디에도 찾을 수 없었다. 고함을 지른 뒤에는 상택이의 볼기에 손매까지 쳐댔다. 상택이가 잠시 어리둥절해하는 듯하더니 이내 울음을 터뜨렸다. 그래도 함흥댁의 손매는 멈출 줄을 몰랐다.

"이 할망이 니 때문에 몬저 죽겠다야, 이놈으 간나짜쓱아!"

사람들은 모두 어리둥절해했다. 함흥댁이 그렇게 호되게 손자를 때린 적이 없었기 때문이다. 함흥댁은 피란와 살기 위해 재취로 들어갔다. 겨우 마흔이 넘어 얻은 핏줄이 상택이 엄마였다. 그러나 딸은 교복을 불살라버리고 어느날 훌쩍 가출을 해버렸다. 몇년 동안 소식이 끊겼던 딸이 남편도 대동하지 않은 채 아이 하나를 데리고 나타났다. 그러곤 또 훌쩍 제 갈길로 가버렸다. 함흥댁은 딸이 떠난 후 제 몫으로 맡겨진 것이겠거니 여기며 상택이를 돌봤다. 그게 벌써 몇년이 흘렀지만 상택이 엄마는 다시는 나타나지 않았다.

"아니, 부둣가에 소주병 따까리처럼 구불라댕기는 영감탱이가 상택이를 우째 찾았대?"

장모는, 술에 절어 제정신이 아닌 사람이 제정신 아닌 상택이를 찾았다는 게 믿어지지 않는다는 듯 뜨악한 표정이었다. 천씨는 우쭐해져서 턱을 세우며 말했다.

"영도에 가자는 손님이 있어 태우고 갔는데 거기 상택이가 있더라니께."

"그라몬, 여태 영도에 있었단 말이가? 우떻게 거기까지 갈 생각을 했을꼬 그래?"

곁에서 눈치를 보아가며 얘기를 엿듣던 꼬끼오여사가 끼여든다.

"다리가 있으니깐 갔지, 지가 헤엄쳐 건너갔겠는교?"

"또 초치는 소리 한다. 남의 일이라고 그리 가벼이 입을 놀리몬 우야노? 자네한텐 이런 일 없을까봐서?"

장모의 핀잔에 꼬끼오여사는 한마디 건넸다가 본전도 못 찾았다는 듯이 입을 삐죽거렸다. 그 와중에도 함흥댁은 상택이의 몸을 구석구석 살폈다. 상택이의 몸은 연탄장수처럼 새까맣게 변해 있었다. 더군다나 누구한테 맞았는지 입술이 터져 엉망이었고 팔뚝에는 긁힌 자국에 퍼런 멍까지 들었다. 성한 곳이 없을 정도다. 함흥댁은 일일이 몸의 상처를 어루만지며 넋나간 사람처럼, "어이구, 이놈을 어쩌누, 불쌍해서 어쩌누" 소리만 했다.

"저러다가 모지래는 아새끼 영영 잊아삐리는 거 아인지 모리겄다!"

장모가 혀끝을 차며 말했다. 곁에 섰던 그가 입을 연다.

"이번 참에 아예 학실히 해놓지요, 뭐."

무슨 뜻으로 하는 말인지 몰라 장모와 아내가 그를 쳐다보았다.

"학생들이 가슴에 이름표를 달듯 상택이한테도 명찰을 붙이놓자 이 말입니다."

"뭐라카노? 누가 그런 짓을 안해봤나, 지 손으로 떼삐리니 문제지."

"그러이까 지 말은 그라지 몬하도록 연락처를 적어놓자 이 말입니다. 그라몬 누가 연락을 해도 할 거 아입니꺼."

그제야 장모도 무릎을 쳤다.

"개똥도 약에 쓸 데가 있다카더이……"

"사위더러 개똥이 뭡니꺼? 기분 더럽게시리."

"망할놈, 장모한테 말하는 것 좀 보소? 쇠뿔도 단 김에 빼랬다고 얼른 적기나 해!"

"내사 마 장모님이 적었으몬 좋겠건마는!"

"뭐라?"

장모가 눈을 흡떴다. 그런 표정을 보자 속에서 웃음이 터졌다. 그는 모르쇠를 떼며 가게 안으로 들어갔다. 펜을 가지고 나왔을 때까지 장모의 이맛금은 여전히 구겨진 채였다. 그가 상택이의 팔뚝과 장단지에 차례로 전화번호를 적었다. 그리고 웃옷을 걷어올려 배에는 전화번호 밑에 '연락 주면 후사함'이란 글자까지 적어넣자 가만히 지켜보던 장모가 까막눈이 들통날까 겁이 났는지 횟집 안으로 몸을 숨겼다. 속이 후련해지는 기분이었다.

"신발에도 적어두면 더 오래가겠구만. 신발 벗고 다니는 놈은 없응께."

곁에 섰던 천영감이 한마디를 거들었다. 그는 그것도 괜찮겠다 싶어 신발 곁에까지 연락처를 적은 다음에야 굽힌 허리를 폈다. 일이 끝나기를 기다렸다는 듯이 함흥댁이 상택이의 손을 잡고 집으로 향했다. 멀어지는 두 사람의 모습을 보고 있을 때, 언제 나왔는지 다시 장모가 곁에 섰다.

"영감탱이가 용한 일을 했구만. 술이나 한잔 하고 가!"

그를 힐끔거리는 장모의 눈길이 매서웠다. 말투로 보아 배알이 틀리니 잔술마저 사위 입으로 들어가는 게 싫다는 심술이 역력했다.

"살다보이 욕 대신 술을 다 얻어먹는구만!"

"망할놈의 영감탱이! 주고 싶어 주는 줄 아는 모양이제?"

"배도 기름칠을 해야 움직이듯 사람 속도 기름칠을 해야 살아갈 거 아인가배. 어쨌든 한잔이라도 따뤄봐."

영감은 모처럼 손님대접 받아 흡족한 모양이다. 한잔으로 양이 차지 않는지 거푸 술잔을 꺾는다.

"영감탱이 하는 거 보이 왼종일 잡으라는 손님은 안 잡고 또 술병만 잡을지 모르겠구만. 내는 분명히 한잔만 하라캤다!"

"그나저나 뭔 손님이 비싼 회를 이렇게 마이 남겼대 그래?"

천영감은 부러 딴청이었다. 안주까지 욕심내며 덤비자 괜히 사위 때문에 손해났다는 듯 장모가 그를 노려보았다. 장모의 표정을 보니 여차하면 잔소리를 몇됫박은 쏟아부을 기세다. 그는 일없이 부두로 향했다.

*

어둠이 깔리고 있있다. 사람들은 고름 같은 등불을 내다거느라 종종걸음이었다. 불빛이 고여야 활기가 넘치는 이곳. 아직 흑백풍경으로 남은 도시의 낡은 모서리. 그래서일까. 이곳 사람들은 밝은 것보다 어둠에 익숙하다. 세상살이의 물살에 떠밀려 도달한 땅의 끝. 어쩌면 이곳의 안개는 그런 사람들의 한숨이 뭉친 것이고, 이곳 바닷물도 그런 사람들의 눈물이 고여 이루어진 것일지 모른다. 그는 잠시 그런 생각을 했다.

"돈가뭄 면할라몬 부지러이 몸 움직여! 안 그래도 미친년 하나 땜에 머리끝이 곤두서건마는."

장모는 여전히 새댁을 의식하고 있었다. 새벽 푸닥거리 후엔 안중에도 없는 줄 알았는데 아닌 모양이다. 그러고 보니 새댁도 틈만 나면 이쪽을 힐끗거리고 있다. 새댁 앞에 놓인 생선도 별로 줄지 않은 것 같다. 하기야 이쪽과는 손님의 그림자 수가 다르니 눈길이 쏠리지 않을 수 없을 것이다.

"이 장이 큰가 저 장이 큰가 두리번거리는 저년 눈깔 좀 보소!"

장모는 못마땅해 죽겠다는 듯 이죽거렸다. 그러면서도 연방 시계불알 밑을 기웃거렸다.

"장봐서 곧장 집으로 올라갈 테이깐 자리 뜨지 말고! 알겠제?"

장모는 몇번이고 당조짐을 주면서도 마음이 놓이지 않는지 그를 노려보았다. 아내를 옆에 두고 아이 나무라듯 잔소리를 해대자 그의 속이 뒤엉켰다. 이건 사위 신세가 개차반이라 한마디 뱉지 않을 수 없었다.

"가봤자 거가 거지, 어디 멀리 갈 데나 있습니꺼?"

장모는 사위 말투가 맘에 안 든다는 듯 입을 씰룩거렸다. 그러더니 이내 폭죽 같은 말을 터뜨렸다.

"물건 임자는 물건을 보자마자 착 달라붙지만서도 아인 사람은 미끄러지는 기라. 그러이 잘 보고 장사하란 말이다, 내 말은!"

듣기 싫다는 듯 외면해도 장모는 한동안 걸음을 미루적거렸다. 그러다가 마지못해 걸음을 옮겼다. 골목 입구에 앉은 새댁의 동정을 살피는 건 여전했다. 장모가 떠나자 기다렸다는 듯이 아내가 장모의 간이의자에 엉덩이를 부렸다. 졸지에 그는 혼자 횟집을 떠맡아야 했다.

출어를 하지 못하면서 이 바닥의 돈도 말라가고 있다. 그러다보니 손님의 발걸음도 뜸했다. 돈이 풀려야 이런 허름한 횟집도 잔돈이나마 건질 수 있다. 그런데 때아닌 가뭄에 시달리는 중이다. 좌판도 마찬가지다. 거개가 눈요기나 하다가 겨우 자반고기 몇천원어치 사가는 게 전부다. 그 바람에 시장사람들 사이의 보이지 않는 경쟁도 치열하지 않을 수 없다.

장모가 건어물가게로 향하면서도 가게 쪽을 힐끗거렸다. 그런 장모를 보자 심기가 뒤틀렸다. 믿지 못할 것 같으면 자리는 왜 뜬단 말인가. 처가살이 삼년에 장모의 쌈지구경은 한번도 못했다. 쥐면 펼 줄 모르는 구두쇠 양반이 따로 없었다. 그런 장모가 뭔 꿍심인지 가게 마련하려고 모았던 피 같은 돈을 죄다 장남에게 퍼주었다. 장모의 말대로라면 맏이가 잘돼야 형제간에도 다툼이 없다나. 장인의 제사를 큰 아들네로 넘긴 것도 아마 그즈음일 것이다. 모갯돈이 맏이의 사업 밑천으로 슬슬 녹은 다음에는 더 악착을 떨었다. 그런 돈독이 오른 장모니 건어물시장에 가보았자 큰돈을 들이진 않을 터였다.

손님의 발길이 더 뜸했다. 곰장어 손님조차 걸려들지 않았다. 마음이 꼬여 그런지 일손 놀리기도 싫었다. 그는 하릴없이 담배만 축내며 바다 눈치만 살폈다. 낮에 썬글라스를 낀 여자와 틀렸던 남자가 천영감과 마주서 있는 게 보였다. 남자가 지갑에서 돈을 꺼내 천씨에게 건넸다. 받아쥔 천씨의 얼굴이 훤해지는 게 보름달 쳐다보듯 뚜렷이 보였다.

전화가 울렸다. 받아보니 함흥댁이었다. 상택이가 한뎃잠을 자서 그런지 몸이 좋지 않아 못 나올 것 같다는 전갈이었다. 알겠다며 전화를 끊은 후 고개를 돌려보니 두 사람이 나란히 부둣가를 빠져나가고 있었다. 밖으로 나가 함흥댁의 물건을 챙기기 시작했다. 물건이야 어차피 한 냉동창고를 사용하니 챙기고 자시고 할 것이 없었다. 함흥댁의 생선을 차곡차곡 담고 있는데 긴 그림자가 그의 시야를 가렸다. 고개를 들어보니 새댁이 서 있었다. 생선대야를 들고 있어 집으로 가는 줄 알았다. 그런데 그게 아니었다. 함흥댁의 자리가 비기를 기다렸다는 듯이 차지하고 앉는 게 아닌가. 걱정하던 일이 하필이면 장모가 없을 때 벌어지자 그로서도 난감했다. 그도 모르게 입만 벌리고 있자 사태를 파악한 아내가 팔뚝을 걷고 나선다.

"아니, 주인 있는 자리를 허락도 없이 차고앉으면 어떻게 해!"

아내는 제 언니 또래나 되는 새댁을 향해 사정없이 반말지거리를 했다. 기선을 제압하려면 나이보다 듬직한 몸으로 밀어붙이는 게 낫다고 생각한 모양이다. 기실 몸매로 본다면 그는 새댁 쪽으로 기울어 있었다. 물거미 뒷다리처럼 미끈하게 빠진 게 아내의 알밴 대구 몸통을 닮은 다리하고는 참으로 대조적이었기 때문이다. 뿐만 아니라 아내는 갯가의 소금기에 피부는 거칠 대로 거칠었지만, 새댁은 아직 햇살 한번 보지 않은 얼굴이 아니던가. 게다가 아내의 얼굴엔 상춧잎의 벌레구멍처럼 기미가 덮였지만 새댁은 뽀송뽀송한 게 잡티 하나 없었다.

"빨리 저리 가소. 내 입에서 더러븐 소리 터지기 전에!"

새댁은 아무 대꾸가 없었다. 도리어 할말을 참는다는 듯 한번씩 씩씩거리는 아내를 쳐다볼 뿐이었다. 마치 그런 새댁의 표정은 가소롭다는 듯 여유까지 보였다. 새댁이 일어설 기미가 없자 아내는 단속 잘못해 뒷간문 열려 구린내 풍긴다는 듯 그를 향해 인상을 찌푸렸다. 새댁은 각오했다는 듯이 어금니까지 지그시 깨문 상태다.

"이 바닥 물 먹은 사람이몬 다 안다카이. 금만 없어 그렇지 임자가 있다는 거는!"

"시장바닥에 네 자리 내 자리가 없다는 거, 구청에 가서 알아볼래, 등기소에 가서 확인해볼래?"

닫고 있던 입에서 터져나온 새댁의 말은 날선 칼날처럼 섬뜩했다. 말투로 보아 호락호락하게 당하진 않겠다는 의지가 역력했다. 그는 속으로 옳다구나 싶었다. 싸움이 어떻게 진행될지 은근히 호기심이 일었다. 아내는 새댁의 뜻하지 않은 응수에 눌렸는지 벌린 입을 다물지 못했다. 그러더니 그를 쳐다보며 지원을 요청했다. 그는 장모를 닮아 큰소리부터 질러대던 꼴이 가소로워 웃음이 터졌다.

"남의 싸움 구경하요. 왜 웃고 지랄인교?"

아내는 때리는 시어미보다 말리는 시누이가 더 밉다는 듯 그를 노려보았다.

"함흥댁도 몬 나오이 오늘은 괜찮다 아이가? 어차피 파장인데?"

그도 모르게 이죽거리고 말았다.

"뭐, 뭐? 내버려두다이, 이 양반이?"

아내는 기가 차다는 듯 연방 씩씩거렸다. 그러더니 이내 화살을 그에게로 돌렸다. 순해터진 게 이렇게 앞뒤가 막힌 것인 줄 몰랐다는 투다. 그렇게 투덜거리기 시작한 게 부부싸움으로 변했다. 낮부터 골목 끝으로 쳐다보는 눈빛이 이상하더라는 얘기에서부터, 치마 두른 것만 보면 내 것인 양 덤벼드는 게 남정네들이라며 빈정거렸다. 게다가 저것 때문에 철석같이 약속한 장인 제사도 가지 않으려 한 건 아니냐며 속 꼬인 소리까지 내질렀다. 어처구니가 없었지만 더 큰 싸움 되지 않으려면 참아야 했다. 전을 걷던 꼬끼오여사가 그냥 있을 수 없다는 듯 끼여들었다.

"좀 있음 손님이 몬저 끊길 테이 내비둬. 보자하이 알로바이트라도 나온 모양인데, 뭘?"

속이 상했는지 결국 아내는 찬바람을 일으키며 집으로 가버렸다. 그 바람에 억지춘향격으로 그가 자리를 지키지 않을 수 없었다. 새댁을 눈앞에 두고 있자니 기분이 야릇했다. 모든 게 아내와 딴판이다. 이따금 손을 놀릴 때마다 얼핏 드러나는 앙가슴은 매혹적이다 못해 손을 갖다대고 싶을 정도다. 그런 끌림 탓일까. 아니면 은근히 새댁의 장사를 도와서일까. 손님들은 새댁에게만 달라붙었다. 한시간도 채 안되는 시간 동안 옮겨온 재미를 쏠쏠히 봤다. 그는 그런 새댁의 모습만 물끄러미 훔쳐볼 뿐, 장사 생각은 돌지 않았다.

"엄마!"

뜬금없이 울리는 소리에 고개를 돌려보니 조막만한 아이 셋이 달려오고 있었다. 모두 여자애들이었다. 밤늦은 시각에 이게 무슨 일인가 싶었더니 일제히 새댁 품으로 달려들었다.

"집에 있지 왜 나와? 엄마, 조금 있음 들어갈 텐데."

"엄마 가게가 여기야?"

이제 겨우 대여섯살쯤 되었을 듯한 아이가 물었다.

"으? 으응, 여기가 엄마 가게야."

새댁이 흘낏 그의 눈치를 살폈다. 그는 못 들은 척 물건을 챙기기 시작했다. 늦도록 있어봤자 새댁이 있는 한 손님 받기는 글렀다 싶어서였다. 물건을 정리하고 부둣가로 향할 때까지도 네 식구는 자리를 뜰 줄 몰랐다. 앉고 서고 해 도란거리는 가족이 괜히 부러웠다.

부둣가에는 하릴없는 선원들이 몰려나와 구석구석에 노름판이며 술판을 벌이고 있었다. 늦은밤이라 그런지 오가는 배도 보이지 않았다. 그때 뒤늦게 밤바다를 울리는 통통거리는 배의 심장소리가 들렸다. 캘캘거리는 소리며 생긴 꼴이 천영감의 배가 분명했다.

*

한동안 아내와 실랑이를 벌여야 했다. 아내는 장사까지 포기하고 전가족이 다 갈 수 없는 것 아니냐며 입찬소리를 해댔다. 계고장도 엉터리로 읽어내는 양반을 혼자 보낼 수도 없는 노릇이고, 당신이 혼자 장사를 떠맡는 것도 문제가 있으니 두 사람만 갔다오라며 옆구리를 윽박질렀다. 그럴수록 그는 콧방귀만 꿰었다. 올라가봤자 장모 제 기분대로 이래라저래라 하면, 영락없이 남우세스런 일만 당하고 돌아올 게 뻔했기 때문이다. 지금도 큰소리 한번 치지 못하고 방구석에 처박혀 눈치만 보다가 눈뜨기 무섭게 시장으로 향해야 하는 처지 아닌가. 그런 생각을 하니 더 가고 싶은 생각이 없었다.

그가 뽀로통한 표정만 짓자 아내는 기어이 시장에서 있었던 일까지 들췄다. 오늘 일도 당신이 야무지게 고함이라도 질러가며 아퀴를 지었으면 그런 일이 벌어지기나 했겠냐며 닦달이었다. 그리고도 모자라 도다리처럼 새댁을 향해 눈깔 돌아가는 걸 보니 꼴사나워서, 누가 볼까 걱정스럽더란 얘기까지 보탤 땐 처가고 뭐고 눈치볼 것 없이 고함이라도 지르고 싶었다. 치솟은 화를 억누르느라 피곤한데도 잠이 달아나고 말았다. 그 바람에 새벽까지 잠자리를 설쳤다. 그랬는데 망할 놈의 전화벨이 울린 거였다.

"우열이 자네 식구들이랑 새댁이랑 대판 벌어졌네. 자네가 나와봐야겠는걸."

천영감의 목소리였다. 영감은 소식을 전하면서도 싸움이 재미있는지 말끝에 웃음을 묻혔다. 영감의 웃음을 들으니 도대체 사태가 심각한 건지 아닌지 분간이 서질 않았다. 그는 심드렁한 표정으로 몸을 일으켰다. 승패는 이미 정해져 있었다. 그러나 곰곰이 생각해보니 사태가 의외로 심각할 수 있겠다 싶었다. 새댁이야말로 함흥댁의 자리에서 재미를 봤으니 전처럼 쉬 물러나진 않을 터였다. 어쩌면 단단히 마음먹고 일대 격전을 벌이는지 모른다.

부둣길로 들어섰을 때 새댁의 대거리가 만만찮음을 직감했다. 하기야 이왕 물 묻힌 치마 땀 묻는 걸 꺼릴까. 새댁이 장바닥으로 나설 마음을 먹었다면 필시 이유가 있을 것이다. 그건 고만고만한 아이들 셋만 봐도 짐작이 간다. 더군다나 이곳의 사람치고 사연 없는 사람이 없고 상처 없는 사람이 없지 않던가.

"이년아, 나이를 똥구영으로 처묵었나? 알아들을 만한 년이 와 알아듣질 몬해!"

"여기 시장이 할매 꺼예요? 할매 혼자 세났어요? 왜 이년 저년 욕을 하며 난리예요!"

새댁의 말투가 묘하게 바뀌어 있다.

"귀신도 빌몬 듣는다카는데 그만큼 야그를 해도 알아 처묵질 몬해. 퍼뜩 일나 안 꺼지나?"

"할매 자리도 아니면서 뭣 땜에 일어서라 마라 해요! 할매가 뭔데?"

"그럼 거가 네년 자리가, 네년 자리야?"

아내는 아내대로 드럼통 같은 몸을 부르르 떨면서 제 어미를 지원

114

하고 나섰다. 그러거나 말거나 새댁은 자리를 확실히 굳히려는 듯 좌판 놀리는 손길을 더 서둘렀다. 이른 시각인지 함흥댁과 꼬끼오여사는 보이지 않았다.

"길 닦아놓으이깐 미친년이 몬저 설친다더이 저년이 딱 그짝이구만. 에라이, 몬된 년!"

삿대질에 욕지거리로 몰아내기 힘들다고 판단했는지 장모가 물벼락을 날렸다. 예기치 못한 공격에 당황한 새댁이 물세례를 받고 한동안 멍해 있었다. 그런 새댁이 무슨 생각을 했는지 몸을 일으켰다. 새댁이 물에 젖은 얼굴을 훔치지도 않고 장모에게 다가갔다. 부릅뜬 눈빛이 예사롭지 않았다.

"할매도 귓구멍이 있으니깐 말해두죠. 임자가 있는 땅을 구청에서 단속을 나와요? 할매가 임자라면 어디 가서 떼든 확인서 가져오세요. 그럼 두말 않고 물러갈 테니."

장모는 새댁의 말에 어안이 벙벙한 듯 입만 열고 섰다. 말인즉 옳았다. 저걸 경찰서에 콱 집어넣을 수도 없는 터라 복장이 뒤집히는지 장모는 앙가슴만 쥐어뜯었다. 게다가 도도하기는 바짝 선 촛대 같으니 어찌해볼 재간이 없는지 그를 힐끗거렸다.

"박서방, 거 섰지 말고 저년 좀 우떻게 해봐라이. 당최 젊은기 말귀를 몬 알아듣는구만!"

새댁이 그렇게 나오는 이상 그로서도 방법이 없었다. 이미 장모는 새댁에게 완전히 케이오패를 당한 거나 마찬가지였다. 그가 무르춤하게 엉덩이를 빼자 장모가 그를 향해 눈을 까뒤집었다.

"오냐, 이년아! 네년이 똑똑하다 이기제, 시방?"

하긴 그냥 물러날 장모가 아니었다. 우격다짐으로 나서는 장모의 꼴이 가소로운지 새댁이 피식 웃음을 문다.

"그래, 누가 이기나 한본 해보자, 이년아!"

말리고 자시고 할 새도 없었다. 비호같이 달려든 장모가 새댁의 블라우스를 잡아챘다. 순식간에 새댁의 블라우스 단추는 힘없이 떨어져 내렸고 하얀 브래지어가 드러났다. 새댁의 얼굴이 벌겋게 달아올랐다. 잠깐 주춤하는 듯하던 새댁이 드잡이로 나섰다. 급기야 장모의 깡마른 가슴도 튀어나와 시장바닥을 향해 출렁거렸다. 제 자리가 아니라 다행이라는 듯 아예 눈길 주는 것도 잊은 채 장사준비에 여념이 없던 사람들은 그제야 하나둘씩 달려들었다. 그사이에도 장모의 새된 목소리와 새댁의 비명은 멈출 줄 몰랐다. 그는 엉거주춤 서서 뒤통수만 긁을 뿐이었다.

*

화장실을 빠져나오는 개코가 보였다. 손에 뭔가를 쥐고 있었다. 그는 못 본 척 걸음을 재촉했다.

"이봐, 우열이! 잠깐 나 좀 보세."

도둑이 달 싫어하듯 은밀한 곳만 찾아헤매는 개코를 맞닥뜨리고 싶지 않았지만 이쯤 되면 어쩔 수 없다. 그가 고개를 돌리자 다가온 문형사가 손에 쥔 것을 내민다.

"자네, 이게 뭔지 아나?"

"……?"

"이게 일명 일회용 뽕주사기라는 거야, 필로폰! 이게 나온다는 건 상습적으로 하는 놈이 근방에 있다는 거고, 하는 놈이 있다는 건 공급이 이루어진다는 거지, 안 그래?"

"그래서요?"

"그러니까 내 얘기는 서로 돕자는 거지. 생각해봐. 자네 뒤도 구리다는 건 이 바닥 사람이면 다 알고 있는걸?"

"생사람 잡지 마슈!"

큰소리는 쳤지만 속이 켕겼다. 개코가 냄새를 못 맡았을 리 없다. 그렇다고 그만 그렇게 하는 게 아니다. 이 바닥의 사람들이 죄다 그렇게 하고 있다. 바다는 마르지, 활어값이 금값이니 살기 위해 눈속임을 하지 않을 수 없는 것이다. 다만 중국산이라고 드러내지 않을 뿐이다.

"아마 제법 벌금을 물어야 할걸. 게다가 이 바닥에선 사장될지 모르고……"

"이거, 왜 이라요? 지는 그딴 짓 안합니다!"

"뭐 죄다 잡아넣을 수가 있나? 몇놈만 옭아매면 끝나는 거지."

"도대체 와 이러는 기요?"

"이제 말귀가 통하는구먼. 수상한 놈이 보이면 연락만 주면 돼. 그게 처음 본 놈이든 그렇지 않은 대장이 같은 놈이든 상관할 것 없이. 나머진 내가 알아서 할 테니깐. 알았어?"

분형사는 그의 어깨를 토닥이고는 야릇한 웃음까지 보였다. 기분이 묘했다. 대장이의 쇠고랑을 채운 것도 따지고 보면 개코였다. 다만 직접 나서지 않았을 뿐이다. 그는 더러운 똥이라도 본 것처럼 속이 구렸다. 바닥에 가래침을 뱉었다. 항구를 빠져나가는 천영감의 배가 보였다. 영감이 부쩍 바빠지고 있었다.

거래처를 돌며 활어배달을 하고 돌아왔을 때까지 시장바닥에 감도는 냉기는 가라앉지 않았다. 함흥댁은 보이지 않았다. 상택이도 마찬가지였다. 함흥댁 탓에 큰 싸움을 걸지 못했다는 듯 장모는 이마에 내천자를 그린 채 새댁만 노려보고 있었다. 남편 기일이라 솟구치는 화를 어금니로 참고 있는 게 역력했다. 꼬끼오여사의 얼굴은 여전히 훤했다.

"흉년 떡도 많이 나면 싸진다고 미친년이 하필이면 문어를 들고 와 지랄인지 모리겠네!"

그가 나타나기를 기다렸다는 듯 장모가 입을 열었다. 하도 들어 귀에 싹이라도 난 듯 새댁은 반응이 없었다. 그저 묵묵히 앉아 있을 뿐이다. 그러나 얼굴에는 싸움의 흔적이 고스란히 남아 있었다. 긁힌 자국이며 보지 못한 밴드까지 덕지덕지 들러붙어 있었던 것이다. 팔뚝도 예외는 아니었다. 아내와 장모가 한꺼번에 달려들었으니 생채기를 입지 않을 도리가 없었을 터이다.

새댁의 가판대에 문어가 놓여 있었다. 암묵적이긴 하지만 이곳에도 엄연히 취급하는 품목이 정해져 있다. 꼬끼오여사가 갈치, 조기 등을 주종으로 한다면, 함흥댁은 반건조시킨 가자미 등속과 같은 조림용 생선이 전문이다. 그러니 장모가 목숨걸고 나서는 이유도 납득이 간다. 새댁이야말로 싸움이 컸으면 물러날 법도 한데 그게 아니다. 해볼 테면 해보라는 식이다.

"젊은년이 그리 욕을 처들었으몬 엉덩이를 들어도 들 낀데 떡 버티고 앉은 꼬라지 좀 보소."

장모는 눈 찌를 막대기가 놓인 듯 연신 쭝얼거렸다. 그때 함흥댁이 걸어오는 것이 보였다. 상택이 때문에 또 무슨 걱정인지 어깨가 땅바닥에 끌리듯 처져 있었다. 그러거나 말거나 장모는 서방 본 듯 외치고 든다.

"장사하는 년이 자리 지킬 생각은 안하고 벌건 대낮에 나오몬 우짜노?"

함흥댁은 말이 없었다. 대신 그녀의 자리를 차고앉은 새댁을 힐끗거리더니 입을 연다.

"일할 맛이 나야 나오지비."

"와, 상택이한테 뭔 일이 또 있나?"

함흥댁은 대답 대신 긴 한숨을 내몰았다. 소리가 얼마나 큰지 디딘 땅까지 꺼지는 듯했다.

"새벽에 일나갈라고 일나니깐 보이질 않겠슴. 혹시 화장실이라도 갔나 했는데 느닷없이 지하철관리사무소란 데서 연락이 왔지 뭐이네."

"정신도 온전하지 못한 놈이 지하철을 다 타? 참말로 용하네, 용해!"

묵묵히 듣고 있던 꼬끼오여사의 말이었다. 함흥댁이 여사를 향해 미간을 찌푸렸다. 낌새를 알아차린 장모가 꼬끼오여사를 향해 눈을 흘겼다. 그제야 꼬끼오여사도 실수를 눈치채고선 말수습에 나섰다.

"아니, 지하철관리소면 종점까지 갔다는 거 아니우? 그래서 어떻게 됐대요, 성님?"

꼬끼오여사가 혀끝을 감아올리며 되물었다.

"글쎄, 그거이 좀……"

함흥댁이 말끝을 흐렸다. 걱정스럽다는 듯이 장모가 묻는다.

"무슨 일인데 그라노? 어디 심하게 다치기라도 했나?"

"어떤 아줌마 뺨을 갈겼다는 기야. 고것도 가만히 앉아 있는 여자
를……"

"상택이가 일없이 여자 뺨을 쳐?"

함흥댁이 고개를 주억거렸다. 그러더니 다시 긴숨을 내쉬곤 입을
열었다.

"근데 그 여잘 가만 보이까네 제 어미를 꼭 빼닮은 거이……"

함흥댁은 더이상 말을 잇지 못했다. 상택이에게도 엄마의 모습이
남아 있었던 것일까. 함흥댁은 눈가가 짓물리는 줄도 모르고 무연한
눈길을 바다로 내몰았다. 그런 함흥댁을 아무도 말리지 못한다.

"아무래도 제 어미를 찾아가봐야 할 것 같습둥. 저놈 아린 속이라
도 달래주게스리."

"어디 있는지나 알고 하는 소리가, 그기?"

장모의 말에 함흥댁이 고개를 끄덕여 보였다.

"그런 걸, 왜 여태 얘길 안했누?"

"살림 차리고 잘사는 년한테 짐 될까봐 그렇지, 무어겠습둥."

"할매 속에 자물통이 들었구먼. 그래 그런 게 뭐 흠이라꼬 숨기노,
숨기길!"

장모의 말에 함흥댁은 아무 대꾸가 없었다. 간섭 잘하는 꼬끼오여
사마저 일없이 가판대만 매만질 뿐이다. 하늘의 구름빛이 점점 짙어
지고 있었다.

*

　햇살을 양념 삼아 뿌리던 하늘이 기어이 구름밭으로 변했다. 시장 바닥에는 진득한 그늘이 고였다. 장모의 입도 틀어져 일그러진 하늘과 다를 바 없다. 날씨 탓인지 사람 발걸음도 끊어져 온 시장이 손님 흉년이다. 이따금 보이는 손님도 거개가 물건에 눈길을 주지 않는다. 이런 날씨라면 틀림없이 밤늦게라도 성긴 빗방울을 뿌릴 터였다. 날씨가 흐리면 가장 손님빨을 못 받는 게 횟집이다. 그 바람에 아내는 틈만 나면 시곗바늘만 쳐다보았다.

　갑자기 하늘이 배 앓는 소리를 냈다. 그러더니 이내 못 참겠다는 듯 설사 같은 비를 쏟아내기 시작했다. 계절에 맞지 않는 소낙비였다. 사람들은 일제히 파라솔을 펼쳤고 비닐을 덮느라 정신이 없었다. 사람들이 부산을 떠는데도 새댁은 그저 앉아 있기만 했다. 비를 가릴 우산도, 비닐조각도 없는 모양이었다. 그는 잠시 그런 새댁을 지켜보았다. 장모는 일찍 장을 걷어야 할 판국에 잘됐다는 표정으로 새댁을 바라보았다.

　그때였다. 여자 손님 하나가 새댁 앞에 멈춰섰다. 입성으로 보아 제법 부티가 있어 쉽게 물건을 팔 수 있는 손님 같았다. 여자 손님은 물건 고를 생각이 없는 듯 새댁만 훔쳐보았다. 여태 손님에게 적극적이던 새댁은 무슨 딴생각에 빠졌는지 미동조차 없었다. 여자 손님이 기웃거릴수록 고개만 더 꺾을 뿐이었다. 그러자 장모가 손님을 낚아채려 말꼬리를 휘둘렀다.

　"아지매? 떨이미로 싸게 드리께. 일마는 오천원, 저짜 절마는 칠천원에 마 퍼뜩 가져가소!"

장모는 마치 승낙이라도 한 것처럼 주섬주섬 봉지에 챙겨넣기까지 했다. 그래도 손님은 거들떠보지 않았다. 대신 새댁만 요모조모 뜯어 볼 뿐이다.

"그짜 것이나 이짜 것이나 한가지란께. 자, 손자 것도 한마리 끼아 줄 텡께 얼른 가져가소!"

서로의 불문율처럼 암묵적으로 지켜온 선. 그 선이야말로 바로 시장사람들을 싸움에서 막아주고 사람답게 해주는 역할을 한다. 완전히 손님이 물건을 포기하고 걸음을 내디뎌야 다음 사람이 흥정에 가담할 수 있는데도 장모는 부러 그 선을 어겨가며 손님을 끌어당기고 있었다. 그런데도 여자 손님은 이쪽은 쳐다볼 생각이 없다.

"너, 혹시 서울로 시집간 연희 아니니?"

급기야 여자 손님이 입을 연다. 새댁은 아무 말이 없다. 얼굴을 무릎 사이에 숨기다시피 하고 앉았던 새댁의 몸이 쿨럭거리는 게 예사롭지 않다. 아마 울고 있었던 모양이다.

"맞구나. 안 그래도 소식 듣고 있었다. 남편이 결국 죽었다며?"

새댁은 눈가를 훔치더니 고개를 바다 쪽으로 돌린다.

"그래, 언제 내려왔어?"

"………"

"아이구, 이 이쁜 게 이게 뭔 짓이누. 하기야 몇년씩이나 앓다 갔으니……"

새댁은 차마 더 듣고 싶지 않은지 일어나 부둣가로 내달렸다. 잡고 자시고 할 겨를도 없었다.

"애, 연희야! 잠깐, 잠깐만!"

손님은 새댁의 등을 향해 소리를 지르며 달려갔다. 장모는 넋을 놓고 새댁의 뒷모습만 보았다. 비는 멎을 기세도 없이 퍼부어댄다. 새댁과 손님이 달려간 길을 장모는 한동안 박힌 말뚝처럼 서서 바라보기만 했다. 장모에게도 새댁의 사연이 가슴에 얹힌 모양이다. 나이 마흔에 혼자되어 팔남매를 위해 시장바닥에 퍼더버리고 앉아야 했던 장모. 그때 장모의 등에 업혀 있던 막내가 말순씨 아니던가. 그렇게 보면 아내는 시장에서 나고 자란 셈이었다. 새댁의 뒤를 쫓아갔던 손님이 돌아오는 게 보였다.

"연희, 쟤가 언제부터 여기서 장사 했어요?"

여자 손님은 장모에게 다짜고짜 묻고 들었다. 서로 잘 알고 있으니 말해달라는 투였다. 장모는 시큰둥하다.

"그걸 내가 어째 아누. 장사판에 뛰어든다고 말도 하지 않은 년을?"

말투는 여전히 투깔스러웠지만 가시는 한결 무뎌진 느낌이다. 손님은 묻지 않은 말을 한동안 지껄였다. 자신과 새댁의 집안이 이웃이라 숟가락이 몇개인 것까지 알고 지낸 사이다. 반대를 무릅쓰고 한 결혼에 딸만 셋이다. 남편이 암에 걸려 누워지내다가 전재산을 다 털어먹은 다음에야 저승길로 갔으며, 살나가던 친정미저 아이엠에프 땜에 끝장이 났다는 것까지 생각나는 대로 주섬주섬 들려주었다. 장모는 손님의 말을 귓등으로 듣는 둥 마는 둥했다. 새댁이 나타나기를 기다리던 손님이 할 수 없이 몸을 돌렸을 때, 장모가 기다렸다는 듯 입을 열었다.

"지나 내나 물간 인생이구만. 그럴 거 같으몬 세발낙지나 팔제, 뭔 문어를 팔고 지랄을 떠노, 그래?"

그는 세발낙지에 '세'자가 '가늘 세'자임을 말하려다 입을 닫고 말았다. 둘 다 어차피 의지가지없는 흐느적거릴 수밖에 없는 인생. 등뼈 같은 남편도 없이 흡반처럼 매달린 자식들을 위해 살아야 하는 어미의 운명. 그게 닮았다는 안타까움에 뱉은 말이란 걸 눈치챘기 때문이다. 장모는 골목 끝으로 눈길을 내몰며 일없이 코까지 팽, 풀어젖혔다.

*

장모는 서울로 향하는 차 안에서 내내 말이 없었다. 입을 닫고 있을 양반이 아니었다. 시장바닥만 비비고 살았으니 어디 먼길이라도 나서면 어린애처럼 좋아라며 입을 놀리던 위인이다. 그런데 오늘은 아니다. 탈 때부터 지금까지 눈만 내리깔고 있다. 막내며느리가 갑자기 못 가게 되었다고 전화를 해도 길게 꽁알대지 않았다. "날 맞춰 또 씹 터졌구만" 하는 소리만 했을 뿐이다. 막내며느리가 유달리 생리통이 심해 고생하는 걸 장모도 익히 알고 있었다. 그 또한 원치 않던 서울행이라 억지로 입을 열어가며 비위를 맞추고 싶지 않았다.

그런 조용함은 고속도로에 진입하면서 무너지고 말았다. 짧은 한글 수준이면 응당 가만있어도 될 일을 읽어내려고 애쓰다보니 벌어진 해프닝이었다. 그러니까 장모가 무슨 생각이 났는지 눈을 뜨더니 뜬금없이 뱉은 말이 가관이었다.

"야, 박서방아, 갈길이 없다는 데 어쩌누?"

알고 보니 '갓길 없음'이란 표지판을 잘못 읽은 데서 온 거였다. 그 바람에 한동안 설명을 해야 했다. 하긴 이런 일은 장모와 함께 있다

보면 자주 일어나곤 한다.

장모와 경주 나들이를 나섰을 때의 일이다. 경주 시내로 접어들어 안압지로 향하고 있는데 도로표지판의 '좌회전시' 하는 글자를 보더니 대뜸, "인자 좌회전시 왔구만. 그럼 경주는 언제 도착한대냐?" 하는 바람에 배꼽을 쥐게 만들었다. 아무리 시장바닥을 벗어난 적이 없다 하더라도 이건 너무하다 싶었기 때문이다.

이런 일도 있었다. 셋째동서 집들이에 갔다가 엘리베이터 안에서 일어난 일이었다. 하필 새로 입주한 아파트가 십층이라 양손에 짐을 든 장모가 먼저 나선 게 화근이었다. 트럭을 주차장에 파킹한다고 시간을 끌었더니 장모 혼자 엘리베이터를 타고 말았다. 하필 먼저 탄 총각이 있었는데, 총각에게 "총각, 내 씹 좀 눌러줘!" 했던 것이다. 총각이 얼마나 황당했을까. 얼굴이 홍당무가 된 총각 이야기를 능청스럽게 하는 바람에 모인 식구들이 죄다 "허야"며 웃어댔다. 뿐인가, 새해 인사차 사위들이 "오래 사십시오" 하고 덕담을 해도 되받기 일쑤였다. 그런 말 말고 좆처럼 살라고 해라. 죽었다가 살아나는 건 그것밖에 없잉께.

입이 건 장모였지만 맏이 집에 도착해서는 눈부터 부라렸다. 팔남매 중에 반밖에 모이지 않은 탓도 있었지만 모인 섯이 죄다 딸린 식구들뿐이었기 때문이다. 참여한 사람이라곤 직장을 잃고 술만 먹다가 장모에게 얼빰을 맞은 첫째동서와 출장 때문에 남편 대신 왔다는 셋째며느리, 그리고 억지로 참여하게 된 그가 전부였다.

눈이 빠지게 기다리던 식구들은 장모가 오자마자 언성부터 지르자 슬금슬금 눈치만 살폈다. 큰며느리에게는 다른 건 준비하질 않고 밥부터 먼저 해놓아 눌어서 못쓰겠다는 잔소리부터 시작해 차례로 한

소리씩 먹이기 시작했다. 제삿밥을 전기밥솥에 하는 집구석은 처음 본다, 소금밥에도 정든다고 자주 봐야 정이 드는데 왜 손자손녀는 참례시키지 않았느냐, 대입이 그리 중요하면 장인한테 빌진 못하느냐며 쓴소리 단소리 긴소리 짧은소리 가릴 것 없이 퍼부어댔다. 알젖 물려 키워놨더니 키워놓고 보니 자식새끼가 도둑놈들이라며 그런 식으로 성의가 없으니 사업이 잘될 리가 있으며, 집에 굴러온 복도 달아나는 게 아니냐며 꿍얼거렸다. 먼길을 달려와서도 피곤하지 않은 모양이었다.

"박서방은 새벽일 나서야 하니 제사상 물리는 대로 일어서!"

제사상이 들어오자마자 장모가 말했다. 물론 장모의 속내를 모르는 바 아니다. 거리상 서둘러야 하며 그래야 자리를 빼앗기지 않을 것이라는 꿍꿍이셈에서 나온 것임을. 그러나 아무리 그렇더라도 도둑제사 지낸 것도 아니고 오자마자 가라니. 이럴 거면 왜 그를 오게 했는지 제사에는 뭣 때문에 참례시켰는지 알 수 없었다. 게다가 한술 더 떠서 큰처남댁까지 알아서 모실 테니 걱정 말고 내려가라는 것이 아닌가. 큰아들 내외와 긴히 할 이야기가 있어 그런가 싶자 은근히 속이 배배 꼬였다. 온 김에 또 쌈짓돈이나 털어놓을 모양이었다.

마음이 묘하게 뒤틀렸지만 온 길을 혼자서 고스란히 되밟지 않을 수 없었다. 충혈된 눈을 비벼가며 고속도로를 빠져나올 때쯤 휴대폰이 울렸다. 아내라고 생각했더니 장모였다. 길이 길인지라 걱정스러워 한 전화인 줄 알았더니 대뜸 딴소리였다.

"아직 도착 안했나? 어디쯤 갔노?"

나이가 들면 잠도 줄어드는가. 아니면 자칫하다간 새댁한테 자리를 빼앗길지 모른다는 위기감이 컸을까. 아무튼 남보다는 자기 생각만

하는 장모의 심보에 배알이 틀렸다.

"이제 좌회전시에 왔는데요!"

그도 모르게 시큰둥한 말이 튀어나왔다. 기분 같았으면 차가 고장
나 정비라도 받고 있어 해뜨기 전에는 도착하기 글렀다고 말하고 싶
을 정도였다.

"문어만큼은 절대로 뺏기몬 안된다이!"

*

도시는 차분하게 가라앉아 있었다. 이따금 자동차들의 불빛이 검은
빌딩을 훑고 지나갈 뿐이었다. 시장 입구로 핸들을 막 꺾었을 때 부둣
가에서 휘감기는 불빛이 눈에 들어왔다. 패트롤 경광등 불빛이었다.
그는 시장 모퉁이에 불이라도 났나 싶어 사방 두리번거렸지만 불이
난 곳은 없었다. 그렇다면 새벽부터 뭔 난린가 싶었다. 차를 조금 더
몰고 들어가자 뭔가 휙 차 앞을 지나갔다. 그 바람에 급브레이크를 잡
았다. 차창으로 밖을 살폈다. 흐릿했지만 곱슬머리인 게 분명했다. 그
렇다면 대장이가 돌아왔다는 얘긴가. 싱글벙글하던 꼬끼오여사의 얼
굴이 떠올랐다.

요란한 경보음이 울렸다. 그는 주차를 시키자마자 뛰듯이 부둣가로
향했다. 사고가 난 곳이 어림짐작으로 보아 천영감의 배가 정박한 근
처였다. 가까이 가자 새벽공기를 둘둘 말며 서 있는 형사기동대 차량
과 개코가 보였다. 개코는 담배를 껌처럼 질겅질겅 씹으며 바다 쪽을
바라보고 있었다. 그는 뭔가 심상찮다 싶었다. 그는 얼른 기동대 차량
안을 살폈다. 거기엔 여전히 짙은 썬글라스를 낀 여자와 남자가 앉아

있었다. 재빨리 개코에게 달려가 물었다.

"천영감은 어딨죠?"

개코는 턱짓으로 바다 쪽을 가리켰다. 예인선에서 팔목이 잡힌 채 끌려오는 천영감의 모습이 흐릿하게 눈을 파고들었다. 얼른 영감에게 다가갔다. 그러나 아무 말도 할 수 없었다. 영감은 그의 마음을 안다는 듯이 토막웃음을 짓더니 입을 열었다.

"뭔가 찜찜했지만 돈을 마이 준다기에 그만…… 우째 보몬 잘됐지 뭐. 해민이도 애비 없으면 정신차릴지도 모르겠고."

이야기도 끝나기 전에 영감은 짐짝처럼 차 안으로 부려졌다. 영감을 태우자마자 패트롤은 천천히 부두를 빠져나갔다. 모였던 사람들도 하나둘 흩어지기 시작했다. 부둣가는 고요함을 회복해 다시 파도소리를 들려주고 있었다. 그는 할일도 잊은 채 담배만 연거푸 피웠다. 아무래도 그도 빨리 그 일에서 손을 떼야 할 것 같았다. 담배맛이 지독히 썼다.

*

시장은 악다구니로 들끓고 있었다. 사람들이 우르르 몰려 울타리를 이루고 있는 것이 흐릿하게 눈을 파고들었다. 함흥댁이 보였고 꼬끼오여사도 보였지만 어디를 둘러봐도 아내가 보이지 않았다. 싸움이 터진 곳이 한눈에 모녀상회가 있는 곳임을 알아챘다. 그는 걸음을 재촉했다. 가까이 다가갔을 때 길바닥에 나뒹구는 두 사람을 볼 수 있었다. 아내와 새댁이었다. 그런데 대체 이게 뭔 일인가. 의외였다. 싸움의 상대가 되지 않을 거라 생각했던 호리호리한 새댁이 코끼리 같은 아내를 깔아뭉개고 있는 것이 아닌가. 게다가 얼굴이 온통 할퀴고 긁힌 아내의 얼굴을 보자 안 그래도 영감 탓에 꼬인 감정이 그도 모르게 폭발하고 말았다.

"아니, 이 예펜네들이 이른 새벽부터!"

고함을 지르며 엉겨붙은 두 사람을 향해 덤벼들었다. 그런데 하필이면 뜯어말린다고 손을 내민 게 새댁의 젖가슴께였다. 순간 손에 닿는 물컹한 느낌에 그도 모르게 움찔하고 말았다. 그러나 새댁은 그런 건 안중에도 없다는 듯 꽉 쥔 아내의 머리끄덩이를 더 힘껏 부여잡았다. 코끝에 와닿는 새댁의 머리냄새가 묘하게 자극적이었다. 그는 그도 모르게 소리를 질렀다.

"이러지 마래이. 이라몬 우리 전부 다 죽는 기라!"

그는 입을 놀리면서도 눈은 지그시 감긴 상태였다. 아내의 악다구니가 점점 커지고 있었다.

불어라
바람

노모는 오지 않는다. 휴대폰 액정시계를 몇번이나 들여다보아도 거리를 훑어도 마찬가지다. 눈에 걸리는 거라고는 가을의 징후뿐이다. 길가에 줄지어 선 어린 벚나무도 가을을 맞이하느라 잎단장이 한창이다. 예전 같았으면 떨어지는 나뭇잎 한장에도 마음이 붙잡혔을 것이다. 그러나 지금은 단풍든 산이 눈에 들어차도 마음이 쏠리지 않는다.

가을이라 햇살도 여물 대로 여문 모양이다. 목이 매인 배들도 때아닌 포근한 날씨에 머리를 끄덕이며 조는 중이다. 때문일까. 이따금 지나가는 배의 심장소리도 그의 귀에는 나른하게 들린다.

휴대폰이 울린 것은 식당을 나와 배에 오를 때였다. 무슨 바람이 불었는지 다섯 형제들 차례로 살림순방을 나섰던 노모가 이틀 만에 일정을 포기하고 버스를 탔다는 것이다. 무슨 일이냐고 물어도 낮잠자다 벌떡 일어나 떠났다는 말뿐이었다. 그러면서 큰누님은, 짐도 있으

132

니 마중이라도 부탁하려 했는데 항구에 나와 있으니 잘됐다며 설레발을 놓았다. 짐이라 해봤자 형제가 노인을 위해 챙겨준 보약보따리일 것이지만 굳이 거절할 마뜩한 핑계도 바쁜 일도 없었다. 게다가 병원을 절간 드나들듯 수시로 출입하는 처지니 기다려주기로 선심쓰기로 작정하고 말았다. 그러나 이렇게 오래 기다릴 거라곤 상상하지 못했다.

그는 연신 하품이다. 반주 삼아 털어넣은 취기가 이제야 몰려오는 듯하다. 뱃전에 벌러덩, 드러눕고 만다. 눕고 보니 꽃밭이 따로 없다. 눈에 걸리는 게 마늘빛 허벅지다. 인근에 위치한 조선소와 선원들 탓에 성업중인 티켓다방 아가씨들. 일명 티켓걸들은 오토바이를 타도 한결같이 바다 쪽으로 다리를 내밀고 다녔다. 그 바람에 때아닌 눈풍년이다. 쳐다볼 때마다 눈길마저 팽팽해지는 기분. 덕분에, 조타실 위의 생마늘만 자꾸 축이 나고 말았다.

만철이가 부럽다. 장가가고 싶은 생각이 꿀떡같이 인다. 둘이 이놈을 삶고 무치고 데치고 비비면 뭔가는 꼭 이룰 수 있을 거야. 늦장가를 든 녀석은 섬을 떠나 이곳에 콩나물해장국집을 열었다. 해오던 버릇대로, 활어를 넘기고 식당에 들렀다. 야, 배나무. 같은 고긴데 맛 다른 고기 맛볼래? 하필, 녀석이 배남우라는 자신의 이름을 두고 별명을 부르며 건넨다는 게 고작 붕어빵이었다. 설마 그게 사람 속을 뒤집어놓을 줄 몰랐다. 비린내도 안 나는 고기는 싫다고 거절했더니, 네 맛 내 맛도 없는 걸 가지고 부부간에 서로 먹여주며 꼴불견을 연출하는 게 아닌가. 그냥 넘겨도 될 일인데 이상하게 오늘따라 눈길이 박혔다. 그 바람에 아이처럼 국물까지 쏟기도 했다. 녀석이 부러웠다. 그도 뜨거운 마음으로 살고 싶었다. 될 수 있다면, 붉은 동백꽃이라도 씹고 싶었고 벌건 태양이라도 삼키고 싶었다. 그러나 정작 삼킨 거라 곤 소주뿐이었다.

취기 탓일까. 눈을 감았는데 느낌이 이상했다. 아랫도리의 딱 거기였다. 자꾸 애무하듯 바지춤을 어루만지는 기분이었다. 그는 실눈을 한 채 사타구니 쪽을 살핀다. 어라? 이게 무슨 일인가. 오라는 노모는 안 오고 고추잠자리 한마리가 하필이면 거기를 쉼터 삼아 앉아 있는 게 아닌가. 이게 암컷이라 제 잠자린 줄 알고 앉았나. 차라리 오려면 여자나 어디 하나 뚝 떨어지든지 할 일이지, 원. 쓸데없는 저런 것이 춘정을 일으키나 싶어 쫓으려 했다. 그러나 이내 단념했다. 굳이 해를 끼치는 것도 아니므로.

*

사람을 기다린다는 게 이렇게 힘든 줄이야. 방죽 위를 뚫어져라 살피다가 여객선 부두 앞까지 갔다와도 마찬가지다. 답답한 마음에 큰누님에게 전화를 해도 뾰족한 수가 없다. 덕분에 담배만 작살났다. 수향이도 그랬을까. 그를 기다리기에 너무 지쳐 떠난 걸까. 한때 세상의 전부로 생각했던 여자, 수향이. 이년간의 승선계약이 끝나고 돌아왔을 때 수향이는 사라지고 없었다. 수향이만 찾아헤맸다. 술을 마시면 친구의 어깨를 빌려 울기도 했다. 그러다가 다시 택할 수밖에 없었던 길, 그게 또 바닷길이었다. 다만 차이점이 있다면, 만나기 위해서가 아니라 이번에는 잊기 위해서 송출선을 탔다는 것뿐이다. 망망대해에서 다른 선원들이 아내가 장만해준 인삼뿌리를 씹을 때, 그는 마늘만 씹고 씹었다. 마늘에는 에로틱한 성분이 들어 있다구. 여자의 둔부를

닭은 생마늘을 씹으면 여자는 금세 잊을걸. 여자란 잊혀지는 것도, 멀리하려 해도 되는 게 아니었다. 결국, 수향이는 그에게 못된 버릇 하나만 남기고 간 셈이었다.

그는 마늘 한쪽을 꺼내 씹고는 다시 눕는다. 이왕 늦은 거, 이참에 아예 몇년 밀린 잠이나 자버리자 싶어서였다. 포근한 햇살이며 물이 부드러워 낮잠 재촉하기엔 제격이었다. 그때 뭔가 쿵, 하는 소리가 났다. 놀란 배가 몸을 뒤챘고 파도가 풀썩 몸을 일으켰다. 하마터면 그도 준비자세 없이 다이빙을 할 뻔했다. 어라? 이번엔 또 뭔가. 하늘에서 뚝 떨어졌으면 하는 소원을 들어준 것처럼 맨허벅지를 드러낸 여자 하나가 뱃전에 벌러덩 드러누워 있는 게 아닌가. 이게 무슨 일인가 싶어 제 눈이 의심스럽다.

"오빠, 살려줘!"

여자의 목소리는 마치 비상싸이렌 같다.

"빨리빨리, 오빠, 응?"

여자의 눈빛이 애절하게 파닥인다. 눈빛이 남자의 가슴을 두드리는 묘한 힘이 있어서일까. 여자의 목소리가 귓전에 맴돈다. 여자는 어느새 선실 밑에 들어가 두더지가 되어 방죽 위를 살피기에 여념이 없다. 제복 입은 경찰 둘이 서 있는 게 그의 눈에도 뚜렷이 보인다. 그제야 상황이 예사롭지 않음을 직감한다.

"뭣 해, 빨리 출발하지 않고?"

여자의 목소리가 심하게 떨리고 있다. 그 정도로 다급하다는 증거다. 사연이야 나중에 물어도 될 일, 일단 여자의 소원을 들어주고 보자, 싶었다. 얼마나 급했으면 그 높은 곳에서 무작정 뛰어내릴 생각을 했을까. 밧줄을 풀고 배를 방죽에서 떼어낸다. 그리고 서둘러 엔진을 건다. 뱃소리가 나자 경찰이 그의 배를 향해 달려온다. 호각도 불어 젖힌다. 그는 못 들은 척 딴청을 부리며 뱃머리를 난바다 쪽으로 향한다.

바다로 나오자 아차 싶다. 여자는 그런 그의 심정도 모르고 제 무르팍만 매만진다. 무릎 쪽에는 피가 엉겨 있다. 눈이며 코며 입이며 다 알맞게 붙어 있어 미인은 아니었지만 그렇다고 못생긴 얼굴도 아니다. 하필 자신의 배에 떨어졌다는 게 암만해도 이상하다. 방죽을 따라 굴비 엮듯이 줄줄이 묶여 있는 것들이 전부 배가 아니던가. 그런 생각 탓일까. 여자가 하늘이 내려준 선물 같다. 다만 아쉬운 게 있다면 하늘이 출신도 모르는 간첩 같은 여자를 보냈다는 점뿐이다. 여자의 앞가슴이 여전히 오르락내리락하는 게 멀미라도 이는 모양이다. 딴에는 이쯤해서 어찌된 영문인지 묻고 항구로 돌아가든지 섬으로 가든지 할 작정이었다. 그러나 여자를 보자 생각이 바뀐다. 모친이야 깜냥껏 정기여객선을 타도 탈 터, 에라 모르겠다 싶어 속력을 높이고 만다.

파도밭을 헤치며 얼마쯤 가자 그가 사는 섬이 나타난다. 볼 거라고는 파도만 꿰차고 주저앉은 늙은 마을이지만 아늑해 보인다. 그는 거기서 태어났고 대처를 헤매다 다시 돌아왔다. 희망이 없어 희망이 된 곳이 섬이었다. 어쩌면 여자도 희망이 없어 희망이 된 게 배였을까.

선창을 빠져나오는 배가 보인다. 용복이 형의 배다. 어디 급하게 가는지 그물이며 어구도 제대로 챙기지 않았다. 그렇다면 무슨 일이 있다는 얘기다. 소리를 질러봤자 엔진소리에 들리지도 않으니 무슨 일이 있냐고 물어볼 수도 없다. 다만 뱃전에 우르르 몰려앉은 사람들 눈치로 보아 상황이 심각한 모양이다. 안 그러면 여객선을 마다하고 제 배를 몰 이유가 없다. 배가 서로 접근하자 상황이 뒤바뀌고 만다. 용복이 형의 배를 탄 사람들이 되레 그의 배를 기웃거리는 꼴이다. 섬에서야 젊다는 것 자체가 신기한데, 신기하다 못해 신비할 정도의 젊은 여자를 태웠으니 오죽하겠는가. 더군다나 노총각 처지이니 배나무에 때아닌 꽃이 피었다고 모여앉으면 소문잔치부터 벌일 터였다.

*

여자는 들어서자마자 애개개, 하는 표정이다. 흥부의 오두막이라도 본 모양 같다. 그는 여자를 자신의 방으로 이끈다. 우선 깨진 상처를 치료하고 늙은 고양이마저 기웃댈 짧은 치마부터 갈아입혀야 할 것 같아서였다. 그러나 여자는 뜬금없는 주문부터 한다.

"오빠, 나 담배 한대 주면 안돼?"

난감하다. 물론 그렇고 그런 여자이려니 했지만 상황이 묘하게 꼬이고 있다. 그렇다고 까짓 담배 한개비 때문에 언성을 높일 수도 없다. 따지고 보면 여자가 제 여자도 아니지 않은가.

"너, 남의 집에 가서 맨 몬저 해야 할 일이 뭔지 아나?"

여자가 눈망울을 키운다. 뭔데? 하는 표정이 역력하다.

"걸레!"

여자는 입을 빼물며 말한다.

"멀미 때문에 속이 미식거려 미치겠는 걸 어쩌란 말이야. 대신 아무데서나 안 피울게."

여자의 말은 진심인 듯하다. 더군다나 고리타분한 섬마을에 와서 대놓고 막담배를 할 정도로 막가는 여자는 아닌 것도 같다.

"약속은 꼭 지키래이. 노모가 기절할 수도 있으이깐."

담배를 건네자 여자는 마치 담배가 연기나는 과자라도 되는 듯 맛있게 피운다. 자세가 하도 앙증맞아 오히려 귀엽게 여겨질 정도다. 그는 옷장 서랍에서 트레이닝복 한벌을 꺼내 던진 다음 큰방에 올라가 약상자를 내민다. 그때 기다렸다는 듯이 마루에 있는 전화기가 운다. 수화기를 쥐자 목소리가 터진다.

"쌔빠지게 무거운 짐 들고 왔더이 그새를 못 참아 달라빼삐렀나?"

"그럴 만한 사정이 생겨삐렀네요."

"그라몬 만철이한테 언질이라도 주놓제, 뭐 한다고 이 난리를 치게 만드노!"

"올 때 잊지 말고 빨간약하고 붕대나 좀 사오소."

"깐 마늘은 필요 없고?"

"하여튼 빨랑 약이나 사 퍼뜩 들어오소."

"이눔아가 참말, 어데 많이 다친 기가?"

갑자기 노모의 목소리가 떨린다. 막내아들이 심하게 다친 줄 아는 모양이다. 전화를 끊고 보니 여자가 나와 서 있다. 트레이닝복으로 갈아입은 모습이 섬에서 몇년을 산 여자 같다. 그도 모르게 웃음이 나온다. 저런 여자를 본다면 노모는 어떤 표정일까. 며느리가 해주는 밥상 한번 받아보는 게 평생 소원이라 했으니 말이다. 게다가 며느릿감이 아니란 걸 안다면 또 얼마나 실망할까.

여자는 그런 그의 생각도 모르고 동백나무 곁에 서서 바다를 바라본다. 그러더니 "아" 하고 수박씨 뱉듯 짧은 탄성까지 지른다. 여자가 기뻐하는 걸 보니 다행이다. 그러나 몇시간이 지나면 하품을 할 것이고 하루가 지나면 떠날 준비를 할 것이다. 섬이 울타리임을 아는 데는 하루면 족하다. 더군다나 한시간도 되지 않은 뱃길에 멀미를 하는 여자라면 겪지 않아도 훤하다.

*

작업준비를 서두른다. 때마침 휴대폰이 운다. 폴더를 열고 보니 결혼소개소다. 그제야 며칠 전에 자신이 직접 전화를 했다는 사실을 알아차린다. '베트남 여인과 결혼하세요.' 고등학생도 아닌 어린 중학생 연놈이 으슥한 골목에 붙어서서 연인 흉내를 내는 것만 보지 않았어도 전봇대에 달라붙어 있던 전화번호를 적진 않았을 것이다. 물론 그 짓 말고 공부나 하지, 하고 된고함을 지르긴 했지만, 저런 것도 짝을 찾는데 자신은 왜 이러나 싶었다. 지극히 사무적인 목소리로, 급하시면 내일이라도 당장 사진 찍고 서류 작성하게 사무실로 나오라는 말에 예, 하고 대답은 했다. 하지만 막상 정신을 차려보니 이게 어째 자신의 일이 아닌 것만 같다. 아내를 위해 베트남으로 떠나는 남자, 베트맨. 정말 베트맨이 되어야 하나. 내일이면 진짜 베트맨이 되는 건가. 꼭 그렇게 해서 아내를 얻어야만 하나. 이래저래 머릿속이 뒤숭숭하다. 그 바람에 일손마저 엉킨다.

"오빠, 나도 따라가면 안돼?"

엉킨 감정도 모르고 여자가 눈치없이 나선다. 그도 모르게 말투가 거칠어진다.

"조용히 화분처럼 있다가 가래이."

여자가 입을 삐죽거린다. 멀미를 하던 여자라고 믿기 어려울 정도다. 그렇다고 뱃일도 모르는 여자를 태웠다간 파도넝쿨에 휩싸여 무슨 일을 당할지 모른다. 더군다나 절룩거리는 주제에.

"배 위에서 화분처럼 얌전히 있으면 되잖아, 응, 오빠?"

"바다가 무슨 놀이턴 줄 아나?"

"혼자 아무도 없는 집에 어떻게 있어, 무섭게?"

담뱃불도 보이지 않는 그믐사리이니 서둘러야 한다. 따에는 혼자 내버려두는 것도 신경쓰이긴 했다. 여자가 의외로 당돌하다. 더군다나 콧소리까지 섞어가며 애교를 떠니 쉬 거절하기도 뭣하다. 어떻게 할까 고민중에 팔짱부터 끼고 든다. 어라, 이게 아닌데. 여자가 그를 끌고 마당을 나선다. 살갑게 구는 것이 그다지 싫지가 않다.

"배를 타면 제일 몬저 해야 할 일은?"

"그물부터 찾아줘는 일!"

그가 고개를 내젓자 여자가 또 대답한다.

"안전!"

어이없다는 듯 웃자 여자의 표정이 일그러진다.

"그럼 뭔데?"

"선장 맹령에 무조건 복종!"

치, 하는 소리가 여자의 입에서 터진다. 그런데도 그 모습이 앙증맞다. 몇시간 전에 만난 여자 같지가 않다.

*

코방아를 찧어대는 배를 풀어 바다를 급히 두 조각으로 가른다. 바람이 길을 막는다. 그래도 뱃길을 멈출 순 없다. 돈소나기야 어차피 글렀지만 그물 눈치를 자주 봐야 푼돈이나마 마련할 수 있다. 더군다나 요즘은 활어가 돈이니 그물을 오래 방치했다간 죽은 고기만 따기 십상이다. 사리때라 수심이 깊은 곳에 그물을 드리웠지만 걱정이다. 괜히 일품만 허비하는 게 아닌가 하는 생각도 든다. 옛날이면, 이때쯤 감성돔도 돌아오고 농어떼가 그물구멍을 막을 정도였다. 이제 그런 이야기는 전설일 뿐이다.

"야호!"

여자가 마치 여행이라도 온 것처럼 소리를 지른다. 그물을 드리운 부표가 나타나자 여자에게 다시 한번 환기시킨다.

"그물을 댕길 때 해야 할 일은?"

"위치!"

안전을 위해 내뱉은 흰소리를 여자는 정확히 기억하고 있다. 그물을 걸을 준비를 서두른다. 물옷을 입는데 여자가 그의 행동을 뚫어져라 쳐다보고 있다. 멀미는커녕 얼굴에 먹구름 하나 없다. 아직 바다가 낭만적인 세계로만 느껴지는 모양이다. 배를 멈추고 부표를 잡아당긴다. 잠시 뒤 그물이 엉킨 채 올라오기 시작한다. 걸린 물고기가 형편없다. 그런대로 산 놈은 살림통에, 죽은 놈은 죽은 놈대로 뱃전에 던지기 바쁘다.

"이머, 이게 뭐야? 정말 아름다워!"

열대성 어류가 잡힌 건 어제오늘의 일이 아니다. 그런데 그런 어류도 아닌 흔한 성대를 보며 호들갑을 떨자 잠시 난감해진다. 여자는 여전히 신기한 듯 눈빛을 반짝인다. 입을 열지 않을 수 없다.

"달갱이!"

"달갱이?"

"잘 보래이. 날개처럼 보이는 이기 사실은 지느러미라. 근데 보라색 지느러미를 펼치몬 바닷속을 날아다니는 한마리 나비가 되는 기지. 그래서 나비물고기라 이름을 붙였지."

"누가요?"

"이 몸이."

난 또, 하는 그런 표정이 역력하다. 그러면서도 여자는 요리조리 살
피느라 여념이 없다. 그런 여자를 보고 있으니 이 여자가 꼭 내 그물
로 온 한마리 달갱이 같다는 생각이 든다. 아름다운 지느러미를 가진
물고기 여자. 알 수 없는 미지의 세계에서 내게로 온 한마리의 나비.
그런 생각 탓일까. 바람결에 날리는 여자의 머릿결에서 분가루가 날
리는 기분이다. 그때, 섬 그늘을 빠져나오는 여객선이 보인다. 그렇다
면 노모는 집에 도착했을 것이다.

늑장을 부리는 바람에 노을이 깔린 황금길이 되고 만다. 선창으로
들어서자 제 배 목소리를 알아차린 노모가 선창으로 잰걸음을 친다. 따
따불로 화가 나 있을 줄 알았던 노모는 웃음보따리부터 풀어놓는다.

"괴기는 좀 들었더나?"

"단체로 어데 출장이라도 갔는지 그물목욕만 시켰수."

그는 그릇에 고기를 담아 건넨다. 그러자 목적이 거기 있는 게 아니
란 듯이 옆구리에 바짝 달라붙어 나직하게 묻고 든다.

"근데 야야, 어디서 이리 참한 처자를 데꼬 왔노?"

"괜히 쓸데없는 생각은 마소. 그냥 놀러 온 여자인께네."

"누가 뭐라카나. 배키 에미한테 신경질이고?"

노모의 목소리가 별안간 커진다. 그러나 말은 그렇게 하면서도 노
모의 코평수는 운동장이다. 이윽고 노모는 손님대접이라도 할 요량인
지 활어까지 달란다. 그가 망설이자 노모가 언성을 높인다.

"내가 비린내 맡은 지 오래라 같이 묵고 싶어 그란다. 와?"

대처로 나가 일주일 만에 왔으니 거절할 건더기도 없다. 큼직한 숭어 두 마리를 건네자 비로소 노모의 입이 꽃처럼 환해진다. 생선을 받기 무섭게 종종걸음이다. 팔만대장경이 아니라 무통대장내시경으로 도를 닦은 노인이 맞긴 맞는 모양이다. 행티로 보아 이제부터 동에 번쩍 서에 번쩍, 홍길동이 될 것이다. 괜히 여자를 데리고 온 것 같다.

*

노모가 음식솜씨란 솜씨는 다 부린 듯하다. 생선미역국에 생선구이, 젓갈, 심지어 회까지 올라와 소반이 좁을 정도다. 이런 상을 받아본 게 언제였더라? 그러고 보니 반찬이라는 게 전부 여자를 위해 장만한 것 같다. 그를 위한 거라고는 생마늘과 술뿐이다. 다만 노모가 넌덜머리를 내던 술까지 올렸다는 게 예사롭지 않다. 고래술을 마시던 아버지 탓에 술병만큼은 쳐다보기도 싫다던 노모였다. 뿐만 아니다. 여자를 제 식구처럼 대하는 노모의 행동도 의외다.

"처자도 한잔 혀. 갯일 따라가 고생했을 테니께."

노모가 직접 여자에게 소주잔까지 권한다. 담배까지 하는 여자니 노모가 술잔을 건넸다면 안 봐도 훤하다. 그가 여자의 눈치를 살핀다.

"요즘 젊은 여자들, 술 안 묵는 사람 어딨노. 더군다나 회 먹을 땐 한잔씩 해야 얹히질 않애."

그는 모른 척 마늘만 집어삼킨다. 여자가 술잔을 받아 단번에 톡 털어넣는다. 그런 모습이 노모는 좋은지 연신 벙글거린다. 마늘의 독특한 냄새가 입안 가득 고이자 밥숟갈을 든다. 여자도 꽤 시장했는지 들락거리는 숟가락이 녹을 정도다. 노모는 숟갈 들 생각도 없이 여자만

뚫어져라 쳐다본다. 그러고 보니 여자는 섬에 쉽게 적응하는 것 같다. 구식 화장실을 만나도 '어머나' 소리도 없고 주저앉을 듯한 집에 대해서도 아무 불평이 없다. 마치 제 방구리 드나들듯 익숙하기까지 하다.

"애기가 체하겠구만. 천천히 묵어!"

애기라니. 갈수록 가관이다. 게다가 제 딸에게도 하지 않던 순갈에 찬을 올리기까지 한다. 여자는 그게 싫지는 않다는 듯 웃더니 이번에는 여자 쪽에서 설치고 나온다.

"어머니도 한잔 하세요."

어머니라니. 그가 눈을 키워도 노모까지 맞장구를 치고 나선다.

"그래볼까나? 안 그래도 저눔아 땜에 잠이 안 와 미칠 지경인데 이거라도 마시면 잠이 올랑가 모리겠네."

노모가 잔을 받으면서 흥감이 도는지 입이 가만있지 못한다. 장가를 들지 못해 그렇지, 병앓이 한번 한 적 없고 부러진 데 없이 속만 알찬 녀석이라며 호들갑까지 떨자 그는 수저를 놓고 밖으로 나온다. 마루에 앉아 담배를 문다. 무슨 재미있는 얘기를 그리 나누는지 노모와 여자의 웃음소리가 동시에 터진다. 여자도 술기 탓인지 목소리가 제법 크다.

담뱃갑을 쥔 채 잠시 망설인다. 그러다가 남은 담배를 아랫방에 던져넣은 후 대문을 빠져나온다. 용복이 형의 집 구판장에라도 가볼 요량이다. 몇걸음 내딛던 발걸음이 멈칫한다. 구판장마저 불이 꺼져 있다. 그렇다면 용복이 형네 집식구는 아무도 남아 있지 않다는 증거다. 부친의 상태가 다급해진 모양이다. 신장 쪽에 암세포가 들어차 골치아프다더니 재수술이라도 하는 건가. 성질이 파도 같아 홍두깨로도 못 잡는다던 용복이 형의 아버지. 그런 고집도 죽음 앞에서는 소용없

144

는 모양이다. 몇걸음 안되는 골목을 휘휘 돌아 선창까지 내려간다. 밤바람이 차갑다. 연방 재채기가 터진다. 여자 하나 때문에 때아닌 방황이다.

가로등 불빛에 그림자를 섞으며 배회하다가 돌아와도 술판은 끝날 줄 모른다. 자리를 파하면 노모의 방에서 신세라도 지려 했더니 눈치도 없이 여자를 붙들고 앉아 있다. 이왕 이렇게 된 거 들어가서 파장을 놓게 하는 게 상책일 듯하다. 방으로 들어선다. 벌써 몸을 비운 소주병이 둘이다.

"오빠, 어디 갔다와. 여기 와서 같이 한잔 해!"

벌써 여자의 혀가 꼬부라졌다. 물에 빠진 놈 건져줬더니 되레 큰소리를 치는 듯해 속이 뒤틀린다.

"조용히 있다가 가라 그캤제?"

여자는 별스럽다는 듯이 얼굴을 구긴다.

"내가 공짜로 먹고 자게 해달래? 일하면 되잖아? 괜히 신경질이야, 정말!"

노모도 지지 않고 입방아를 찧는다.

"저런 작대기 같은 눔을 봤나. 온 손님에게 그기 무슨 망발이고?"

그는 더이상 입섞기가 싫어 티브이를 켠다. 그리고 곧장 드러누워 화면에 눈을 꽂고 만다.

"어머님, 저 내일 무슨 일이든 시키세요, 알겠죠?"

"하고 싶은 일이야 누가 말릴 수가 있다카더나."

"고마워요. 그럼 어머니, 잠시 화장실 좀 갔다올게요."

"야야, 올 것 없다. 건너가 쉬어. 나도 먼길 왔더니 피곤한께."

그는 알고 있다. 여자가 화장실을 핑계로 나가자마자 아랫방으로 쪼르르 달려가리란 걸. 그러곤 참고 참았던 담배를 허겁지겁 물겠지. 여자가 나가자 노모는 얼른 그의 옆구리를 찌른다.

"이놈아! 데려온 복을 차는 놈이 어딨노. 니한테는 저 정도면 미씨 꼬리야."

"미씨꼬리야가 아니라 밑도 안 꼴려요!"

"엉큼한 놈, 그런 놈이 베트남 간다는 소리는 와 하노."

"그런 사이는 아이라카이요."

"아니면 뭣 땜세 집까지 데꼬 왔더노?"

시시콜콜 설명해봤자 그의 입만 아플 것 같다.

"이불이나 깔아주소, 피곤하이깐!"

"야 좀 보소. 멀쩡한 제 방 놔두고 여기서 와 자노."

잠자리를 보기 전에 문제가 터지고 말았다. 몇 안되는 동네 노인들이 우르르 몰려왔던 것이다. 노인들 중에는 만철이 어머니도 보인다.

"대처에서 뭔 맛있는 차반을 가왔다꼬 이리 밤늦게 사람을 부른다구노? 누구는 다 숙어간다고 난린데."

그 순간 아차 싶다. 이게 다 노모의 수작이란 걸 알아차렸기 때문이다.

"근데 남우는 와 여서 아랫도리를 뎁히고 있노? 이쁜 색시 놔두고?"

깐에는 재미있는지 까르르, 웃기까지 한다. 더 앉았다간 노인네들 밤안줏감 되기 쉽다. 모처럼 삼이웃 노인들이 모였으니 쉬 헤어지지도 않을 것이다. 별수없이 밖으로 나서고 만다. 용복이 형이 없으니 딱히 갈 곳이 없다. 마당가를 서성이다가 하릴없이 또 선창까지 내려간다. 그때 전화가 운다. 집번호라 노모인 줄 알았더니 여자다.

"오빠, 어디야? 나 시원한 맥주 한잔 사줘."

갈수록 태산이다. 그렇다고 주인 없는 구판장에 앉아 소문을 만들어주고 싶지 않다. 그렇다면 할 수 없다. 그렇고 그런 여자이니 술로 재울 수밖에. 술 몇병이면 곤드레만드레할 것이고 그렇게 되면 저도 모르게 코피리를 불며 잠들겠지. 구판장 문을 따고 술을 꺼낸다. 술이야 어차피 누가 마셨는지, 몇병이 없어졌는지, 다음날이면 대번에 드러날 것이다. 술병을 들고 오자 여자는 기다렸다는 듯이 문을 연다.

"어머, 맥주 사왔네? 역시 오빠야는 내 기대를 저버리지 않아, 멋져!"

방은 이미 담배연기로 가득하다. 얼마나 많이 피웠는지 재떨이에 꽁초가 스크럼을 짜고 누웠다. 부엌에서 잔까지 챙겨오자 여자는 술잔을 채우기 바쁘다.

"우리 건배해. 우리의 인연을 위하여!"

"도망쳐온 주제에 건배는 무슨 건배고?"

"오빠는. 오빠도 생각해봐. 하지도 않은 매매를 했다고 쫓아오는데 가만히 있을 사람이 어딨어?"

"그럼 왜 그런 데 근무하노? 다른 일도 쌔고쌨는데."

"누군 하고 싶어 하나. 배운 거 없고 쌓인 빚 갚을려니깐 어쩔 수 없는 거지."

술잔을 주고받고 하면서 말방석을 깔기 시작한 것이 몇번 더 구판장으로 오가게 만들었다. 그것도 모자라 남겨둔 소주까지 완전히 비운 다음에야 술자리는 끝났다. 노모의 방에서는 아예 잠자리를 같이 하는지 불이 꺼졌는데도 수런거리는 소리가 들려온다. 올라가 잠자기는 그른 것 같다.

"오빠는 왜 제 방 두고 다른 데 가서 자려고 했어?"

여자가 노골적으로 묻는다. 딱히 대답할 말도 없다.

"여기서 같이 자. 나도 처녀는 아닌데 뭐."

여자가 일어서 불을 끈다. 그리고 어두워지기를 기다렸다는 듯 제 뼈마디까지 달구며 달려든다. 이건 마치 그가 겁간을 당하는 꼴이다. 술기운 탓인지 그의 몸이 금세 불덩이처럼 달아오른다. 여자의 적극적인 자세가 오히려 행동을 자유롭게 해줘 마음 편하다. 덕분에 쉽게 한마리 물고기가 되어 그녀의 몸속을 헤엄쳤다. 그러다가 참을 수 없는 태풍을 만났고 잠시 뒤 그녀의 배 위에 고꾸라지고 만다.

"오빠, 오늘 에너자이저 몇개 씹어먹었어? 힘 좋네."

여자의 말이 그다지 기분나쁘게 들리진 않는다. 아직 젊다는, 그래서 희망이 있다는 소리 같다. 그가 어둠속에서 담배를 찾아물자 여자가 라이터를 켠다. 발가벗고 마주 누워 서로 담뱃불을 주고받으니 이렇게 사는 맛도 괜찮겠다 싶다. 어차피 섬여자란 나이들면 소주도 마시고 거칠어지게 마련 아닌가.

"오빠, 나 여기서 며칠 더 쉬다 가면 안될까?"

여자의 말에 그가 툭, 말을 던진다.

"밥값 내몬!"

"그럼, 오빠는 내 배 탈 때마다 돈 줄래?"

"이게, 아예 여서도 장사를 하겠다 이기가?"

"돈 안 받는데 그게 매매야? 그럼 부부간에도 월급 갖다주고 하면 성매매겠네?"

때아닌 큰 웃음이 그의 입에서 터졌다. 이렇게 크게 웃어본 게 얼마만인가. 여자의 당찬 모습이 생각보다 귀엽다. 그가 되묻는다.

"그럼, 우리 둘 사이는 무슨 거래관계고?"

"뭘 뻔한 걸 물어봐. 연인 사이지!"

"미쳤구만!"

"하여튼 난 내 배를 탄 사람들은 다들 상처받지 않고 잘살았으면 해."

여자와 꽤 오랫동안 이야기를 나누었다. 노모가 어머니 같아 그지 없이 맘이 편했다는 말도 했다. 그 바람에 그녀가 태어난 마을이며 심지어 욕까지 내뱉고 나온 새엄마까지 보고 싶다고 했다. 이야기를 듣고 있노라니 처음으로 여자가 가엾다 싶었다. 여자는, 그가 잠이 들려고 할 때마다 자느냐고 되묻곤 했다. 안 자는 척 코대답만 하다가 정말 깊은 잠에 빠졌다.

*

목이 따가웠다. 연신 재채기가 터졌다. 눈을 떠보니 여자는 그의 팔베개를 베고 곤히 잠들어 있다. 그런데도 방안에는 연기로 가득하다. 간밤에 태운 담배라도 잘못됐나. 얼른 주위부터 살핀다. 어디에도 연기가 나는 데는 없다. 혹시 싶어 이불 속까지 뒤진다. 하지만 드러나는 건 여자의 하얀 알몸뿐이다. 여자의 맨몸에 잠시 눈이 아리다. 이렇게 눈부신 여자였던가. 저렇게 아름답고 빛나는 몸을 어제는 왜 못 본 것일까. 그는 여자의 몸을 보며 부드럽고 연약한 살결로 자신의 거친 몸을 휘감아왔다는 사실을 믿을 수 없다. 그는 오랫동안 여자의 가슴과 부드럽게 오르내리는 뱃살을 지켜본다. 저 속에서 아이를 키우고 태어나게 만든다는 게 신비해 만져보고 싶을 정도다. 여자가 몸을 뒤챈다. 그는, 여자가 깨어나지 않게 팔을 뺀 후 베개를 받쳐준다. 그런 다음 조용히 밖으로 나선다. 연기의 정체는 아궁이 쪽이다.

"뭐 한다고 폴쎄 일났냐, 피곤한데 더 자제."

때마침 부엌에서 나오던 노모가 얼굴을 내민다.

"연기 땜세 생사람도 죽겠는데 자긴 뭘 더 자요!"

"아이쿠, 애기 추울까봐 부러 군불 겸 피았다. 근데 불구멍이 묵어 그란지 연기가 심하구만."

"심한 정도가 아니라카이요."

"좋은 사람 만들라몬 짙은 기 좋제."

무슨 말인가 싶어 그의 눈이 커진다. 노모의 표정이 사뭇 진지하다. 용복이 형의 아버지 소식 탓인가. 섬에서 태어나 섬의 여자와 결혼해 한번도 섬을 떠나지 않았던 사람. 가진 것 없어도 섬이 주는 것에 만족한 어부였던 사람. 몇십년 묵은 정을 떼야 할지 모른다는 마음 탓인가. 가면 오는 사람이 있고 죽는 사람이 있으면 태어나는 사람도 있는 것이 순리라면 이미니도 인젠가는 섬을 떠날 것이나. 그런 생각을 하니 괜히 그의 마음도 괴란쩍다. 노모는 부엌으로 쏙 들어가버린다. 그는 수돗가에서 냉수를 들이켠 다음 바다 눈치를 살핀다. 선창 앞이 분주하다. 벌써 선창을 빠져나가는 배의 엉덩이가 보이고 작업준비를 서두르는 사람도 있다. 매일같이 바람이 되어야 하는 사람들. 바람보다 먼저 일어나 바다로 나가 그물을 걷고 육지까지 다녀와야 주름이 펴는 사람들. 그도 바람보다 먼저 배에 올라야 했지만 오늘은 제법 늦어버렸다.

*

    바다에는 분명 매력은 없지만 마력 같은 건 있는 모양이다. 만약 그런 힘이 아니었다면 그는 다시 돌아오지 않았을지 모른다. 여자 또한 마찬가지였다. 분명 매력은 없었지만 보면 볼수록 이야기를 하면 할수록 이상한 마력을 풍겼다. 술담배를 하는 모습도 그의 눈에는 천하게 보이거나 나쁘게 보이지 않았다. 여자라고 담배도 피우지 못하고 술도 못하란 법은 없지 않은가. 자신이 살기 위해 바다를 선택했듯이 그녀 또한 살아남기 위해 그런 생존의 방식을 택했는지 모를 일이다.

    배에 짓눌린 수면까지 일어서 얼굴을 때린다. 한때, 바다는 돈을 주고 행복은 주지 못했다면, 지금은 돈마저 주지 못하는 곳이 되고 말았다. 통발에 걸려든 거라고는 돈 안되는 잡어뿐이다. 다행스러운 것은 겨울어종인 물메기가 걸려들었다는 것이다. 겨울철에 잡히는 물메기야 애주가 속풀이로 제일이니 한철이나마 돈이 될 물고기였다. 게다가 아예 그것만 취급하는 사람이 여럿이니 넘기기도 쉽다. 바닷속 계절이 바뀌고 있다면 그도 채비를 손봐야 했다. 걸려든 물메기를 보며 여자를 떠올린다. 마치 자신의 여자처럼 이놈으로 여자의 쓰린 속을 어루만지게 하고 싶다.

*

    섬여자가 따로 없다. 여자는, 노모의 몸뻬까지 걸쳐입고 있다. 어제의 말이 빈말은 아닌 모양이다. 그런 여자의 모습이 누이만 같다. 갖다준 고기가 순식간에 물메기탕으로 변했다. 무를 넣고 끓여낸 시원한 국. 그런 탓일까. 이상하게 밥상 위의 마늘에 손이 가지 않는다.

"야가 무슨 일이냐, 그 좋아하는 마늘도 안 묵고?"

노모가 타박을 해도 거들떠보기 싫다. 그가 생각해도 이상하긴 하다. 오늘따라 마늘냄새가 역겹다. 여자는, "어머, 맛있어, 진짜 맛있어"라는 말을 몇번이나 읊조린다. 그런 여자의 목소리마저 몇년을 들어온 것처럼 익숙해서일까. 자신도 모르게 불쑥 그녀 앞으로 반찬을 내밀고 만다. 여자가 눈을 홉뜬 채 그를 바라본다. 순간 그의 얼굴이 화끈거린다. 잠시 두 사람 사이에 어색한 침묵이 흐를 때 전화벨이 운다. 노모가 엉덩이걸음으로 다가간다. 수화기를 든 채 잠시 상대방에서 뭐라고 하는지 듣고 있더니 입을 연다.

"하모, 당연히 디다봐야제. 먼저 가서 병문안하소. 내사 집안일 좀 하고 나설 낀께."

노모의 목소리가 차분하다. 마치 죽음 하나를 순리로 받아들이려는 그린 담담함이 밴 듯하나.

"니는, 오늘 애기도 있으이 집에서 쉬고, 내일쯤 디다보든가."

"볼일도 있어 나가야 한께 같이 나가지 뭐요."

여자가 원한다면 그도 나가고 싶지 않다. 그러나 바람같이 나타난 여자야말로 언제 떠나도 떠날 여자다. 다만 이렇게 헤어지는 절차도 없이 불쑥 보내고 싶지는 않을 뿐. 노모가 여자의 눈치를 살핀다.

"전 신경쓰지 마세요. 어차피 가야 하는걸요, 뭐."

"아니, 날밤을 새는 일도 아인께네 내 집이라 생각하고 쉬고 있어, 응?"

노모의 말에도 여자는 작심한 듯 딴 대꾸가 없다. 그는 이러지도 저러지도 못한 채 일어선다.

*

　햇살에 드러난 여자의 몸이 눈부시다. 게다가 다시 드러난 무릎의 상처를 보자 그게 마치 자신이 그렇게 만들어놓은 것만 같다. 저 상처가 나을 때까지만이라도 있게 하고 싶다. 더군다나 그런 상처에도 여자의 얼굴은 하얗게 빛난다. 어제의 여자가 아니다. 같은 옷을 입었는데도 왜 이렇게 달라져 보일까. 노모 또한 얼굴이 무겁다. 며느리 같은 여자를 보내서일까. 아니면 이웃 하나를 멀리 떠나보내야 한다는 섭섭함 탓일까. 누구 하나 입을 열지 않는다. 그저 수련처럼 피었다가 지는 파도꽃만 내려다보며 달리고 또 달릴 뿐이다.

　항구가 보이기 시작한다. 배는 점점 늘어나고 갈매기의 수도 눈에 띄게 많아진다. 이제 저 뭍에 닿으면 여자는 사라질 것이다. 마치 그물을 벗어난 물고기처럼 보이지 않는 바위틈이나 수초에 몸을 숨기리라. 그렇게 된다면 두번 다시 보지 못할 수도 있겠지. 처녀가 아닌 여자에게 하룻밤이야말로 생활이며 일상이지 않은가. 게다가 여자는 아식 노방자 신세지 않은가. 항구가 보이자 노보가 힐끗 그를 쳐다본다. 고함이라도 질러 들을 수 있다면 뭐라고 소리라도 지를 듯한 표정이다. 그도 모르게 조타실의 생마늘을 집어든다. 그러나 이내 사정없이 뱉고 만다. 이렇게 독한 것을 여태 먹었다는 게 믿어지지 않는다.

　항구의 정경이 뚜렷하게 펼쳐진다. 눈앞에 펼쳐진 풍광이 싫다는 듯 여자가 고개를 숙인다. 여자가 그를 힐끔거린다. 아니, 뭔가 말하고 있는 듯하다. 이제 몇분이면 항구에 도착할 것이다. 그러면 여자와는 남남이 되겠지. 그런 생각을 하자 자신의 우유부단함이 후회스럽다. 사람도 따지고 보면 물짐승이여. 이놈아, 사람이 물기가 그리 없어 누굴 좋아하겠냐? 선창에서 배를 타기 전에 내뱉던 노모의 말이 뇌리를 스친다. 여자를 다시 훔쳐본다. 그러자 꽃씨처럼 빠져나온 여자의 눈물을 본 것도 같다. 여자는 먼바다만 바라보고 있다. 바다를 보면 마음이 뻥 뚫리는 기분이라 바다에 살고 싶다 했던가. 그러자 귀뚜라미 소리가 다시 들리는 듯하다.

두 사람을 기다리며 쓰러진 비석처럼 뱃전에 누워 있을 때였다. 파도마저 그의 눈치를 보느라 숨을 죽인 듯 고요해서였을까. 다보록한 숲이 아니면 들을 수 없는 귀뚜라미 소리가 들렸다. 그것도 대낮에. 난데없는 소리에 귀가 저절로 열렸다. 잘못 날아들어 배에 앉은 모양이었다. 그런데 눈을 감고 있자니 마치 그더러 '귀뚫어 귀뚫어' 하는 것만 같았다. 뭐 들을 게 있다고 귀를 뚫고 자시고 할 게 있나 싶었는데, 생각하면 할수록 소리는 가슴을 후벼팠다. 마치 간밤에 여자가 그의 몸에 비문이라도 새겼는지 그녀의 말이 고스란히 떠오르기까지 했다. 오빠, 나 여기서 한 며칠 쉬다 가면 안돼? 그 말에 왜 평생을 쉬어도 된다는 말로 응대하지 못했을까. 더군다나 내 배를 탄 사람들은 다들 상처받지 않았으면 좋겠다는 말 또한 그녀가 아니라 그가 먼저 해야 할 말이 아니었을까 싶었다. 그녀가 그의 배를 먼저 탔으므로.

깊어진 생각 탓일까. 여자를 보내면 또 수많은 불면과 그리움의 나날을 보낼지 모른다는 생각이 스친다. 정말이지 파도에 휩쓸리듯 살았지 그가 진정 선택해 살아온 삶은 아니지 않은가. 선택할 것도 결정할 것도 없던 나날들. 되씹어보면 늘 해삼맛처럼 느글거리는 아픈 과거뿐이다. '우물'하다가 '쭈물'하고 끝나는 게 남녀관계라면 더 늦기 전에 결단을 내려야 한다. 배를 멈춘다. 갑자기 배가 멎자 두 사람은 사고라도 났다 싶은지 두리번거린다. 그러거나 말거나 그는 태연하게 휴대폰을 꺼낸다. 그러고는 들으란 듯이 소리를 지른다.

"오늘 사무실로 간다던 배남우라는 사람이요. 갑자기 사정이 생깄으이 그리 아슈!"

대답도 듣기 전에 폴더를 닫는다. 그러고는 두 사람을 향해 고함을 친다.

"어디 조용한 곳에 소풍이나 갔다가 가입시다!"

때아닌 제의가 믿어지지 않는다는 듯 노모가 입을 연다.

"야가 무슨 바람이 불었다냐?"

"하이튼, 내 배를 탄 사람은 다 행복해야 하는 기라요!"

급히 뱃머리를 돌린다. 그제야 노모가 환하게 웃는다. 여자도 싫지는 않은지 따라 웃는다. 속력을 내자 두 사람이 손을 꼭 맞잡는다. 배가 미끄러지듯 달린다. 바람 한번 시원하게 불어서 좋다.

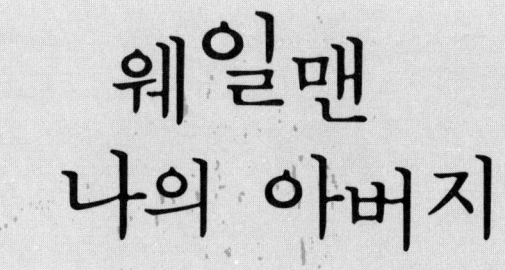

웨일맨
나의 아버지

기회가 곧 미래다

기회가 곧 미래라구요? 응, 기회가 미래지. 아무리 먹여도 돼지가 고래처럼 되진 않아. 더군다나 돼지가 우리 가족을 태우고 미래로 가기에는 너무 둔한 동물이야. 아버지가 텅 빈 돼지우리를 보며 말했다. 그때, 우리 옆 감나무는 침흘리듯 나뭇잎을 질질 흘리고 있었다. 어머니도 마루에 앉아 여전히 손에 꼬고 있던 새끼줄을 쥔 채 감나무와 경쟁하듯 눈물을 질질, 흘렸다.

고래란 놈이, 아마 그때부터 아버지의 머릿속에 들어왔지 싶다. 태어날 때부터 칠 미터의 몸길이와 사 톤의 무게를 자랑하는 고래. 돼지가 절대 그런 고래처럼 커질 순 없다는 것을 아버지 스스로 깨달은 모양이었다. 아버지는 그림책을 통해서가 아니라 실제 고래를 잡아본 사람이었다. 그런데도 난 아버지의 그 말을 이해하기에는 너무 어린 여섯살이었다. 대신에 아버지의 진지한 표정으로 아, 똥값도 못하는 돼지가 나보다 힘은 세구나 싶었을 뿐이다.

돼지는 힘이 셌다. 녀석은 나의 '성생활'에 종지부를 찍게 했다. 그러니까 우리 가족의 운명을 결정지은 것은 우리 스스로가 아니라 순전히 똥값보다 못한 돼지에 의해 결정되었다고 해야 옳다. 성생활을 했다고 이상하게 여길 필요가 없다. 정말 난 태어날 때부터 성생활을 했으므로. 태어난 동네 이름이, '성내'였다. 쉽게 말해 성의 안동네라는 얘기인데, 진짜 성벽이 바로 뒤란과 돼지우리의 한부분을 이루기도 했다. 군데군데 무너져 볼품이 없는 성이었지만, 분명 우리 가족은 그 안에서 돼지와 함께 성생활을 했던 것이다.

두번 다시 헤어지는 직업은 싫어요. 후렴처럼 되뇌던 어머니의 말이다. 그러나 동부레기 같은 성깔의 어머니도 아버지를 말리지 못했다. 역시, 기회가 미래라는 아버지의 말은 중대한 선언이었다. 부업삼아 꼬던 새끼를 팔지 못하고 이삿짐을 묶어도 사반이 시켜보기만 했다. 물론 어머니의 새끼줄은 채 반도 사용하지 못했다. 쓸 만한 물건은 이미 차압이 된 상태였고, 숟가락이나 새까맣게 눌은 냄비는 묶을 필요조차 없었다.

얼른 가자. 돼지가 기회를 집어삼키기 전에. 이사라기보다는 이동이었다. 다행인 것은 돼지우리로부터의 탈출을 아무도 가로막지 않았다는 점이다. 어차피 우리는 밤에 출발했으니까. 밤길을 달리고 또 달렸다. 어머니는 앞으로의 일이 캄캄해서, 나는 보이는 게 없이 캄캄해서, 눈을 감았다. 그러다가 잠이 들었다. 잘 봐라. 저게 바다란다. 내가 눈을 떴을 때, 끝을 알 수 없는 엄청나게 큰 저수지가 펼쳐져 있었다. 그 위에는 옆집 만수네 황소보다 더 큰 배들이 무리를 지어 떠 있었다. 마치 항구가 배의 무덤 같았다. 고래의 뱃속에는 또하나의 바다가 있지. 그래서 고래는 꼬리지느러미로 바다를 들어올릴 수 있단다. 트럭의 옆구리에는 바다가 매달려 있었다. 트럭이 달려갈수록 눈이 휘둥그레졌다. 수많은 건물과 사람들과 차량들로 거리는 넘쳐났던 것이다. 저게 말로만 듣던 번쩍 들리는 다리란다, 지금은 힘이 없어 그대로 있지만. 난 다리가 번쩍 들린다는 말보다, 다리 밑에 가면 네 진짜엄마를 만날지도 모른다는 말로만 들렸다. 어머니를 힐끗거렸지만 어머니는 다른 곳을 응시하고 있었다. 그 모습이 새끼를 뺄 때 짓던 표정, 그대로였다. 조심스레 어머니의 팔짱을 꼈다. 다리를 건너고 신호등을 통과하고 휘어진 골목을 올라도 트럭은 지칠 줄 모르고 달렸다. 어디선가 깡깡, 하는 소리가 들려왔다. 소리는 트럭 꽁무니에 달라붙어 우리를 따라왔다. 아버지는 그 소리가 들릴 때마다 어금니를 깨물었다. 지금부터는 깡으로 살 수밖에 없군, 하는 표정으로.

트럭이 멈추었을 때, 어머니는 아, 하는 비명을 질렀다. 고래등같은 집은 어디 가고 따개비만한 집이라니. 아마 그런 뜻이었을 것이다. 잎맥처럼 번진 골목을 보는 순간, 아차 혹시 싶어 발밑에 가래침으로 표시부터 했다. 아버지가 녹슨 대문 앞에 멈췄다. 여기가 우리가 살 집이란다. 어머니는 이삿짐을 부리자마자 땅바닥에 철퍼덕 주저앉아버렸다. 아버지는 먼하늘만 바라보았다. 마치 이 모든 것이 하늘의 장난이라는 듯이. 방도, 마당도, 골목도 다 모자랐지만 모자라지 않은 게 딱 하나 있었다. 바다였다. 창문을 열어도 바다였고 골목에서도 발밑까지 바다가 찰랑거렸다. 신발을 벗으면 바닷물이 고여 있을 것 같았다. 여기서는 어디든 갈 수 있단다. 기차를 타면 서울도 갈 수 있고 배를 타면 일본이고 미국도 갈 수 있지. 아버지는 바다로 뻗은 길을 알고 있는 듯했다. 그 길로 바람이 오는지 언젠가 한번 타본 삼등선실처럼 추웠다. 아버지, 여기 사는 건 너무 추울 것 같지 않아요?

고래

고래를 잡을 거라구요? 응, 그러나 지금은 아니야. 아버지가 방 쪽으로 흘깃, 보며 목소리를 낮추었다. 아버지의 입에서 심한 막걸리 냄새가 났다. 난, 아버지가 고래를 잡기 전에 먼저 술고래로 변하면 어쩌나, 은근히 걱정이었다. 아버지의 몸에서는 술냄새뿐만 아니라 심한 땀냄새에 쇳내도 풍겼다. 내가 코를 찡그리며 물었다. 고래는 언제 잡으러 갈 거죠? 배가 정비되는 대로. 배라구요? 응, 지금 한창 와이어브러시로 녹을 제거하고 있단다. 고래를 잡을 배는 얼마나 녹이 많이 슬었는지 벗겨도 끝이 없었다. 아버지의 작업복에서 연일 벌건 녹물이 흘렀다. 차라리 빨아입지 않아도 될 걸 빨게 한다며 어머니는 볼멘소리를 했다. 그래도 난 고래를 잡기 위해 빨리 녹꽃이 없어지기를 바랐다. 아버지가 퇴근해오면 바늘부터 그러쥐었다. 아버지의 몸에는 수없이 많은 철가루가 박혀 있었다. 와이어브러시의 파편이라고 했다. 난 바늘로 아버지의 손바닥과 발바닥에 박혀 있는 바늘 같은 그것들을 뽑아냈다. 어떤 것은 하도 오래 박혀 있어 고름과 함께 빠져나오기도 했다. 언제쯤 녹을 다 벗기나요? 때맞춰 어머니는 대문을 빠져나갔다. 집에 하도 오래 처박혀 있어 속에 고름만 찬다는 듯이. 어머니의 걸음은 자연스런 버릇이 된 지 오래라 아무도 말리지 않았다. 이건 꿈이라고, 꿈이야. 어떻게 이게 현실일 수가 있어? 돌아와 매운소리를 뽑을 때면 어머니의 입에서도 냄새가 났다. 차이점이 있다면 매운 고추장 냄새라는 것뿐이었다. 두 사람이 냉장고처럼 지내도 동생은 태어났다. 내가 이따금 성생활을 추억하듯이 어머니와 아버지도 성생활을 잊지 않은 모양이었다.

고래를 봤긴 했어. 옆집 영철이 형은 초등학생답지 않게 어른스러웠다. 얼마나 컸어? 내가 눈을 말뚱거리며 물었다. 영철이 형은 비교 대상이 떠오르지 않는 듯 뒤통수를 긁었다. 종돈 백 마리를 합친 정도는 돼? 형의 눈이 파닥였다. 돼지를 키우지 않았는지 내 말을 이해하지 못하는 듯했다. 하여튼 백 톤짜리 배만하다고 보면 돼. 이번에는 내가 알아들을 수 없었다. 내가 고개를 갸웃거리자 형은 마치 자신의 말을 믿지 못해 그런 줄 알고 안타까운 표정을 지었다. 하긴, 네가 아직 포경을 안했으니 알 수가 있나. 넓은 자갈치시장을 차지하고 누워 있는 걸 이 두 눈으로 직접 봤대도 믿질 않으니. 내 말이 구라 같으면 너도 한번 직접 봐. 일단 형의 말을 믿기로 했다. 자갈치시장이 얼마나 큰지 알 수 없었지만 적어도 우시장 크기는 알고 있었으니까. 아버지가 잡고 싶다던 고래. 아버지가 곁에 있었다면 좀더 쉽게 설명해줄 수 있을 것 같았다. 그러나 아버지는 한창 조선소에서 녹을 제거하는 중이었다.

　그건 새끼고래일 뿐이야. 새끼고래라구요? 대왕고래 같은 엄청난 고래는 쉬 잡히질 않아. 아주 먼 바다에 사는 또하나의 바다의 산이나 마찬가지거든. 아마 이곳 도시 전체가 고래의 잠자리가 되어도 모자랄걸. 정말요? 그래, 아버지가 다시 바다로 나간다면 꼭 잡아와 너에게 보여주마. 아버지는 술냄새 짙은 하품을 연신 토했다. 아버지의 손과 발에는 철가루가 점처럼 많이 박혀 있었다. 큰 것만 가려뽑지 않을 수 없었다. 그러나 나의 작은 노동도 끝이었다. 아버지는 회사에서 녹처럼 제거되었다.

　끗발도 개끗발이구만. 뒷배도 감당하지 못할 그런 끗발이면 재빨리 윗사람 똥구멍이라도 찾든가. 아버지는 작업 도중 줄도 없이 번지점프 이벤트를 연출했다. 각본에 없는 일이었다. 어머니가 알고 있던 아버지의 먼 친척은 조선소 높은 간부가 아닌 모양이었다. 맥없이 물러난 아버지는 한동안 누운 부처처럼 지냈다. 어머니가 시도때도없이 눈매를 일그러뜨리며 잔소리를 퍼부어도 묵언정진이라도 하듯 대꾸가 없었다. 아마 어머니는 여전히 새끼 꼬던 버릇을 버리지 못한 모양이었다. 차라리 내가 버는 게 낫지, 그게 차라리 나아. 아버지의 몸에서 쇳내가 사그라질수록 어머니의 입에서는 더 진한 고추장 냄새가 났다. 두번 다시 헤어지는 직업은 싫다지만 이젠 정말 고래를 잡으러 떠나야겠구나. 아버지가 말했다. 저도 얼른 커서 고래를 잡고 싶어요. 얼마 뒤, 아버지는 자리를 털고 일어났다. 이제 같이 고래를 잡으러 떠날 거죠? 허허, 녀석, 벌써 목소리가 굵어졌구나, 고래를 잡아야 할 만큼.

어디 가요? 고래를 잡으려면 네 몸속의 고래부터 먼저 잡아야지. 그래야 더 큰 고래를 잡을 수 있단다. 그게 곧 어른이 된다는 증거거든. 병원을 나오면서 어른이 된 것만 같았다. 그래서 아픔을 참고 아버지처럼 어기적거리며 물었을 것이다. 정말 고래가 물고기가 아닌 동물인가요? 그럼, 돼지처럼 동물인 게 확실하지. 브라이드고래 화석에는 아직 아기 손의 흔적도 남아 있단다. 동물이란 흔적은 그외에도 많아. 물고기처럼 꼬리지느러미가 세로가 아니라 가로란 것도 그 증거지. 숨을 쉬기 위해 물밖으로 나와야 하니 가로지느러미를 할 수밖에 없는 거야. 너, 고래가 왜 잡히는지 아니? 아뇨. 동물이라서 잡히는 거란다. 동물은 피를 흘리지. 고래도 동물이라 물속에서 피를 흘리면 피가 멎지 않는단다. 그래서요? 그래서 피를 너무 많이 흘려 죽게 되는 거지. 고래는 작살이 아니라 제 피 때문에 죽는단다. 아주 작은 상처에도 죽을 수 있는 동물이 고래지. 말을 듣고 있자니 아버지가 마치 피흘리는 고래 같았다. 엄마의 밀몽둥이에 맞아 죽어가는 착한 고래. 너, 그런 고래가 노래를 부르는 멋진 가수라는 건 모르지? 멋진 가수요? 수면으로 올라올 때는 물을 뿜으며 아주 멋진 노래를 부르는 가수가 된단다. 혹등고래는 아주 긴 노래까지 불러. 그래서 '바다의 카나리아'라 부르기도 하고. 아버지는 그 노래를 들었단다. 새끼고래와 함께 합창을 할 때면 그런 아름다운 노래는 이 세상에 없지. 그런 멋진 가수를 왜 잡으려고 하죠? 그건 네가 몰라서 하는 소리란다. 고래는 사람들이 배가 고플 즈음 떼를 지어 나타나 한마리를 슬쩍 남겨 놓고 떠난단다, 배고픈 이를 위해서. 인간은 다만 그런 고래를 거두어올 뿐이지. 그런데도 사람들은 고래를 잡았다고 거짓말을 한단다.

음악

큰길가에 레코드가게가 생겼어! 코밑이 제법 새까매진 영철이 형이 말했다. 어머니의 떡볶이가게를 향하던 나는 귀가 솔깃했다. 이젠이 동네에서도 공짜로 가슴이 뭉클한 음악을 맘껏 들을 수 있게 되었단 말이야. 형의 말이 구라 같지는 않았다. 형은, 세상에서 음악이 가장 좋다고 했다. 골목을 오갈 때마다 대학생이 되면 대학가요제에 나갈 거라고 했다. 그런 때문인지 형은 '쏘니 미니카세트'를 갖는 게 소원이었다. 나와 내 또래들은 일제히 큰길을 향해 달렸다. 큰길은 스피커에서 쏟아져나온 음악으로 들썩거렸다. 아이들이 가게 앞으로 달려가 알 수 없는 가사와 리듬에 맞춰 몸을 흔들었다. 엉덩이를 실룩거리고 개다리춤까지 추었다. 그러나 나는 춤을 출 수 없었다. 야, 넌 왜춤 안 춰? 이게 롹이라구, 롹! 아무리 소리를 쳐도 내게는 가슴 뭉클한 그런 음악은 아니었다. 오히려 들을수록 가슴이 뭉클한 것이 아니라 뭉개지는 것만 같았다. 나도 모르게 속으로 웅얼거렸다. 이건 노래가 아냐. 멋진 노래가 아니라구. 고래의 노랫소리만이 진짜 음악이야, 사람의 가슴을 뛰게 만들거든.

아버지가 멋진 고래의 음악을 들려줄 줄 알았다. 그러나 몇개월 만에 돌아온 아버지는 고개만 저었다. 아들아, 아직 우리는 고래의 얼굴도 보지 못했단다. 겨우 참치 꽁무니만 쫓다가 돌아온걸. 그럼 고래의 노래를 언제 들을 수 있나요? 두번 다시 들을 수 없을지도 몰라. 고래가 몸을 숨겼거든. 왜 몸을 숨겼나요? 1859년 유전이 발견되기 이전까지 고래의 향유 가치는 엄청났단다. 사람들은 향유고래를 쫓아 남극까지 갔으며 포경업은 최고의 성황을 이루었지. 그러나 고래의 남획은 향유고래의 멸종위기를 초래하고 말았단다. 향유고래를 찾을 수 없었으니 사람들은 어떻게 했겠니? 내 눈동자가 커졌다. 다른 고래들을 찾아나섰겠지. 그 바람에 다른 고래들마저 희생될 수밖에 없었던 거란다. 위협을 느낀 고래가 몸을 아주 깊숙이 숨기게 된 거지.

'헤어지는 직업'을 갖게 돼 그런지, 아니면 고추장이 벌겋게 묻은 떡볶이장사를 해서 그런지 어머니는 느닷없이 족발을 찾기 시작했다. 학교를 마치고 돌아오면 늘 방구석에 족발그릇이 놓여 있었다. 어떤 때는 수북한 뼈만 남겨놓기도 했다. 마치 우리를 이 지경으로 만든 게 돼지 탓이라며 어머니 스스로 돼지가 되기로 작정한 것 같았다. 어머니는 뼈를 그냥 버리지 않았다. 솥에 넣고 며칠을 고기까지 했다. 그런 국물을 후루룩거릴 땐, 저러다가 진짜 어머니의 뱃속에서 돼지새끼들이 줄줄 흘러나오는 건 아닌가 걱정될 정도였다. 먹고살기 힘들어. 아무래도 다른 장사를 해봐야겠어. 그 소리가 더 큰 먹이로 바꾸겠다는 말로만 들렸다. 아버지의 출항은 정기적이었으나 고래를 잡았다는 소식은 없었다.

고래가 잡혔어! 나도 모르게 소리치고 말았다. 고물 흑백 티브이는 자갈치시장에 드러누운 고래를 비췄다. 순간, 나는 그 고래가 아버지가 잡아온 것이라 확신했다. 고래가 잡혔대! 고래가 잡혔다구! 아버지가 드디어 고래를 잡았다구! 골목을 달려가면서 나팔손을 했다. 내 목소리는 전염병처럼 순식간에 골목으로 퍼졌다. 또래들이 내 뒤를 따랐다. 자갈치시장쯤은 한번도 쉬지 않고 달려갈 수 있었다. 그 정도로 나는 뼈가 단단해져 있었고 도시인으로 진화중이었다. 건널목을 건너고 골목을 돌고 다리를 건넜다. 빨리 가서 고래의 멋진 휘파람을 듣고 싶었다. 저기다! 누군가 소리쳤다. 정말 손짓한 곳에 엄청나게 큰 고래 한마리가 잠든 듯 누워 있었다. 아버지의 말은 거짓말이 아니었다. 정확하게 나는 두 번 놀랐다. 처음엔 엄청난 크기에, 다음에는 편안하게 누운 자세의 느긋함에 놀랐다. 성자처럼 눈을 감은 채 하얀 뱃살을 드러낸 고래가 마치 나를 이곳에 데려온 것만 같았다. 사람들이 고래를 보호하는 것처럼 울타리를 싸고 있었다. 고래 앞으로 몰려가 기념사진을 찍는 사람도 있었다. 고래의 큰 덩치에 사람이 참으로 작아 보였다. 난 주위를 살피기에 여념이 없었다. 아직 몸에 남아 있다는 고래의 손, 그 손도 잡아보고 싶었고 멋진 노래도 듣고 싶었다. 그러나 고래는 손도, 내게 아름다운 노래도 들려주지 않았다. 살짝 내밀고 있는 부푼 젖꼭지가 나를 우울하게 만들었다. 보이지 않는 아버지 때문이었다. 멘트는 계속되었다. 상업 포경의 마지막 고래가 이제 막 자갈치에 도착했습니다. 이제 더이상 고래사냥은 없으며 포획은 금지되었습니다. 이곳에서 다시 고래를 보려면 얼마를 기다려야 할지 모릅니다. ㄱ 대답은 바로 여기 누워 있는 ㄱ래만이 말해주겠지요.

아버지는 넋나간 사람처럼 눈빛이 퀭했다. 초록색 항로를 잃은 선박같이 아버지는 꼼짝하지 않았다. 이게 다 인간의 이기심 때문이야. 그렇게 많은 고래를 잡았다니. 아버지의 한숨이 깊어질수록 어머니 앞의 뼈도 수북하게 쌓여갔다. 늘어나는 어머니의 족발 식탐을 해소해주려면 돈이 더 필요했다. 아버지는 고래 대신 생선상자를 잡기로 했다. 공동어시장의 하역부였다. 아버지의 옷에서 이번에는 심한 비린내가 났다. 빨래를 할 때마다 어머니는 '투덜이 스머프'였다. 아무래도 내가 나서는 게 낫겠다. 진짜 깡통아줌마가 되실 작정이세요? 너도 생각해봐라. 코끼리밥통 하나만 팔아도 한달을 먹고산단다. 그러니 미제 쏘시지와 치즈를 덤으로 팔아봐. 일년이면 빌딩이 문제겠니? 아버지는 마지막 숨을 거두는 고래처럼 푹푹 한숨만 내쉬었다. 얼마 뒤, 아버지는 생전 찾지 않던 친척과 친구를 찾아갔다. 우리는 더 높은 곳으로 이삿짐을 옮겨야 했다. 그 바람에 학교도, 친구와도, 바다와도 멀어졌다. 제발 깡통만은 차지 말아야 할 텐데, 하고 아버지가 중얼거렸다.

맥드라이브 1호점

  돌이 무기인 시절이 있었다. 최루탄을 쏘면 반대편에서 돌이 날아왔다. 시위는 끝이 없었다. 자고 일어나면 시위였다. 그런 와중에 프로야구 롯데가 우리를 흥분시켰다. 롯데가 코리언 씨리즈에서 우승하던 날은 공산당을 쳐부순 것처럼 유쾌, 상쾌, 통쾌했다. 나도 야구선수가 되고 싶었다. 서울올림픽의 열광도 있었다. 열광이 식자 영철이 형처럼 나 또한 코밑이 새까매졌다. 집만 생각하면 이상하게 길바닥의 돌이 눈에 걸렸다. 돌만 보면 찼다. 차는 만큼 내 발가락의 멍은 깊어졌다. 난 멍든 발톱을 보며 이러다가 영영 걷지 못할지도 모른다고 생각했다. 그러면서도 틈만 나면 바닷가를 서성이며 다른 길을 생각했다. 영철이 형의 동생 영이를 애인처럼 떠올리며 포경한 고추를 만지기도 했다. 영철이 형은 이미 노랑머리를 한 어른이었다. 돈이 필요해요. 가게에 가서 어머니에게 달라렴. 아버지가 할 수 있는 대답이라고는 그것뿐이었다. 고등학생이 제일 돈이 많이 필요하단 걸 모르세요? 고래를 포기한 아버지의 몸에서는 비린내 대신 젓갈냄새가 풍겼다. 비메이커인 아버지가 싫었고 집이 싫었다.

깡통시장의 어머니 가게는 개점휴업 상태였다. 깡통은커녕 깡통따개 하나 팔리지 않았다. 유통기간이 지난 치즈와 쏘시지는 어머니의 간식거리였다. 희망을 걸었던 일제 코끼리는 가게 밖을 나갈 생각이 없이 쿨쿨 잠이나 잤다. 밥통과 함께 어머니도 잠만 잤다. 하루종일 자도 깨우는 손님이 없었다. 대신, 건너편에 새로 선 전자상가는 북적이고 있었다. 대한이고 금성, 삼성이 외제만 해? 사람들이 뭘 몰라도 한참을 모른다니깐. 잠이 깬 어머니가 악다구니를 퍼붓는 순간에도 입에서는 치즈가 녹아내렸다.

영이와의 약속만은 지키고 싶었다. 햄버거와 감자칩, 콜라가 내게는 너무 먼 음식인지 몰랐다. 그게 우리를 잡아먹을지 몰라. 어쩌면 그게 괴물고래일지 모르니깐. 아버지의 그 말은 곧 키피와 콜라는 괴물고래의 피요 환각제라, 우리를 중독시키는 마약이 될 거라는 얘기였다. 그렇다면 맥주는 오줌, 햄버거는 방사한 똥이라는 말이나 마찬가지였다. 차라리 죽는대도 먹고 죽는 게 낫겠어요. 그건 네가 잘 몰라서 하는 소리다. 너도 조만간 알게 된단다. 이땅에 금세 괴물고래들이 몰려올 거라는 걸. 아버지가 점점 이상해지고 있었다.

우리 이래도 될까. 걱정 마. 영철이 형은 자신있었다. 몇번의 경험
상 세상에서 가장 안전한 도둑질이라 했다. 형은 알고 있었다. 새벽에
들어오면 굶주린 배를 채우기 위해 식당으로 향하거나 모자란 잠을
보충하기 위해 재빨리 선실에 누워버린다는 것을. 형의 말대로라면,
우리는 그냥 바다에서 얻은 생선 몇마리를 가져오는 것일 뿐이었다.
정말 괜찮을까? 걱정 말라니깐, 인마! 자신있어하던 형도 막상 나타
난 그림자 앞에서는 고개를 떨구었다. 손에 고기 비린내도 배기 전이
었다. 무엇보다 영이와의 약속을 지키지 못한다는 것과 해운대에서
벌어질 화려한 맥드라이브 개장식에 가지 못한다는 게 억울했다. 파
출소에 나타난 아버지는 말이 없었다. 비메이커 아버지는 파리똥 하
나를 단 말단 경찰 앞에서 머리만 조아렸다. 그러다가 아버지는 다음
날 아침에야 나에게, 가자, 단 한마디만 했다.

장생포라고 했다. 버스에서 내려 들어간 식당에는 고래그림이 붙어
있었다. 그러나 얼마나 오래뇌었는지 그림은 모서리가 낡있고 남은
부분도 낙서가 많아 고래의 형체도 알아보기 힘들었다. 늙은 여주인
은 잘 알고 있는 듯 음식준비에 여념이 없었다. 뭘 먹을까? 메뉴판을
들여다보며 아버지가 말했다. 고래는 인간의 몸을 편안하게 하는 음
식을 제공한단다. 인간에게 제 몸을 내주는 성자나 마찬가지지. 그래
서 고래를 지키고 싶은 거야. 아버지는 자동응답기처럼 혼자 말했다.
귀신고래는 오오쯔끄난류를 따라 북상했다가 내려오지. 그래서 이곳
이 고래잡이로 유명해졌단다. 아버지가 원래 오고 싶은 곳도 여기였
어. 기름내만 가득한 공장지대로 변하고 말았기에 포기하고 말았지
만. 그러나 아직 이곳엔 꿈이 있단다. 난생처음으로 떠난 아버지와

의 여행. 아버지의 말을 들으면서도 난 이게 정말 괴물고래의 살코기가 아닐까 생각했다. 고래는 잡을 수도 없을뿐더러 이미 멸종상태였<u>으므로</u>.

국제통화기금

나비를 조심해! 면도를 시작한 내게 아버지가 말했다. 복어의 가슴지느러미 밑에 비늘처럼 붙어 있는 것을 복어요리사들은 '나비'라 부른다고 했다. 나비는 맹독성을 띠는데다가 눈에 잘 띄지 않고 아무 곳에나 붙어 다니기 때문에 요리할 때 끼여들지 않도록 주의해야 한다는 것이었다. 특히 복의 독은 입안에 들어가면 혀가 굳어지고 배 안에 들어가면 장이 굳어지는데 그에 대한 약은 없다. 독은 청산가리의 약 천오백 배의 독성, 색깔, 냄새, 맛이 없으며, 끓여도 파괴되지 않아 더 위험하다. 복어의 독은 독성이 있는 먹이로 인해 생기므로 양식복어에는 독성이 없다. 아버지가 복요리를 먹기 시작했다. 아버지가 마지막으로 회사에 다녀온 저녁이었다.

독이 든 생선을 왜 먹어요? 그건, 네가 몰라서 하는 소리다. 독이 독을 풀어준단다. 네 어미는. 아버지는 다음 말을 잇지 못했다. 복요리를 먹는다고 집을 나간 어머니가 돌아올 것 같진 않았다. 처음부터 어머니의 깡통가게는 끝이 보이는 장사였다. 난 차라리 돼지같이 피둥피둥 살이 오른 어머니가 사라지자 잘됐다 싶었다. 어차피 시장에 내다 팔 사육돈이었다. 아버지는 새벽마다 깡통시장 근처를 어슬렁거렸다. 막일거리도 걸려들지 않았다. 곰곰이 생각하니 내가 참 곰처럼 살았다는 생각이 들어. 아버지는 그때부터 다시 고래를 꿈꾸기 시작했다. 이전과 다른 점이 있다면 그 고래가 괴물고래로 둔갑했다는 것이다. 고래가 철갑상어로 진화하는 중인가요? 고래를 잡아도 어머니는 돌아오지 않아요. 내가 비아냥거려도 아버지는 고개만 홰홰 저었다. 분명해. 괴물고래가 네 어머니를 잡아갔어. 나를 봐. 나를 이렇게 만든 것도 그 괴물고래의 짓이야. 마치 아버지의 그 말은 지금 당장이라도 괴물고래를 무찌르고 어머니를 구해올 태세였다. 동생은, 아버지의 말을 믿는 눈치였다. 난 키득키득 웃으며 티브이만 지켜보았다. 티브이에서는 한쪽 다리를 저는 대통령이 웃고 있었다. 혹시 아버지, 괴물고래든 식인고래든 우리집에 숨겨둔 금붙이는 없나요?

당신은 모던한 도시인이 되고 싶지 않으십니까? 그럼 이곳으로 오십시오. 맥도날드의 황금아치는 그렇게 행인들에게 눈웃음을 짓는 것 같았다. 내가 노란 'M'자를 지나 크루가 되던 날, 화장실에서 몇번이나 유니폼을 입은 나를 비춰보았다. 마치 이제 당신은 비로소 모던한 존재가 되었습니다, 하는 소리가 들리는 듯했다. 세련된 존재로서 승인, 이제야말로 세련된 삶을 살 수 있을 것 같았다. 차에 앉아서 주문한 후 카스테레오로 음악을 즐기면서 일분도 되지 않아 손에 쥐여주는 햄버거. 체계적이고 과학적인 경영방식과 모던한 디자인이며 깔끔한 실내. 이전 식당에서 맛볼 수 없는 세련미가 넘쳐나는 곳이었다. 손님들도 달랐다. 노란 'M'자를 지나는 순간 사람들은 세련되게 행동했다. 식당에서와 달리 내가 비록 아르바이트생인데도 불구하고 손님들은 반말도 사투리도 쓰지 않았다. 깨가 뿌려진 두 조각의 빵과 그

속에 든 패티, 양념쏘스와 상추, 치즈, 양파를 섞은 아주 단순한 음식. 특별한 맛이 없는데도 사람들은 햄버거를 찾았다. 어쩌면 햄버거 맛보다는 먹는 경험 자체를 즐기는 모양이었다. 나는 그 속에서 서서히 도시적 세련미를 갖춘 청년으로 탈피중이었다.

아버지처럼, 사람들이 회사에서 상추처럼 솎여나오고 있었다. 그래도 대학생만큼은 줄지 않았다. 여기도 대학생, 저기도 대학생이었다. 그런 마당에 비싼 등록금 내고 똑같은 대학생이 되고 싶지 않았다. 학생증이야 휴학생, 혹은 복학준비중인데요,면 만사 오케이였다. 시답잖은 시급을 받으면서도 불만을 품지 않은 것이 바로 그 대학생처럼 살아갈 수 있기 때문이었다. 더군다나 대학가를 중심으로 아르바이트를 하다보니 자연 햄버거와 피자를 좋아하게 되었다. 햄버거와 피자를 좋아하는 이유는 복어와 달리 독이 없기 때문이기도 했다.

영이는 애인이었고 친구였으며 동생이자 곧 세상의 전부였다. 내가 영이와 붙어다니자 아버지는 영이를 잡을 것처럼 작살을 구입했다. 그러고는 짬날 때마다, 아니 출근하지 않았으므로 매일 날을 벼리고 또 벼렸다. 시정을 뒤져 군복과 군화, 야전점퍼까지 구입했다. 심지어 애완용 샴푸를 사기도 했다. 그런 아버지에게서 혹시 희망 같은 걸 찾으려 했지만 확인할 수 있는 건 핏발선 눈동자뿐이었다. 이따금 아버지는 군복을 입고 바닷가에 오래오래 서 있곤 했다. 바다는 세상의 어지러움은 죄다 끌어버린 듯 어수선했다. 바닷바람이 너무 세요. 저길봐라. 저 바닷길을 통해 낯선 세계로 나갈 수도 있지만 낯선 것들이 들어오기도 한단다. 어떤 것요? 이를테면 나쁜 이기심, 폭력, 전쟁,

포르노 같은 것들이지. 그걸 괴물고래라 부를 수도 있겠지. 그것들 때문에 이미 이곳 사람들이 병들기 시작했다. 괴물고래를 보고 계시는 군요. 그래, 이미 그 모습을 드러내고 있어. 아버지는 분명히 느낄 수 있단다. 아버지의 터무니없는 진지함에 도리머리만 쳐졌다. 아버지는 아직 현실을 몰라도 너무 모르는군. 아니면 복어의 독이 몸속 깊숙이 퍼졌거나. 어쨌든, 지금은 아이엠에프시대였다.

월마트

커피 넉 잔, 콜라 한병을 마시지 않으면 잠이 오지 않았다. 잠이 와도 한잔, 심심해도 한잔, 친구를 만나도 한잔, 인터넷게임을 하면서도 지하철을 기다리면서도 커피를 마셨다. 그래야 뭔가 편안해지는 기분이었다. 콜라는 갈증이 날 때마다 마셨다. 톡 쏘는 맛이 갈증을 금세 잊게 해수었다. 아무리 시급이 적어도 커피숍이나 콜라메뉴가 있는 분식점이 아니면 아르바이트 직종으로 선정할 수 없을 정도였다. 그게 중독이야. 이를테면 마니아가 되어가는 증거지. 언젠가 영이가 말했다. 난 분명히 말해주었다. 중독은 아니야. 내가 널 좋아하는 마음 정도일 뿐, 그 이상도 이하도 아니야. 노우, 너가 내 몸을 파고드는 걸 보면 좋아하는 게 아니라 흔해빠진 포르노에 중독된 베이비야. 영이도 그런 말을 하면서 커피잔을 입에 가져가는 건 나와 같았다.

영이는 확실히 메이커 있는 여자였다. 말도 고상했고 잠자리에서도 다른 여자애들과는 달랐다. 뭔가, 콜라처럼 톡 쏘면서도 커피처럼 은근한 체향을 풍겼다. 영이는 담배를 피워도 음식을 먹어도 단순한 메뉴는 택하지 않았다. 영문과 학생답게 영어로 된 혀를 갖기를 원했다. 대화 속에 늘 영어를 섞었다. 영이와 있으면 이 세상이 아닌 미국에라도 와 있는 기분이었다. 어차피 한창 뜨는 말이 '세계화'였다. 다만 이따금 쎅스 후 엉뚱한 소리를 한다는 것만 빼고. 뭔가 허전해. 좀더 화끈하고 더 큰 게 내 속을 밀고 들어왔음 좋겠어.

영이에게 중독되어갈 즈음, 집 아래 매립지에 대형마트가 들어선다는 소문이 퍼졌다. 아버지는 그 소문에 지그시 입을 깨물었다. 드디어 모습을 드러내는군. 뜬소문은 아니었다. 매립한 바다는 포크레인에 의해 물어뜯기기 시작했다. 파인 웅덩이에는 주인이었다는 듯이 바닷물이 몰려왔다. 우웅, 대형펌프 수십대가 일제히 소리를 내며 가동되었다. 저길 봐라. 저기에 괴물고래가 나타날 거다. 아버지는 공사장을 내려다보며 말했다. 여전히 나는 웃고 있었다.

공사가 진행되는 와중에 뉴욕의 세계무역쎈터가 무너졌다. 영화보다 더 실감나는 장면에 동생과 나는 와우, 하는 탄성만 질렀다. 그런 우리를 보며 아비지는 탄식을 쏟았디. 이젠 평회리는 단어도 오염되었군. 이게 모두 괴물고래의 짓일 테지. 두고 봐. 그 괴물이 세상을 온통 집어삼킬 테니. 세상에 우연은 참으로 많다. 아버지의 거짓말도 우연히 맞아떨어졌다. 며칠 뒤, 아프가니스탄과 이라크 전쟁이 일어났던 것이다. 연일 방송되는 게임 같은 뉴스에 우리는 모처럼 컴퓨터를 잊을 수 있었다. 날아다니는 미사일을 보면서 돈뭉치가 미사일처럼 집마당에 내리꽂혔으면 좋겠다는 생각을 했다.

내 인생에서 가장 슬픈 일이 벌어졌다. 안녕, 그동안 고마웠어. 드디어 빅버거를 물었어. 미국 유학생이래. 영이의 문자를 받는 순간 온 세상이 정전이었다. 현실이 아닌 것 같았다. 아니, 꿈에서 다시 현실로 돌아온 건가. 아무튼 '슬프다'는 단어가 입에서 툭, 튀어나왔다.

화석 같은 뼈대가 들어서고 살을 붙였다. 드디어 거대한 갑각류처럼 등피가 딱딱한 건물이 완성되었다. 월마트. 건물이 이름표가 선명하게 빛을 발했다. 그건 낮보다 밤에 더 휘황찬란했다. 사람들은 하나둘 건물 속으로 몰려가기 시작했다. 아니, 마치 괴물처럼 사람들을 보이는 족족 빨아들였다. 사람뿐만 아니라 차도, 물건도 아구아구 집어삼켰다. 더 많은 사람들을 유인하기 위해 정문 앞에는 분수를 뿜어올리기도 했다. 대형 물줄기를 허공으로 뿜어대는 분수를 보는 순간, 저게 아버지가 말한 괴물고래일 수 있다는 생각이 들었다. 마치 지하에 몸을 숨겼다가 모습을 드러낸 고래 같기만 했다. 봐라, 아버지의 말이 틀린 건 아니지? 저게 진짜 착한 고래를 다 죽인 괴물고래야. 모든 세상을 지배하려는 인간들이 만든 괴물이지. 아버지는 그때부터 군복을 벗지 않았다. 군복을 입고 잠이 들었으며 다시 작살을 다듬기 시작했다.

니네 엄마를 봤어. 엄마를 봤다구? 트럭기사가 된 노랑머리 영철이형이 말했다. 동생과 나는 월마트로 달려갔다. 아버지의 표현대로 월마트는 엄청난 괴물이나 마찬가지였다. 입구에 서자마자 우리 두 사람을 거침없이 빨아들였다. 안은 북새통이었다. 발디딜 틈이 없었다.

우리는 아우성치는 사람들 틈을 비집으며 어머니를 찾기 시작했다. 육층까지 뒤졌지만 어머니는커녕 어머니 비슷한 사람도 보이지 않았다. 역시 구라 형은 못 믿어. 포기하고 나오려는데 탕비실 옆 간이의자에 고개를 꺾고 있는 어머니를 발견했다. 다행히 아직 숨을 쉬고 있었다. 엄마, 여기서 뭐 해요? 동생이 물었다. 응, 너희들 왔구나. 청소일을 한단다. 비정규직이긴 하지만 부러운 건 없단다. 여기가 바로 천국이니까. 봐라, 없는 게 없잖아? 그 순간 난, 어머니가 괴물의 뱃속에서 쉬 빠져나오지 못하리란 걸 알았다. 큰애야, 너도 이리로 오렴. 여긴 모든 걸 다 판단다. 그것도 세상에서 가장 저렴한 가격으로. 어머니의 표정이 진지했다. 표정이 하도 진지해 하마터면 물을 뻔했다. 혹시, 여기 외제 족발도 파나요?

역시 그랬군. 아버지는 괴물고래의 뱃속이 분명하다는 듯 진중한 표정이었다. 동생의 권유에 다시 찾아갔을 때, 어머니는 보이지 않았다. 직원들은 모른다고만 했다. 당연하지. 거대한 고래가 어머니를 집어삼켰으니까. 아버지는 어머니를 삼킨 고래를 잡겠다고 했다. 아버지의 지금 기력으로는 고래는커녕 어머니도 잡기 힘들어요. 걱정 마. 괴물의 심장을 건드리면 꼼짝없이 어머니를 토해낼 거야. 이버지는 보일러실을 폭파할 건물의 설계도를 손아귀에 쥔 것처럼 자신있게 말했다. 난, 그것보다는 고래보다는 족발로 어머니를 유인하는 게 더 빠를지 모른다고 말해주려다가 참고 말았다. 영이의 일만 해도 머리가 돌 것 같아서였다.

어머니가 돌아왔다. 어머니는 방금 막 괴물에게서 풀려난 듯 몹시

지친 모습이었다. 믿을 수가 없었다. 역시 아버지는 대단해. 동생이 말했다. 집에 온 어머니는 썩은 나무처럼 쓰러졌다. 아버지를 기다렸지만 아버지는 돌아오지 않았다. 다음날도 그 다음날도 마찬가지였다. 아버지는 아직 괴물의 심장을 찾지 못했나보다. 아니면 지금 한창 맞장을 뜨는 중인가. 아버지가 없어도 어머니는 아버지를 찾지 않고 먹을 것만 찾았다. 몸이 너무 무거워. 가벼워지고 싶어. 이번에는 족발이 아니라 닭발이었다. 차라리 닭발을 먹을 게 아니라 오리발을 내미시는 게 좋을 것 같은데요? 지금 어머니는 닭발을 수십 트럭째 먹고 있다. 그래도 아버지는 돌아오지 않는다. 미국으로 간 영이도 소식이 없다. 나의 비정규직 인생은 여전하다. 그런 생각을 하면 쬐끔, 우울해진다. 아버지가 돌아오면 정식 삶이 가능할까. 모르겠다. 어쨌든, 힘내세요. 웨일맨, 나의 아버지!

수평선,
그 가깝고도
먼

파도가 울타리였다. 이리 엎었다가 저리 뒤집었다가 하는 바다꼴을 보자니 속이 꼬였다. 벌써 사흘째 일손이 묶였다. 늘 하는 사료작업이야 그렇나 해도 미뤄눈 지어선별작업이며 활어줄하작업도 서둘러야 했다. 더군다나 젓가락같이 손이 맞던 아내마저 없으니 인부 둘을 부리려면 종일 입에 모터를 달아야 할 터였다.

날씨타령만 할 순 없었다. 일기예보가 아닌 눈대중으로 보아도 바다가 순해지는 건 분명했다. 일손을 놀리려던 그는 그만 말뚝이 되고 말았다. 솔섬을 빠져나오는 낯선 배 때문이었다. 섬그늘을 빠져나오자 하늘을 친친 감는 레이더가 눈에 잡혔다. 어업지도선이었다. 난데없이 나타난 지도선을 보자 바썽과 장씨의 동정부터 살피지 않을 수 없었다. 장씨는 네 발 달린 판돌이와 노닥거리는 중이고, 바썽은 버릇처럼 바다바라기만 하고 있었다. 배는 작정한 듯 곧장 가두리로 향했

다. 달려오는 눈치가 심상찮았다. 이따금 지도선이 나타난 적이 있긴
했다. 그러나 정해진 항로를 지나갈 뿐 가두리 가까이 접근하는 일은
없었다. 그는 이게 무슨 일인가 싶어 가슴이 요쿠르트병만해지고 말
았다. 부러 주머니를 뒤져 담배를 꺼내물었다. 뱃놈이 배 보고 놀라는
어처구니없는 일을 당하자 죄없는 담배연기가 잘근잘근 씹혔다. 다시
두 사람을 살폈다. 바썽과 장씨도 낯선 배를 봤는지 보이지 않았다.
대신 상판 위에는 친구를 잃은 판돌이만 조객 표정으로 서 있을 뿐이
었다. 지도선은 머뭇거림도 없이 달려왔다. 담배를 연거푸 빨아당겼
다. 그때, 지도선은 천영감의 가두리가 있는 자물여 쪽으로 선수를 돌
렸다.

"햐, 이거야 원, 날씨마저 사람 속을 뒤집더이 저것까정 암행어사
노릇을 하려 드는구만!"

그가 삐딱입을 만들어붙이는 동안에도 파도는 여전히 상판을 물어
뜯기 바빴다. 컨테이너로 만든 늙은 관리사 건물과 냉동고는 번갈아
가며 뼈마디를 앓는 소리를 냈다. 바다까지 몸살이니 감시선마저 연
안 가까이 항로를 잡았는지 모른다. 그는 아까운 시간 버렸다는 듯이
서둘러 관리사로 향했다. 상판이 뒤뚱거려 중심잡기가 힘들었다. 관
리사에 들어섰으나 두 사람은 보이지 않았다.

"이것들이 미꾸라지 비늘을 달았나, 작업준비는 안하고 또 어디로
나가삐렀노?"

작업대야에 저울, 뜰채, 장갑 등속을 챙긴 다음 벽에 걸린 물옷을
떼어 입었다. 물옷에는 소금꽃이 활짝 피었다. 모자마저 챙겨쓰고 장
화를 찾는데 한짝이 보이지 않는다. 어제만 해도 사이좋게 짝을 이루
고 있던 물건이었다. 두 사람이 온 후, 툭하면 물건이 사라졌다. 발밑

이 저금통이니 그만큼 조심하라 일렀지만 머릿속에 까마귀를 떼로 키우는지 잊어먹기 일쑤였다. 뜰채며, 칼, 망치며, 랜턴, 심지어 새로 산 저울이 그렇게 수장을 당했다. 심지어 새로 산 무세제 세탁기마저 아무거나 집어넣어 빨래를 돌리는 바람에 고장이 난 상태였다. 바다 위라는 특성상 수리비도 두 배 가까이 요구하니, 이건 인건비 줄이려다 되레 손해만 나는 꼴이었다. 이맛금을 좁히며 밖으로 나섰더니 바썽과 장씨가 또 판돌이와 어울렸다. 바썽의 절룩이는 다리가 눈을 잡아챘다. 강희 생각이 났다. 강희의 뜬금없는 소란으로 아내마저 새벽길을 재촉했다. 그런 터에 그냥 있자니 속이 불편했다. 큰놈 강철이라면 소식이라도 들었을까 싶어 휴대폰을 꺼내쥐었다.

*

강철이가? 너그는 우째서 아부지가 연락 안하몬 전화 한번 안하노. 뭣이 그리 살기 바쁘다고 전화할 시간도 없노 그래. 연말연시라 바빴다고? 회사가 어디 니 다니는 회사만 바뿌나. 그리 치자면 조선팔도 안 바뿐 사람 어데 있노. 그래도 천씨네 아들은 바쁘다 해도 잘도 전활 하더만. 니가 누고, 우리 집안의 맏이 아이가. 그라몬 성답게 강식이한테도 연락해서 우찌 사는가 확인도 하고, 강희도 우째 지내는가 안부도 묻고 그래야 없던 정도 붙제, 이기 뭐꼬? 바닷물도 하루에 두번은 만나건만 명절 때 아이몬 만나기도 힘드이 이기 가족이가, 남이나 마찬가지제.

그나저나 며늘아하고는 우떻노. 아직도 등돌리고 자나? 니들 부부는 우째 그라노? 그라고 아직 정식 채용은 안됐나. 하마 이년이 다 되어가는데. 뭐, 그기 무씬 말이고? 아이, 무씬 법인데 그런 법이 다 있노. 일만 열심히 잘하몬 되지 무씬 조항 따져가매 멀쩡한 사람을 동물맹쿠로 저그 맘대로 한단 말이고. 참말로, 나라가 우야다가 이래됐는지 모리겄다. 하여튼 정식 되어 정식으로 살 때까지 큰맘먹고 모든 거 품어라. 이 애비가 오죽했으면 '강'자 돌림을 썼겠노. 사람 사는데 어디 맨날 궂은 날만 있으란 법은 없으이, 알겄나?

어매는, 무슨 어매! 일이 태산처럼 쌓있는데도 만사 제치두고 강희한테 갔다. 와는 무슨 와냐, 일이 있으이 갔제. 강희 갸가 휴대폰도 끄고 당최 연락이 안돼 걱정이었는데 마침 아침에 강희 친구람서 전화가 왔더라. 집에 안 들어온 지 열흘이 넘었다고. 뭐, 학교에서 추천한 서류가 보류되었다는 연락 받자마자 소식이 끊깄다더마는. 모리지, 그게 뭔 서류지. 좋은 일이몬 보류가 됐겠나. 하이튼 너그 어매 무씬 일인가 싶어 밤에 잠 한숨 몬 자고 새벽밥 묵자마자 비파소리 나게 나섰다. 대학 졸업하몬 애비 고생도 이제 끝이다 싶었는데 느닷없이 집을 나갔다카이, 너그 어매가 와 걱정이 안되겠노. 그래 제 눈으로 확인하고 싶어 나섰다 아이가. 그러이 많이 니도 강희가 우찌된 일인지 알아보고 연락 좀 해라. 이거야 원, 물위에 서 있으이 답답해 숨을 쉴 수가 있어야 말이세.

*

어부란 바다에 매인 짐승이나 마찬가지다. 그는 그 사실을 알기에 굳이 떠나는 사람들을 잡지 않았다. 믿었던 늙은 박씨마저 떠나자 인부를 구하지 않을 수 없는 상황이었다. 그런데 뜬금없이 수산고 실습생 셋이 제 발로 찾아왔다. 제 스스로 어부가 되려는 게 대견했지만 어디 며칠이나 견디나 지켜보기로 했다. 녀석들은 시키지 않은 일도 제 일처럼 해냈다. 며칠이 달포를 넘어서고 한달이 두달이 되자 마음이 달라졌다. 굳이 인부를 들일 필요 없이 고른 숨 쉴 수 있게 해줘, 있는 정 없는 정이 절로 우러나왔다. 그랬는데 사료대금 봉투와 함께 사라지고 말았다. 그것도 순하디순한 짐승 같은 배를 엉뚱한 곳에 내버려둔 채. 없어진 돈보다는 정 때문에 허탈했다.

두 발 달린 종자들과 입섞기가 싫었다. 차라리 말 못하는 짐승이 낫다 싶어 판돌이를 데려왔다. 그러나 강아지가 그물을 당겨주진 않았다. 작업은 밀리고 일손은 잔뜩 부족해 뼈가 녹는 기분이었다. 소개소에 급히 연락을 넣었다. 불법체류든 초보든 따질 입장도 아니었다. 무조건 오래 붙박여 있으면 장땡이고 일눈이야 익히면 된다 싶어 채용을 서둘렀다. 그랬는데 막상 일을 해보니 이리저리 입댈 일이 한두 가지가 아니었다. 장씨야 그렇다 하더라도 바썽의 경우에는 더했다. 시멘트로 뒤발이라도 하고 왔는지 당최 일매듭을 지을 줄 몰랐다. 뿐인가. 말구멍마저 꽉 막혔으니 부릴 때마다 혀끝만 탔다. 말수가 없어 성격 탓이겠거니 했는데 알고 보니 몽골 어디 풀밭에서 꼴베다가 왔단다. '헤이허'가 고향이라는 장씨가 만류하지 않으면 돌려보내도 보냈을 터였다. 안 그래도 눈엣가시 같은 바썽이 일눈치도 없이 목만 빼자 된고함이 터졌다.

"뭐 하는 기고, 오늘 점심은 욕사발로 대신 묵기로 작정했나?"

그제야 바썽도 작업준비를 서둘렀다. 썰물때라 다행이었다. 그렇지 않다면 작업에 더 많은 시간이 걸릴 터였다. 바썽의 굼뜬 낙지걸음이야 여전했지만 이전보다 나아진 건 분명했다. 처음 왔을 때만 해도 토하는 게 일이었다. 그런 녀석이 좁혀진 이마를 폈으니 환경이 무섭긴 무서운 모양이었다. 하긴 판돌이까지 조붓한 널판길을 맘대로 오갈 정도니 사람이야 어련하겠는가. 문제는 바썽의 닫힌 입이 자물쇠마냥 열리지 않는다는 데 있었다.

맞은편 마을로 눈길이 쏠렸다. 아내에게서 연락이 와도 올 시각이라 조바심이 일었다. 휴대폰이 든 주머니로 손이 갔다. 작업복을 챙겨 입은 바썽이 그의 그림자를 밟고 섰다. 우럭 치어선별작업이 늦어버렸다. 살이 오르는 가을이 지나면 작업에 들어가야 했다. 인부 때문에 미룬 게 지금까지 오고 말았다. 치어야말로 갈매기가 노리는 좋은 먹잇감이다. 수면 가까이 놀 뿐 아니라 주위 경계까지 허술하니 쉬 사냥할 수 있다. 그러니 늘 보호그물 신세를 져야 한다. 사료 또한 여간 신경쓰이는 게 아니다. 사료의 크기와 양을 조절하지 못하면 배를 뒤집고 죽기 일쑤다. 얼마 전에도 바썽이 사료를 잘못 주는 바람에 줄지어 저승행을 택하자 더이상 미룰 수가 없었다.

손이 맞지 않았다. 네 방향에서 그물을 당겨야 하는데 아내가 없으니 그가 두 사람 몫을 해내야 했다. 가라앉은 그물은 생각보다 무거웠다. 몇번을 당기자 코끝에서 때아닌 아지랑이가 피어올랐다. 턱밑까지 숨소리가 차서 호흡도 곤란할 지경이었다. 하기야 육십을 턱밑에 두었으니 그럴 만했다. 그렇다고 어부에게 정년이란 게 있는가. 일손을 놓으면 그게 바로 칠성판을 지는 것이었다. 그물이 수면 위로 얼비친다 싶더니 냄비 끓듯 끓기 시작했다. 몸부림치는 치어들이 꼭 자신을 향해 춤추는 것 같았다. 그물을 고정시킨 다음 뜰채작업을 서둘렀다. 뜰채 속에서 가장 크다 싶은 한놈을 저울에 올렸다. 예상만큼의 무게가 아니었다. 성장도 해마다 차이를 보이고 있었다. 들어섰다 하면 가두리나 공장밖에 없으니 바다도 몸살을 앓는 모양이었다. 우럭의 경우만 해도 이년만 키우면 출하를 하던 것이 요즘은 삼년 가까이 걸린다. 그러니 바다농사는 삼년농사다. 성공하려면 세 번의 태풍과 적조를 피해야 하는 것이다.

"뭐 하는 거입니요?"

저울 위에 누인 우럭의 아가미를 벌리자 곁에서 지켜보던 장씨가 물었다. 언제 들어도 장씨의 말투는 어눌했다. 숨이 차 입 열기가 성가셨지만 말꼭지를 따지 않을 수 없었다.

"말하자몬 요기 괴기한테는 생명망이다 이 말이라. 병이 있고 없고는 여만 디다보몬 알 수 있으이까네."

장씨는 무슨 말인지 모르겠다는 듯 고개를 갸웃거린다.

"괴기 중에 아가미 묵는 건 대구뿐이라. 대구야말로 네발동물로 치자몬 소나 마찬가지제. 그라고 아가미 묵으몬 죄다 하수구 삶아먹는 기라. 그라몬 알아듣겠나?"

장씨더러 보라는 듯 아가미를 더 힘껏 벌렸다. 상태나 빛깔로 보아 새빨간 게 정상발육이다. 몇마리를 더 확인했지만 발병의 징후는 보이지 않았다. 그는 치어를 크기에 따라 통에 담기 시작했다. 장씨의 눈치가 이상해 돌아보니 아가미를 벌려 제 눈을 디밀고 있다. 그런 장씨를 보자 혓바닥이 가만있지 않는다.

"장가 니는, 우럭이 고양이맹쿠로 새끼 낳는 거는 알고 있나?"

장씨는 그게 무슨 말이냐는 듯 눈을 치뜬다.

"말하자몬 바닷속 영물이라 이 말인 기라. 그러이 함부로 다뤄선 안되는 기지."

장씨는 알겠다는 듯 고개를 주억거렸다. 그때 바썽의 동작을 본 그가 사정없이 말길을 잃는다.

"니는 괴기 쥑일라꼬 작정했더나? 와 고기를 돌미 던지듯 던지쌓노!"

바썽이 머리를 긁적였다. 꼴에 무슨 말인지 알아듣지 못하는 모양이었다. 장씨가 뭐라고 쑤얼렁거리자 알겠다는 듯 고개를 끄덕였다. 정말이지 살아 있는 생선과는 눈도 마주친 적이 없는 듯싶었다. 제대로 부리려면 꽤 오래 침튀겨가며 귀에 오일을 쳐야 할 것 같았다.

*

걱정이 눌러앉아 입맛이 돌지 않았다. 매운탕 국물에 숟가락만 썻다가 엉덩이를 들고 말았다. 다른 요깃거리를 찾고 싶지도 않았다. 생선 한토막이 약이 된다 믿던 시절이 있었다. 짬만 나면 부러 힘 돋운다고 살아 있는 생선 목을 쳤다. 땀 보태고 정 쏟아서 그런가. 시간이 흐를수록 이상하게 그런 짓이 싫었다. 요즘은 아예 칼자루 쥐기도 꺼릴 정도였다. 관리사를 빠져나와 담배부터 물었다. 상판에 앉았던 갈매기 한마리가 급히 자리를 떴다. 연기를 길게 내뿜었다. 선창 앞의 집이 눈을 파고들었다. 혹시 강희가 연락도 없이 집에 다니러 온 건 아닌가 싶어 전화를 넣었지만 신호음만 울릴 뿐이었다.

두 사람이 뱃구레를 가라앉힐 동안 배에 올라가 물칸 정리부터 하기로 맘먹었다. 그렇게만 해도 활어 운송시간을 줄일 수 있기 때문이었다. 일손을 놀리는데 냉돌바람이 온몸을 감았다. 몸이 저절로 떨렸고 손가락이 곱아왔다. 바다에 사는 사람들은 안다. 가두리야말로 겨울이 가장 일찍 시작되고 늦게 끝나는 응달의 장애진 곳임을. 그래서

따뜻한 구들장 지고 겨울 나는 게 바닷사람들의 소원이라는 것도.

물칸 정리가 끝나자 사료저장고로 향했다. 바썽과 장씨가 관리사를 빠져나오는 게 보였다. 파도는 여전히 톱니 같은 이빨을 드러내며 으르렁거렸다. 청둥오리 몇마리가 너울지는 바닷속을 뒤지고 있었다. 사료저장고는 밑바닥을 보이는 중이었다. 그것을 보자 속이 뾰족하게 일어섰다. 예전에는 사료공급처에서 서로 가져가라고 전화를 하고 명절 때면 부러 인사까지 왔다. 그런 양반들이 은근슬쩍 사료값을 올려 부르더니 이제는 현금을 준대도 배짱이었다. 국내사료만으로는 턱없이 모자라 중국에서 수입하는데 수입도 원활치 못하다는 것이다. 하긴 누룽지 긁듯 바다 밑바닥까지 훑어대니 고기 씨가 남아 있을 리 없었다. 게다가 가두리는 가두리대로 늘어나니 결과야 불보듯 뻔했다. 그래도 김씨와는 이십년 이상 관계를 다진 사이 아닌가. 그런 김씨마저 돌아앉아 선입금이 아니면 곤란하다고 우기니 더 얘기해봤자였다. 죄없는 생선들을 굶기지 않으려면 방법이 없었다. 아랫돌 빼서 윗돌 괴기 식으로 제 식구 같은 고기 넘겨 사료 구입에 나설 수밖에. 그가 죽을상을 하는데도 바썽은 먼바다만 바라보고 있었다.

"때 되몬 괴기가 상통 디밀어 밥 달라꼬 고함지르진 않는대이!"

봄부터 가을까지는 매일 사료를 주어야 한다. 지금처럼 수온이 내려가면 활동도 둔해져 횟수도 그만큼 준다. 깊은 수심에서 자라는 방어, 농어, 참돔, 흑돔 등은 닷새에 한번이면 족하다. 그러나 우럭의 경우, 겨울에도 식성이 대단해 양을 줄일지언정 계속 주어야 한다. 양식어종 중 절반 이상이 우럭이니 겨울이라고 여유가 있는 것도 아니다. 더군다나 오늘은 가두리 전체에 사료를 주어야 하니 작업량도 만만찮을 터였다. 바썽이 그를 전염병 걸린 사람처럼 슬금슬금 피하면서 억지 움직임을 보였다. 그런 꼴을 보니 속에서 눈멀미가 일었다. 그런 마음도 모르고 판돌이가 달려와 바짓가랑이를 물었다. 축구공 차듯 사정없이 걷어찼다. 판돌이는 이게 무슨 날벼락인가 싶어 깨갱, 혀깨 무는 소리를 질렀다.

솔섬이 부산스러워졌다. 눈치빠른 녀석은 벌써 가두리 주변으로 날아와 동전만한 눈깔을 뒤룩거렸다. 저것들까지 덤비자 속에서 화약냄새가 났다. 그렇다고 저놈 눈치까지 보며 작업을 미룰 순 없다. 사료 분쇄기 스위치를 올렸다. 요란한 소리가 울렸다. 마치 그 소리가 출발 신호탄인 양 남아 있던 솔섬의 갈매기들이 날아올랐다. 순식간에 머리 위가 갈매기들로 뒤덮였다. 빙빙 도는 꼴이 기회만 준다면 당장 상판으로 몰려들 기세다. 뱃소리와 사료기 소리를 구별해 날아오르는 갈매기가 그로서도 용하다 싶었다.

투입구로 들어간 사료들이 배출구로 쏟아졌다. 그는 사료상자를 갖다대고 한편으로는 사료를 투입구에 넣느라 정신이 없었다. 장씨는 벌써 플라스틱 사료상자를 들고 가두리로 향했다. 장씨는 나이도 있고 부양할 자식까지 있어 그런지 일눈치는 알아줄 만했다. 문제가 있다면 쉬 지쳐버린다는 데 있었다. 어디 도금공장에서 일한 다음부터라고 했다. 장씨가 상자를 들고 떠나도 바썽은 무슨 음모의 공장을 치렀는지 눈길만 깊었다.

"사고 안 날라몬 기계 앞에서는 딴생각하지 마라캤제?"

눌러참자니 어금니가 힘들어 말을 쏟고 말았다. 그제야 바썽도 사료상자를 들고 장씨 뒤를 밟기 시작했다. 절룩거리는 품새가 영 마음에 가시였다. 저런 걸음새라면 널판길은 안 봐도 훤했다.

"그리 주몬 안된다캐도 또 던지쌓네마! 뿌리대키 골고루 주야 될

꺼 아인가배, 이래이래."

사료가 금값인데도 장씨가 바다에 그냥 버리듯 하자 자신도 모르게 고함이 터졌다. 장씨의 손이 너무 날랜 것도 문제였다. 날카로운 쇳소리가 그의 귀를 잡아챘다. 돌아보니 사료분쇄기가 시커먼 연기를 뿜었다. 소리로 보아 쇳조각이나 돌이 들어간 모양이다. 그렇다면 분쇄날은 여지없이 박살이 났을 터이다. 기계는 손도 대기 전에 콜록거리던 제 숨을 놓아버렸다. 고치려면 또 긴 시간을 지체해야 할 터였다. 이래저래 꼬이는 하루였다.

*

강식이가? 손님은 좀 우떻노? 서울양반들 짠돌이라카더이 틀린 기 하나도 없는 모양이구만. 하이튼 거래처는 좀 뚫었나 우쨌나? 그래, 아부지가 뭐라카더노. 비린내는 아무나 맡는 기 아이라캤제. 일단 시작한 거 우야겠노, 밀어붙이는 수밖에. 다음에 오데 가몬 아부지가 직접 키운 메이커 있는 괴기라고 선전을 좀 확실히 해라. 남해 청정해역에서 바리 직송한 활어라카몬 씨가 먹힐지 우찌 아나. 망할놈의 사료기가 또 말썽이다. 아주 단다이 틀어져삐맀다. 그나저나 둘째 니가 빨리 기반잡아야 할 낀데 걱정이다. 그래, 뭐 한다꼬 서울까지 올라가 고생을 사서 하노? 하이간 아부지 가두리 하는 동안에는 실비로 밀어줄 텡께 우짜든둥 단디 해봐라. 그래가 빨리 빚도 갚고 사료공장 겉은 것도 세우고. 근데, 차는 출발했나 우쨌노? 우리야 준비 다 됐제. 물차만 오면 끝이다. 근데 빨리 좀 온나. 해 안으로 사료까지 실어오려면 시간 빠듯해 걱정이다. 일기도 안 좋고.

190

실은 아까부터 묻고 싶은 기 있어 전화했다. 니, 혹시 강희 소식 아는 거 없나? 글쎄 강희가 집을 나가 소식이 없다카네. 너그 어매는 걱정돼 일 팽개치고 강희한테 쫓아갔고. 뭐? 강희가 메칠 전에 왔더라꼬? 갸가 니한테 뭔 볼일이 있다고 가? 그래, 찾아와서 뭐라쿠더노? 그냥 놀러 왔어? 아이, 야가 참말로! 뭔 일이 있으이께네 갔제 그냥 놀러 가긴 뭘 놀러 가! 밤차로 곧장 내려갔다꼬? 그럼 바래다주긴 했더나? 성한 몸도 아인데 갸가 서울역까지 우찌 가노. 그러이께네 갸가 한 말 중에서 혹시 뭐 단서가 될 만한 건 없냐 그 말이라. 일테몬 신상문제나 뭐 그런 거 말이다. 너그 어미한테도 소식이 없어 답답해 안 그러나. 돌아와도 돌아왔을 시각인데. 뭐? 취직 야그를 얼핏 한 것 같다꼬? 아이, 갸는 성적장학생인데 뭔 취직 걱정을 한다쿠노. 원서만 넣으몬 서로 오라고 야단일 낀데. 그런 기 아이라꼬? 몇백 번이나 떨어져? 다리 하나 절룩거리면 일 못한다쿠더나? 일을 머리로 하지 발로 하나? 거가 어데 물위라도 된다던? 제기랄, 참말로 이놈의 세상 발디디기 힘들구만. 하이튼 알았다. 강희 소식 들으면 후딱 연락이나 해라이.

*

바다는 단단히 틀어져 있었다. 뺨을 치는 바람의 손바닥도 여전했다. 그렇다고 탯줄처럼 매달린 바닷일을 두고 엉덩이만 납작하게 만들 순 없었다. 출발준비가 다 되었는데도 바썽이 나타나지 않는다. 가슴줄이 또 꼬였다. 막 관리사를 빠져나오는 바썽이 보였다. 그를 향해 모들눈을 떴다. 바썽이 잰걸음을 치기 시작했다. 바썽이 배에 오르자 곧장 추진레버를 잡았다. 파도풍년이 따로 없었다. 이두박근처럼 불끈거리는 파도에 배는 금방이라도 바닷속으로 기어들 태세였다. 마치 숨겨놓은 바다의 날개가 펼쳐진 기분이었다. 배가 몸살을 앓는데도 장씨는 그의 동작 하나하나를 눈여겨보고 있었다. 그래도 다네 쓰네 할말이 없어 배만 몰았다.

"까짓 거, 배 운전하는 거이 어렵지 않은갑습네다?"

곁에 서서 눈망울을 굴리던 장씨가 입을 열었다. 그는 뱃소리에 묻히지 않게 나팔손을 만들었다.

"자네도 때 되몬 배아야 하는 기 배운전이라. 그라이 서둘지 말어. 나처럼 배웠다간 핑생 손에서 소금기 털기 힘드이까네."

출하장소에 다다르자 속력을 낮추었다. 배가 널뛰기를 하니 단단히 묶지 않을 수 없었다. 물칸의 뚜껑을 열어 수위를 조절한 다음 뜰채를 찾아쥐었다. 일 톤의 출하량을 시간에 맞춰 끝내려면 몇사람의 일손이 더 필요하다. '3D'니 어쩌니 하면서 꺼리니 일손이 모자랄 수밖에 없다. 그렇다고 수입이 쏠쏠한 것도 아니다. 만원대를 호가하던 우럭도 육칠천원대로 떨어졌다. 중국산 활어 수입이 이유이기도 했지만 기르는 어업으로 정책 전환을 서두른 것도 원인 중의 하나였다. 잡는 어업에서 기르는 어업으로 정책 전환을 했으면 거기에 따른 소비도 염두에 두어야 했다. 그런데도 무조건 기르고 보라는 식으로 밀어붙였으니 생산과다가 생길 수밖에. 그런 생각을 하니 괜히 입안이 썼다. 사방에서 물벼락이 쳤다. 몸은 부르르 떨렸고 때맞춰 옷이 바람을 탔다. 장씨는 몇번의 뜰채질에 거푸 어깻숨을 몰아쉬고 있었다. 접착제라도 입에 문 듯 일을 서두르던 그가 목청을 터뜨렸다.

"아이, 괴기 쥑이가 보낼 끼가? 퍼뜩퍼뜩 안 옮기고 뭐 하노!"

바썽의 봄놀이 가는 듯한 걸음이 답답해서였다. 무거운 고기상자를, 그것도 물이 뚝뚝 떨어지는 것을 옮기려면 몸이 둔할 수밖에 없다. 더군다나 널빤지는 젖을 대로 젖었으니 여차하면 미끄러진다. 바썽이 다리를 다친 것도 그런 연유에서였다. 그렇다고 그런 사정 따져가며 일하다간 해를 넘겨야 한다. 그러니 뼈가 워석거리는 몸이라도 고함을 지르지 않을 수 없었던 것이다. 그러나 그런 고함도 잠시였다. 그의 입에서 어어, 소리가 터지고 말았다. 잠시 뒤 바썽이 중심을 잃는가 싶더니 이내 물속으로 곤두박질쳤다.

"저런, 괴기! 괴기!"

그는 뒤집힌 채 물위에 떠 있는 활어상자를 보며 외친다. 갑작스런 사고에 장씨는 안절부절못한다.

"이런 니기미 쌍, 괴기부터 잡고 봐야 될 거 아이가!"

물고기들이 제 갈 데로 간 다음인 걸 알면서도 그는 소리부터 지르고 들었다. 눈앞에서 삼년농사가 물거품이 되는 순간이었다. 하필 활어상자가 떨어진 곳이 가두리와 가두리 사이라 고기를 고스란히 방생한 꼴이었다. 바썽의 팔뚝에서 핏물이 번지는 게 보일 리 없었다.

*

뭐 한다꼬 인자 전화질이고. 도대체 집나가서 이태꺼정 뭐 했노? 어데 금강산이라도 갔다왔더나? 아이, 아가 없으면 없다고 연락을 하던지 해야 기다리는 사람 속이라도 덜 탈 거 아이가. 거게는 어데 공중전화가 시청에 딱 한대밖에 없다쿠더나? 무슨 변명을 하고 있노, 시방. 그라몬, 대책없이 미쳤다고 갔노, 바쁜 걸 빤히 암시러. 갔으몬 아를 찾던지 해야제, 와 그래 집구석에 처박혀 있노 이 말이다. 그래, 술 한잔 묵었다, 속만 뒤집는 인부들 땜세. 몇십만 원 바다에 집어싸 삐렀다. 강희 땜에 걱정인데 인부까지 애를 믹이 술힘 아이고는 배길 수가 없어 퍼마싰다, 와? 동포 겉은 소리 하고 자빠졌네. 구린내만 풍기는 '똥퍼'다, 참말로. 나가 와 가만있었어, 짬짬이 연락할 덴 전부다 했다. 큰놈, 작은놈 겨끔내기로 전화질을 해대 한국통신에서 표창장 준다카더라. 아이, 집에 있는 부모한테도 전화를 안하는 놈이 그래 저그들찌리 연락하겠나. 서울이 오지 중의 오지라, 우리한테는! 아무도 지 동숭 우찌된 줄을 모리고 있더라카이. 메칠 전에 작은놈한테 찾아온 거 빼고는. 서울까지 오빠 찾아갔으몬 뭔 일이 있어도 있다는 눈치라도 채야 할 낀데 그것도 몰랐다고 안하나. 뭔다꼬 울고 지랄이고! 강희가 어데 죽기라도 했나. 방정맞게 울지 말고 내 말 좀 들어봐라. 갸는 돌아온다. 낌새가 보이 뭔가 지 뜻대로 안되는 기 있어 잠시 나간 기다. 그러이 너무 별시런 생각 하지 마래이. 어허이, 벨기 아이라캐도 그래쌓네마.

*

가두리로 돌아오자마자 술병 모가지부터 틀어쥐었다. 강소주 몇잔을 들이켠 다음 선창에서 있었던 일을 안주삼아 되씹었다. 사료거래처 김사장의 얼굴은 이미 벌겋게 달아올라 있었다. 입금시켰다는 돈이 들어오지 않았다고 도로 싣고 가니 어쩌니 하며 망할놈의 주둥아리를 놀려댔다. 그 바람에 사료도 부리지 못하고 한동안 설레발을 쳐야 했다. 내일은 꼭 입금시키겠다고 몇번이고 다짐을 받은 다음에야 마지못해 바를 풀긴 했다. 사장님 소리까지 해가며 비위를 맞추려니 그때부터 속이 울렁거렸다. 출하대금을 받아도 사료값 떼어주고 나면 얼마 남지 않았다. 남은 돈으로 다시 치어를 구입해야 했고, 월급에, 그의 가족까지 먹고살아야 했다. 뿐인가. 계약기간까지 만료되어가니 허가권을 쥔 박의원은 분명 계약연장을 핑계로 웃돈을 요구할 터였다. 사람들은 모른다. 바다에도 엄연히 임자가 있고 전세가 있다는 것을. 자신처럼 바다에서 전세의 삶을 살아가고 있다는 사실도. 시간가면 날 풀리듯 삶도 술술 풀리면 좀 좋은가. 여름에는 태풍과 적조에 바다밭 잃기 십상이요, 여름 넘겼다 하면 돈걱정만 태산처럼 쌓이니 이러다간 제 명이나 살지 의문이었다. 그나마 한숨돌리는 겨울이라고 믿었더니 이번에는 느닷없이 한파가 몰아쳐 충무 산양 쪽에서는 동사가 속출했단다. 한파가 들이닥친다면 그 또한 고스란히 앉아서 당해야 할 일이었다. 이런 터수에 돈을 그냥 바다에 버리다시피 했으니 속이 뒤집히지 않을 수 없었다. 거푸 마신 술이 불이었다.

"나요, 인부 좀 다시 구해야 할 것 같아서. 와는 무슨 와라. 오래 데꼬 있을수록 손해만 끼치이 그렇제. 힘들어도 어데 한본 알아보소. 아무리 궂은 일이라캐도 사람 둘 못 구하겠나, 천하의 이소장이? 나이든 노인네도 좋으이깐 경험 있는 사람이몬 더 좋고. 언제까지가 어딨노. 오늘 당장이라도 구하면 좋제. 하이튼 퍼뜩 좀 서둘러주라카이."

부러 큰 소리를 질렀으니 귀가 뚫렸다면 들어도 똑똑히 들었을 터였다.

*

한숨으로 도배질을 하다가 잠이 들었던가. 전화통이 얼마나 울었는지 목쉰 소리를 내고 있었다. 그는 강희는 아닌가 싶어 얼른 수화기를 잡아챘다. 전화를 건 이는 자물여 근처의 천영감이었다. 잠결이었지만 천영감의 목소리를 듣자마자 전깃줄에 데인 듯 놀랐다.

"사고라이, 그기 뭔 말인교?"

"자물여에 들어얹힌 기 자네 집 배 같은데, 생긴 와꾸가?"

"생긴 와꾸가요?"

전화를 끊자마자 방안부터 살폈다. 바썽과 장씨가 보이지 않았다. 그제야 일이 심상찮게 돌아간다 싶어 밖으로 나섰다. 바깥은 어둠에 싸여 있었다. 그나마 훔쳐 걸어놓은 듯한 상현달 덕분에 어렴풋이 주위를 분간할 수 있었다. 관리사 주변의 상판 어디에도 인기척이 없었다. 배가 묶인 곳으로 눈길을 주자 묶여 있던 배 한척이 없음을 알아차릴 수 있었다. 그제야 가슴에 먹구름이 얹혔다. 급히 잠든 배를 깨워 자물여로 향했다. 이곳 지리에 어두운 사람은 자물여에서 배가 얹히거나 뒤집힌다. 밀물이 들면 보이지 않는 여이니 여지없이 사고를 당할 수밖에 없다. 그런 곳을 곁눈으로 배운 솜씨로 배를 몰았으니 사고는 뻔한 통수였다.

흉흉한 소문처럼 파도가 몰아쳤다. 실습생 얼굴이 자꾸 떠올랐다. 자물여쯤 왔다 싶자 직감적으로 속력을 낮췄다. 어디선가 조난신호 같은 엔진소리가 미미하게 들렸다. 귀를 곤두세워 먼저 기계 목소리부터 확인하기 시작했다. 천영감의 말이 틀린 게 아니었다. 가르랑거리며 가래 끓는 소리를 내는 것이 그의 배가 확실했다. 좀더 접근하자 하늘로 향하려는 듯 들려 있는 배가 보였다. 갑판에 서 있는 두 사람의 형체도 눈에 띄었다.

"죽을라꼬 환장을 했나, 오밤중에 이기 뭔 난리고, 난리가!"

남모르게 무서운 거미줄을 짰다는 배신감에 매운 말이 터졌다. 그런 와중에도 배 주위를 살피는 걸 게을리하지 않았다. 외관상으로는 어디 금이 가거나 파손된 곳은 없어 보였다. 들물이 시작되고 있어 잘하면 밧줄로 끌어도 될 것 같았다. 두 사람은 추위에 얼마나 떨었는지 이미 자라목이 되어 있었다. 얹힌 배가 너울을 맞고 제 몸을 비틀었다. 순간 두 사람은 중심을 잃고 쓰러졌다.

"꽉 잡고 있어야제, 그냥 작대기처럼 서 있으몬 우야노!"

불빛에 드러난 두 사람은 이미 딱딱하게 굳은 냉동고기나 마찬가지였다. 온몸을 미싱기계처럼 덜덜거리는 꼴이 가관이었다. 이물로 나와 밧줄을 집어던졌다. 눈치빠른 장씨가 밧줄을 잡아 묶기 시작했다. 손이 제대로 놀지 않는지 동작이 굼떴다. 장씨가 밧줄을 묶었다 싶어 조심스레 얹힌 배로 건너갔다. 엔진이며 배 안 어디에도 이상은 없어 보였다. 물칸의 뚜껑을 열어 뱃바닥까지 훑은 다음에야 긴숨을 내쉬었다. FRP(유리섬유보강 플라스틱)로 된 배라 다행이었다. 다시 건너와 묶은 줄을 조인 다음 배를 천천히 후진시켰다. 줄이 팽팽해진다 싶더니 이내 뱃바닥 끌리는 소리가 났다. 배는 무사히 바다 위로 안착했다. 이번에는 밧줄을 풀어 측면에 두 배를 고정시켰다. 그런 다음 천천히 뱃머리를 돌렸다. 가두리로 향하면서 굵은 목청을 전단지처럼 쏟았다. 두 사람은 말없이 덜덜거리는 턱반주만 넣었다.

도착하자마자 두 사람을 관리사로 홀쫓았다. 그런 다음 배를 묶고 관리사의 보일러 온도와 기름통의 눈금까지 확인했다. 그가 관리사 방으로 들어서자 바썽이 기다렸다는 듯이 입을 열었다. 그러나 '뚜에 부치'라는 말 외에는 아무것도 알아들을 수가 없었다. 곁에 있던 장씨가 나섰다.

"죄송합네다. 쟈가 답답하다는 통에 바람 좀 피워주겠다고 나선 거이 그만……"

그제야 바썽은 입을 닫고 고개를 꺾는다.

"이번 일은 바썽하고는 관계찮습네다. 다 지 때문에……"

"뭣이 우짜구 우째? 그라몬 중국으로 날을라꼬 한 기 아이다 이 말이가?"

"그런 마음은 없었시다래. 진정입네다."

중국으로 줄행랑을 치려 했다면 웃가지며 짐도 꾸렸어야 했다. 배 어디에도 짐꾸러미는 보이지 않았고 물칸도 비어 있었다. 헤이허며 몽고라는 곳이 뱃길로 쉬 닿을 수 있는 데가 아님은 그도 알고 있었다. 그러나 두번 다시 이런 일이 벌어지지 않으려면 단단히 턱을 세우지 않을 수 없었다.

"저런 배 한척이 얼만 줄이나 아나? 니 일년 월급으로도 몬 사는 기다. 그라만 알아듣겠나?"

바썽이 끼여들어 뭐라고 입을 열었다. 표정이 제법 진중했다. 바썽을 향해 그가 목젖을 들썩거리자 다시 머리를 조아렸다. 그러더니 손가락으로 바닥에 동그라미만 그렸다. 그런 바썽을 훔쳐보다가 장씨를 향해 언성을 높였다.

"하필 이런 날씨에 뭔 지랄한다고 운전을 한단 말이고? 그리 배를 몰고 싶더나?"

"다 지 잘못이다래. 용서합소."

장씨는 모든 걸 체념한 듯 고개를 꺾었다. 바썽은 여전히 동그라미를 그리고 있었다. 동그라미 가운데로 물방울이 톡, 하고 떨어졌다.

*

뭐, 누구? 강희라꼬? 니, 니 지금 어데 있노? 산이라? 이런 미친
기, 그래 그 몸으로 산엘 가? 정신이 있는 기가 없는 기가. 이 겨울에
산에 갔으몬 바다 위나 마찬가진데, 그런 델 니가 와 가? 뭐? 걱정은
하지 말라꼬? 아이, 걱정을 안하게 생깄나, 시방. 니 때문에 집안이
발칵 뒤집힜는데? 너그 어매는 니 찾아서 올라갔다 아이가, 신새벽
에. 뭐라카노? 답답해서 바람 쏘이러 갔다꼬? 바람이 어데 산에만 분
다카더나. 여게도 널린 기 바람이다. 마음정리? 뭔 마음정리? 부모하
고 상의하몬 안되는 일이가, 그기? 장래에 대해서? 졸업만 하면 끝인
니한테 뭔 고민할 게 있노. 아부진 말해도 잘 모린다꼬? 걱정 끼치기
싫어 부러 그랬다꼬? 이게 걱정 끼치지 않는 기가? 그래, 고민이 뭔
지 야그를 해봐라. 이 아부지가 들어줄 수 있는 거면 다 들어줄 낀께.
어허, 야그를 하라카이 그래쌓네!

그라이께네, 니 뜻대로 안된다는 이바구 아이가. 체구는 작은데다
가 절뚝거리는 거 땜에 자리잡기 힘들어 그란다는 거는 아부지도 안
다. 아무리 물위에 산다꼬 눈 닫고 귀 닫고 사는 줄 아나. 아부지도 그
정도 눈높이는 된다. 멀쩡한 놈도 지방대학 나왔다고 취직 안되는 판
에 니한테 그리 쉽게 기회를 주겠노. 그런 거 생각하몬 니가 죄 있는
기 아이고, 다 이 아비 잘못이다. 니 밴 거 알면서도 너그 어밀 인부처
럼 부려먹었으이. 뭐? 고민하고 고민했는데 대학엘 또 가야겄다꼬?
아이, 대학원도 아이고 대학을 뭐 하러 간다쿠노? 뭐, 특수학과에?
꽤꽝스레 뭔 뜬금없는 소리고 그래? 가서 뭐 할 낀데? 니 겉은 사람

돕고 싶어서 그런다꼬? 니가 뭔 힘이 있어서? 그런 몸으로 누굴 돕는
다고. 차라리 집에 와서 애비나 돕제.

그래 여기도 돌풍이 불고 날씨가 장난 아이다. 감도 멀고 그러이 소
리를 지르는 기지 화가 난 건 아이라카이. 일이 좀 있긴 했다. 뭐 벨일
은 아이고. 다 이 애비 잘못해서 그런 기지, 뭐. 그래도 니 목소리 들
으이 숨통이 뚫리는 기분이다. 내 새끼라고 내 맘대로 가다놓고 키울
수는 없는 법이제, 언젠가 세상에 내놔야 되이. 하이튼 자세한 이바군
와가 하고 추우니깐 고뿔이나 조심해라. 그래, 일마야, 아부지도 생각
마이 해보꺼마. 까짓 거, 집에 가봤자 너그 옴마도 없으이 잘됐제, 뭐.
오늘도 요서 파도를 울타리 삼아 잘란다. 너그들만 식구가 아인께네.
그래 요게 일은 걱정 말고.

*

햇살이 잘게 부서지고 있었다. 수평을 회복한 바다는 질펀한 안개
를 한창 햇살에 말리는 중이었다. 그런데도 바썽과 장씨는 일어날 줄
몰랐다. 그는 서로 난로처럼 안고 잠든 모습을 오랫동안 지켜보았다.
바썽은 눈두덩과 볼이 올 때보다 더 팬 느낌이다. 장씨도 약한 몸으로
물일을 해내느라 힘겨운지 숨소리가 거칠다. 아내의 치료비를 벌기
위해 낯선 곳에 와 고생하는 장씨. 공장에서 쫓겨나 지금도 고함소리
만 들으면 숨이 덜컥 막힌다고 했던가. 그리고 돈이 뭔지 초원을 버리
고 무작정 낯선 땅을 밟았다는 바썽. 그에게 죄란 것은 돈을 벌기 위
해 이 나라에 온 것밖에 더 있겠는가. 강물이 끝내 바다에 이르듯이
어쩌면 일자리를 찾아 두 사람도 이 바다까지 흘러들었을 것이다. 그

렇게 본다면 강희도 다를 바 없다. 수평세상을 꿈꾸며 산에 올랐을지도 모른다. 그러다가 끝내 저렇게 지친 몸으로 잠이 들었을 것이다.

그는 관리사를 빠져나와 뜰채부터 그러쥐었다. 그런 다음 곧장 가두리 널길을 탔다. 그가 관리사로 돌아왔을 때도 바썽과 장씨는 여전히 잠자리에 쓰러져 있었다.

"너그는 잠만 그리 처자빠져 잘 끼가?"

바썽과 장씨가 눈을 떴을 때, 눈에 먼저 들어온 것은 뜰채 안에 담긴 참돔 세 마리였다. 두 사람은 아침부터 뭔 일인가 싶어 눈을 홉떴다.

"뭐 하노, 퍼뜩 나와서 안 거들고!"

두 사람은 주인 이씨의 말에 정신이 하나도 없었다. 그가 칼을 집어 손수 횟감까지 장만하려 들자 두 사람은 해가 제대로 떴긴 떴나 싶어 토막난 하늘부터 살피기 바쁘다.

"참돔에게 와 제일 비싼 곤쟁이만 믹이는 줄 아나?"

두 사람은 느닷없는 말에 서로 쳐다보며 눈망울을 키운다.

"곤쟁이를 안 멕이몬 요것처럼 색깔이 바알갛게 살지 않는단 말이다."

두 사람이 듣거나 말거나 그는 포를 뜨기 시작했다. 생각처럼 쉽지 않은 모양인지 끙끙거리더니 이내 아야, 하는 소리가 터졌나.

"이런 니기미 썅! 안하던 짓 할라이 칼까정 지랄이네!"

박씨의 손가락에 빨간 피가 맺혔다. 누워 있던 참돔이 고소하다는 듯 타르륵, 꼬리를 떨었다. 덩달아 판돌이도 달려와 캥캥, 제 목소리를 보탰다.

고추밭에
자빠지다

눈길이 빠르게 비탈길을 굴렀다. 길 어디에도 경운기는 보이지 않았다. 예전에는 하늘 눈치보다가 농사 다 짓고, 요사이엔 기계 눈치보다가 해 넘기기 일쑤라더니 그 말이 틀린 게 아니었다. 온 동네를 못질하듯 탕탕거리며 잘도 가던 경운기가 말썽을 부리리라고는 생각지 못했다. 웬만한 기계 눈치는 남편도 곧잘 알아채곤 했지만 이번만은 아닌 모양이었다. 민우 녀석이 집구석을 쏘다니다가 기계를 손댄 것은 아닌가 싶었지만 입을 닫고 말았다. 녀석 짓일지 모른다고 했다간 조카 하나 건사하질 못해 생트집이냐며 핀잔을 들을까 싶어서였다.

경운기 대가리가 수리쎈터로 간 게 사흘째였다. 봇짐 나르는 노릇을 하던 기계가 없자 남편은 핑계삼아 빈둥거렸다. 그사이 고추는 익을 대로 익어서 물러터질 듯했다. 더는 참을 수 없어 남편을 향해 고함을 질렀다.

"누가 집구석에 고추 없어 고추농사를 짓잡디까! 와 밭뙈기마다 심어놓고 구들장만 지고 있능교? 맡기놓은 경운기라도 찾아와야 할 꺼 아이요!"

경운기를 찾으러 나선 양반이 한낮이 지나도록 나타나질 않았다. 느린 경운기 걸음이라곤 하지만 지금쯤이면 네댓 번은 오갈 시각이었다. 다시 하늘 눈치를 살폈다. 구름이 성긴 게 가을이 오긴 오는 모양이었다. 끝물이지만 양달고추라 수확이 좋았다. 역병 하나 들지 않아 색도 이뻤다. 그래도 때맞춰 따야 빛깔이 살지, 비라도 맞힌다면 값은 끝없이 내리막길을 탈 터였다. 그랬다간 농협빚이 또 해를 넘겨야 할지 모른다. 고추보다 더 빨리 익고 크는 게 농협돈이 아니던가. 남편이 그걸 모를 리 없었다. 그런 생각을 하니 괜히 마음이 바빴다.

임을 이고 부들거리는 걸음으로 대문을 밀었다. 그녀의 눈이 휘둥그레지고 말았다. 나올 때 정리했던 마당에 온갖 것들이 기어나와 있었다. 광에 잘 보관하고 있던 괭이며 호미가 발이라도 달렸는지 마당 한가운데에 나와 벌러덩 나자빠졌고, 마당 곳곳이 삼이라도 캤는지 패어 엉망이었다. 게다가 고추지지대까지 꽂혀 있다. 듣도보도 못한 광경에 입이 벌어졌다. 저절로 목울대에 힘이 실렸다.

"민우야! 이놈우 새끼가 또 무씬 지랄을 했노? 으이?"

대꾸라고는 왕왕거리는 텔레비전 소리뿐이다. 녀석이 만화영화에 넋이라도 빠뜨리고 앉은 모양이다.

"눈 찌를 막대기 꽂아둔 것도 아이고 이기 대체 뭐꼬? 퍼뜩 나와 이것 좀 안 치울래!"

다시 목청을 높여도 아무 소리가 없다. 할 수 없이 고추자루를 부리자마자 현관문을 열었다. 집안은 마당보다 더 가관이었다. 냉장고 문은 열려 있고, 식탁 위에는 열린 반찬통이며 흘린 밥풀로 난장판이었다. 보온밥통은 뚜껑마저 광주리만하게 벌리고 있다. 새집 짓고 목돈 들여 장만한 가재도구들이라 어디 홈집이라도 날까 얼마나 신경을 썼던가. 그런데 내 식구도 아닌 민우 녀석 때문에 모든 게 생채기를 입고 있었다.

욕실 세면대만 해도 그랬다. 손보다 더 닦고 씻을 정도였다. 어느날, 들에 나갔다가 돌아오니 박살이 나 있었다. 바닥에는 개구리가 뛰솟고 난리였다. 개구리를 잡는 데만 해도 반나절이 걸릴 정도였다. 뿐인가. 욕실에 샴푸를 죄다 풀어놓아 식구를 자빠뜨리게 하지 않나, 온 마당에 물을 뿌려 말리던 곡식까지 못쓰게 만들기도 했다. 녀석을 어디 두어도 마음이 놓이지 않기는 마찬가지였다. 밭으로 데려가면 밭까지 망쳐놓았다. 고추를 주렁주렁 매달 고추모가 녀석의 손이며 발길에 쓰러진 게 얼마였던가.

"밥을 묵었으몬 치아야 될 거 아이가! 유치원엘 다녔다는 놈이 뒤치다꺼리도 지대로 몬하나, 으이?"

입에서 걸레 씹는 소리가 터졌다. 밥통이며 찬통을 정리하면서 민우의 방을 흘낏거렸다.

"귀머거리도 아이고 테레비는 뭐 한다꼬 이리 크게 틀어났노!"

입을 도끼날처럼 놀려도 낯짝은커녕 그림자도 비추질 않았다. 실컷 배를 불리고 밖으로 내뺀 것 같지는 않다. 그랬다면 신발이 없어야 했다.

"미운 벌레 모로 긴다더이 하는 짓마다 우째 이리 밉상짓만 골라 하는지 모리겄네?"

차라리 앞가림이라도 하는 민숙이를 맡았더라면 속이 덜 탈 터였다. 민숙이야 초등학교 사학년이나 되니 집안일이라도 도울 수 있잖은가. 오늘같이 바쁜 날은 설거지라도 도우면 좀 좋을까. 저것들 편하자고 민숙이 대신에 민우를 맡기니 이건 형제간에 돕기는커녕 못살게 구는 거나 마찬가지였다. 큰아주버니댁이야 짓는 농사가 있나 한뎃일이 있나, 아이들 다 컸겠다, 상속받은 유산 있겠다, 직장까지 번듯하니 무슨 걱정이 있냔 말이다. 굳이 맡을 것 같으면 둘을 다 데리고 있든지 해야, 이건 큰자식 대학 밑대기가 그렇게 쉬운 줄 아냐면서 되레 물 쏘듯 총 쏘듯 큰소리였다. 농가의 일이란 게 대추 매달리듯 주렁주렁 달린 걸 안다면 그럴 순 없었다.

서운하기는 남편도 한가지였다. 그런 일이 있으면 미주알고주알 캐물어가며 요리조리해서 곤란하다든지 안하곤, 넙죽 "그러마" 하고 말았으니 이건 마누라 도와주는 게 아니라 죽이는 꼴이었다. 딸만 내리 넷을 낳은 것도 따지고 보면 남편의 탓이 아닌가. 자신이야말로 어디 물러터진 데가 있어 병치레를 했나, 구실 거르기를 하나, 뭐 하나 나무랄 데가 없잖은가. 몸 아끼지 않고 코에 말뚱내 나도록 일이라도 하면 고마운 줄 알아야지, 이건 허구한 날 술주전자 주둥아리나 빨 줄 알았지 마누라 주둥이 한번 빨 줄 모르니 생각만 해도 기가 찼다.

민우의 방을 살폈다. 문은 여전히 굳게 닫혀 있었다. 이토록 왜장을 쳤다면 대꾸가 있어야 했다. 발걸음 소리만 들어도 쪼르르 달려와 얼굴을 디밀던 녀석이 아니던가. 얼굴 한번 비치지 않는 게 이상했다.

"집구석에 내가 도둑고양이를 키우나, 잘못했으믄 얼른 기어나오던지 안하고 뭐 하노, 으이?"

방문을 열어젖혔다. 녀석은 난리통을 쳐놓고도 나몰라라 하며 방구석에 잠들어 있었다. 그것도 제 유치원 가방을 메고서. 그녀는 벌어진 입을 다물 수가 없다. 누가 제 가방을 훔쳐가는 것도 아닌데 왜 그리 가방은 소중하게 생각하는지. 대체 뭐가 들었기에 저러나 싶어 가방을 뒤진 적이 있었다. 가방 속엔 크레파스에 제 누나가 사줬다는 인형이 전부였다. 그런 걸 메고 잠들다니. 아버지가 며칠 밤만 지내면 데리러 온다던 말을 지금도 철석같이 믿고 있단 말인가. 어쩌면 그럴지도 모른다. 그랬으니 올 때부터 시골 삼촌댁에 다니러 온 것처럼 웃음을 물고 다녔을 것이다.

잠든 걸 보면서 화를 낼 수 없었다. 대신 이부자리를 깐 뒤 아이의 등에 멘 유치원 가방을 풀었다. 아무 일이 없었더라면 유치원엘 계속 다니고 있을 터였다. 세상에 어느 누가 은행이 사라질 거며, 막내동서가 남이 될 줄 알았겠는가. 어린것을 보니 그녀의 수심만 여름숲처럼 짙었다. 얼마나 피곤했으면 입가에 침까지 묻힌 채 코피리까지 불어댈까. 괜히 가슴에서 물소리가 났다.

*

바람 끝도 제법 여물었다. 그녀는 마당으로 나와 고추포대를 풀었다. 건조장에 넣으려면 먼저 깨끗하게 닦아야 했다. 풋고추는 풋것대로 골라 박스에 담았다. 고추 다듬는 손길을 재촉했다. 일이 끝나자 곧장 옥상으로 향했다. 옥상 너머 푸른 바다가 넘실대고 있었다. 남편이 배를 판 건 어업협정이 맺어진 다음이었다. 바다도 구조조정에 들어가자 배를 처분했다. 그녀로서도 험한 바다보다야 뭍이 마음 편할 듯했다. 바다로 나갈 때마다 조바심이 나서 애를 태우는 일은 없을 테니 말이다. 그런데 남편은 바다로 나갈 일이 없자 스스로 바람이 되기로 작정했는지 집에 있는 날이 없었다. 배를 처분한 돈으로 밭을 샀으면 고추라도 신경을 써야 하는데 도무지 밭이라고는 거들떠볼 생각이 없었다. 그녀는 옥상에 널어놓은 깻단을 몇번 홍두깨로 두들긴 다음 다시 건조장으로 향했다. 건조장 문을 밀치자 콧날에 맵싸한 기운이 달려들었다. 우선 말라가는 것들부터 뒤집어놓은 다음 가위를 찾아 쥐었다. 씨알 구르는 소리가 나는 걸 보니 잘 익은 모양이었다. 일이 손에 안기자 한동안 일어설 줄 몰랐다. 그렇다고 바깥으로 귀동냥 가는 걸 잊진 않았다.

마음이 급했다. 해 안으로 시내에 나갔다가 고추밭에 한번 더 가려면 서둘러야 했다. 풋고추 배달에, 전화요금이며, 아이들 학원까지 들르려면 제법 시간이 걸릴 터였다. 방으로 들어서자마자 옷가지를 훌러덩 벗어던졌다. 매운내 묻힌 몸으로 버스를 탔다가는 사람들이 재채기를 터뜨릴까봐서다. 급한 김에 문을 닫고 할 새도 없이 브래지어에 팬티까지 벗어젖혔다. 민우가 훔쳐보리라고는 상상도 못했다. 돌아보니 녀석이 언제 깼는지 말똥한 눈깔로 쳐다보고 있었다. 그 바람에 그녀 자신이 더 놀랐다. 꼴에 남자라고 쳐다보는 눈빛이 예사롭지 않았다.

"뭘 그리 뚫어지게 쳐다보노? 니도 니 에미처럼 남의 것에 맛들었나?"

그녀는 얼른 몸을 돌려 가슴을 가렸다. 그러곤 황급히 속옷을 껴입었다. 녀석의 눈빛은 그녀의 몸에 달라붙어 떨어질 줄 몰랐다.

"눈깔 저리 안 치울 끼가!"

녀석은 무슨 생각을 하는지 고개까지 갸웃거렸다. 그녀가 입성을 갖춘 채 거실로 나왔을 때 녀석은 제 배꼽을 드러내놓고 있었다. 마치 제 배꼽의 비밀을 캐는 듯했다.

"나갔다 올 테이깐 누나 올 때까지 집 잘 보고 있어라! 또 집구석 엉망으로 만들지 말고, 알겠제?"

"나도 따라갈래!"

"미친놈 지랄한다. 전번처럼 또 버스칸에서 디비잘라꼬? 짐도 있고 하이 마 집에 있거라."

녀석은 한동안 현관 앞에 서 있었다. 혼자 두기가 뭐했지만 어쩔 수 없었다. 짐만 해도 버거운데 아이까지 데려갔다간 몸살나기 딱이었다. 녀석이 다시 제 배꼽을 만지작거렸다. 시계 밑을 훔쳐보고는 부랴사랴 대문을 나섰다. 동네 어귀에는 마을사람 몇이 보따리를 부려놓고 버스를 기다리는 중이었다.

"달숙이 어매, 시내 나가는갑제?"

그녀는 달숙이라는 말에 이마부터 접고 말았다. 정숙이, 미숙이 하다못해 선숙이, 후숙이란 이름을 두고 왜 하필이면 다들 달숙이로 부르는지 모를 일이다. 모주 먹고 하릴없는 여편네들의 입방아 탓이 클 터였다. 얼굴도 볼품없는 그녀를 택한 건 덩치 보고 일 부려먹기 좋아서라는 둥, 시집와선 먹성이 대단해 두 대야의 밥을 해딱한다는 둥, 목소리가 굵어 선머슴이 따로 없다는 둥 온갖 소문을 만들어 퍼뜨렸다. 심지어 남편마저도 주눅이 들어 살이 내렸다는 둥, 기갈이 세니 달아서 딸을 내리 뽑지 않았냐는 둥, 온갖 말을 만든 것도 이 여편네들이었다.

사람들이 어떤 말을 하든 정숙이, 미숙이 낳을 때만 해도 남편이 밉진 않았다. 딸자식 둘이라도 잘만 키우면 열 아들 부럽지 않다고 스스로 위안했다. 어느날 남편이 무슨 소릴 들었는지 술을 마시고 아들타

령을 해댔다. 나라고 아들 못 낳을까 싶어 일을 벌인 게 그만 꼬이고 말았다. 배가 펑퍼짐해 동네사람 열이면 열, 한결같이 아들이라고 했지 어디 딸 쌍둥이가 들어섰을 거라고 생각이나 했는가. 달아서 딸을 내리 둘을 낳았으니, 달숙이가 그만 택호로 굳어진 셈이었다.

"정숙이 어매라 부르몬 어디 입이 삐뚤어진답디까?"

그녀는 콧소리를 섞어 되쏘았다. 사람들은 "허야"며 웃음보를 터뜨렸다.

"하이고! 그 용한 재주를 우예 싫다는지 모리겠네?"

또한번 웃음이 터졌다. 딴에는 재미있는 모양이었다. 깔깔거리는 사람들을 보니 속에서 송곳이 솟았다. 모처럼 나온 마실길이 엉망이 되었다. 기분 탓에 버스를 타고 시내까지 오면서도 입 한번 뻥긋하지 않았다. 기가 막힐 때는 숨쉬는 것도 약이 된다고 속다짐을 했건만 허사였다. 요놈의 남편을 만나기만 하면 못된 버릇 고칠 때까지 물어뜯고 말리라며 어금니에 힘만 실었을 뿐이다.

야채상에 고추를 넘기자마자 수리쎈터로 향했다. 거기 있을 거라고 믿었던 경운기며, 남편은 온데간데없었다. 도대체 어디로 샜는지 물어도 '떠난 게 옛날'이라고만 했다. 그렇다면 안 봐도 훤했다. 이 인간이 어디 술집에 들러 꼭지가 돌도록 퍼마시고 있거나, 화투장을 꼬고 있을 터였다. 입에서 매운내가 훅 끼쳤다.

수리쎈터를 나오자 그녀는 곧장 길을 다잡았다. 전화국에 들러야 했고, 학원에 들러 쌍둥이 학원비도 내야 했다. 학원이라고 보내지 않던 그녀였지만 달라지는 세상을 외면할 순 없었다. 아무리 촌이라고는 하지만 너도나도 학원엘 보내는 판국에 이대로 두다간 아이들 바보 만드는 건 아닌가 싶어서였다. 문제는 막내란 게 쌍둥이니, 하나만 보낼 수도 없다는 거였다. 돈이 배로 드는 줄 안다면 남편이 그럴 수는 없었다. 부지런한 부자는 하늘도 못 막는다고 노력을 해야 할 것 아닌가. 틈만 나면 술통 불기 바쁘니 알다가도 모를 일이었다. 게다가 팔자에 없는 남의 아들까지 키우게 됐지 않은가.

전화요금만 해도 그랬다. 민우가 오기 전까지 몇만 원 나오던 금액이 오자마자 십만 원을 훌쩍 뛰어넘었다. 처음엔 큰년, 작은년 속바람 들어 번갈아 전화를 해댄 줄 알고 호통을 쳤다. 그랬더니 덩치가 말만 한 년들이, 아침에 나갔다가 저녁 늦게 들어와 무슨 전화를 할 시간이 있느냐며 펄쩍펄쩍 뛰었다. 딴에는 그 말도 맞겠다 싶어 더이상 종주먹을 디밀 순 없었다.

범인은 따로 있었다. 민우가 그녀 자신도 외우기 어려운 휴대폰 번호를 어떻게 잘도 외우는지 신기하기까지 했다. 민우에게 쓸데없는 전화질은 말라고 잔소리를 퍼부었다. 그랬으면 뭔가 달라지는 게 있어야지 이건 영각 쓰는 소도 아니고 또 일을 벌인 것이다. 돈을 아랫도리로 낳는 것도 아닌데 녀석이 온 다음부터 돈이 줄줄 샜다. 툭하면 감기를 앓아 약값에, 수돗물도 제대로 잠그지 않아 흘려보낸 물이며, 온종일 켜놓은 전깃불은 돈이 아니던가. 한잔 술에 눈물난다고, 괄시하면 설움 탈까봐 과일을 사도 더 샀으니 지금까지 들어간 돈만 해도 한궤짝이 넘을 터였다.

*

대문간에 발을 디디기 무섭게 그녀는 주변부터 살폈다. 경운기 낯짝은 구경할 수 없었다. 오전의 밭일에다가 시내 한바퀴를 거의 돌다

212

시피 했으니 그것만 해도 지칠 지경이었다. 남편 때문에 속까지 태우면서 목돈을 철철 뿌리고 돌아왔으니 어찌 힘이 남아돌까. 도대체 요놈의 집구석엔 어른이란 없고 죄다 속썩이는 새끼들만 득실거리는 것 같았다. 토막볕이라도 남아 있을 때 고추라도 따려 했던 생각을 접고 싶었다.

현관문을 열었을 때 그녀의 눈이 휘둥그레지지 않을 수 없었다. 이건 또 뭔 일인가. 시내에 나가기 전까진 볼 수 없던 광경이었다. 녀석은 심심하면 가방에 넣어두었던 크레파스를 갖고 놀더니 급기야 벽지까지 손을 대고 말았다. 새집이니 남부럽지 않게 꾸미자며 며칠이고 시내를 오가며 고르고 고른 벽지였다.

"민우, 이 미친놈의 짜쓱아! 이건 또 뭔 짓이고, 으이?"

치민 화를 억누를 수 없었다. 내 새끼고 남의 새끼고 가릴 것도 없이 냅다 고함부터 지르고 들었다.

"니 눈깔로 한본 디다봐라. 대체 무씬 짓을 해놨는지!"

생고함에도 녀석은 털끝 하나 비추질 않았다. 그녀는 실타래처럼 꼬인 감정으로 방방마다 매서운 눈길을 쏘아댔다. 방문은 끄떡하지 않았다. 거실 바닥에는 크레파스가 나뒹굴고 있었다. 토막난 것들을 챙겨 다시 통에 넣고는 곧장 깨끗한 걸레부터 거머쥐었다. 아무리 벽을 문질러도 지워지지 않았다. 얼마나 야무진 힘으로 눌러 그렸는지 지워지기는커녕 되레 색깔만 번져댔다. 걸레를 사정없이 집어던졌다.

"퍼뜩 나와서 안 지울래, 참말로!"

또 잠이라도 든 건 아닌가 싶어 방문을 열었다. 녀석이 방에 누워 낙서를 하고 있었다. 누나 방에서 가져온 공책들을 있는 대로 펼쳐놓았고, 펼쳐진 곳마다 크레파스로 떡칠이었다. 무슨 그림을 그리기도 했고, 글자를 쓰기도 했다. 벌어진 입이 닫히지 않았다. 불같은 숨이 거푸 목을 타고 넘어왔다.

"밖에 해놓은 것도 성이 안 차 방까지 이래 어질러났나?"

녀석의 엉덩짝을 사정없이 내리쳤다. 녀석은 갑자기 날아온 손매가 웬 거냐는 듯 눈을 동그랗게 치떴다. 그런 아이의 눈을 보자 부아가 더 치밀었다. 머리까지 쥐어박자 녀석의 눈에서 눈물이 삐죽 솟았다.

"뭐 잘했다꼬 눈물을 비이고 지랄이고?"

녀석은 손등으로 눈가를 훔쳤다. 손바닥이고 소매고 할 것 없이 크레파스로 엉망이었다.

"퍼뜩 가서 안 씻을래?"

녀석이 울음을 끌고 욕실로 향했다. 녀석이 사라지자 그녀는 온몸을 털썩 방바닥에 주저앉히고 말았다. 한동안 체머리를 했다. 이런 하찮은 일로 화를 돋우고 살아야 하는 자신이 원망스러웠다. 그렇다고 무작정 앉아 신세타령만 할 수 없었다. 그녀는 널브러진 물건을 정리하기 시작했다. 그러다가 손길이 허턱 멈추고 말았다. 아버지 버거시버? 속으로 다시 한번 읊조렸다. 갑자기 속이 아렸다. 왜 하필이면 엄마도 아닌 아버지일까. 하긴 제 어미 정 한번 받지 못하고 컸으니 엄마 소리나 해봤을까.

도련님이 그렇게 되리라고는 생각지도 못했다. 집안에서 유일하게 대학을 나왔고, 그 바람에 형이 가질 수 없던 직장까지 얻었다. 연애는 두말할 필요도 없었다. 직장을 구한 지 얼마 지나지 않아 아가씨를 데리고 인사를 왔다. 어디서 큰 까페를 한다고 했다. 맞벌이면 빨리 일어선다며 일사천리로 식을 올렸고 신접살림까지 차렸다. 남들은 들어서지 않아 애를 먹는다는 아이까지 잘도 들어섰다. 그야말로 탄탄

대로가 따로 없었다. 그런데 어느 순간 내외간에 사이가 좋지 못하다는 소문이 들렸다. 급기야 뒤를 밟아 동서의 꼬리가 잡혔다. 그녀로서야 남자가 아닌 여자가 바람을 피웠다는 게 쉬 납득되지 않았으나 그건 엄연한 현실이었다. 아이들 젖엄마 노릇을 도맡아하던 도련님이 꽤나 고민에 고민을 거듭한 모양이었다. 어쩔 수 없을 것 같다고, 길면 길수록 느는 건 괴로움밖에 없다며 갈라서기를 작심했다고 했을 때, 그녀 또한 '흥이야 항이야' 하며 맞장구를 쳤다. 문제는 이혼 후 심신도 가다듬지 못한 도련님에게 인정사정없는 구조조정 바람이 휘몰아쳤다는 거였다. 직장과 가정밖에 몰라 '시계불알'이라 불리던 성실한 도련님도 두 개의 바람 앞에서는 속수무책이었다. 그러나 그때까지만 해도 강 건너 일이겠거니 했다.

어느날 도련님이 찾아와 당분간이라며 아이를 부탁했다. 사정이 그렇더라도 맏형과 그 많은 형을 두고 그녀의 집을 찾아온 걸 납득할 수 없었다. 곁에서 눈치를 줬건만 남편은 덕석인지 멍석인지도 모르고 고개만 주억거렸다. 아이 넷 건사하기도 힘들고, 우린 다른 집과 달리 안팎으로 널린 게 일이며, 겨우 빚으로 집장만만 했지 난거지나 다름없는 신세라 해도 남편은 꿀먹은 벙어리였다. 하긴 그녀 또한 '당분간'이라던 말만 듣질 않았어도 뺐댔을지 모른다.

*

발밑에 풀이라도 붙었는지 걸음을 떼기 힘들었다. 고추 몇근 팔아도 목돈이 되는 게 아닌데 아이까지 늘었으니 입가림만 해도 벅찰 지경이었다. 그런데도 남편마저 나몰라라 하니 고추밭이 내려앉든 말든 상관하고 싶지 않았다. 다만 고생해 땀방울 달리듯 매달린 것들을 그냥 두고 보자니 마음이 편치 않았을 뿐이다. 남편이야 있어도 그만이요 없어도 그만인 양반 아니던가. 그런 양반을 믿고 살았다면 벌써 길바닥에 나앉아도 나앉았어야 했다.

밭둑에 다다르자 그녀의 눈망울이 커지고 말았다. 탕탕거리는 소리도 없었는데 어느 틈에 경운기를 몰고 남편이 와 있었던 것이다. 느닷없이 밭에서 남편을 보니 속까지 다 훤해지는 기분이었다.

"일 쪼매 하고 해 떨어지길 기다리는교?"

남편을 향해 소리부터 지르고 들었다. 남편은 담배만 빨며 먼바다만 바라보고 있었다. 꼴에 바다가 그리운 모양이었다. 술이 과했는지 얼굴이 익을 대로 익어 온통 고춧빛인 게 가관이기도 했다.

"바다에 미련이 안죽 남았는교? 와 그리 퍼지고 앉았기만 하요!"

남편은 마지못해 엉덩이를 들었다. 그러나 눈은 여전히 배가 묶여 있던 바다를 향했다. 반농반어인 섬마을. 어릴 때부터 바다를 보고 컸으니 배가 아쉽기도 했을 것이다. 그 이상한 협정만 아니었어도 배를 팔 생각은 하지 않았을 터이다.

남편의 걸음새가 어쩐지 불안했다. 뭍에 서자 힘을 잃은 듯했다. 바다에서 흥에 겨워하던 양반이 데친 시래기꼴이었다. 저러다 밭구석에 콕 처박히는 건 아닌가 싶어 은근히 걱정이었다. 그녀는 포대 하나를 집어들고 남편 뒤를 밟았다. 먹는 건 혼자 해도 일은 혼자 못한다더니 옛말 그른 게 하나도 없었다. 두렁마다 주렁주렁 매달린 붉은 고추가 마음에 불을 켠 것처럼 환했다. 세상에 보기 좋은 빛깔잔치가 이보다 좋은 게 있을까. 남편의 말대로 왕고추 심길 잘했다 싶었다. 말 그대로 매콤달콤한 맛에 과피까지 두꺼워 고추농사가 풍년이라고 입을 댈 정도였다. 풋고추며, 익은 고추며 맘대로 수확하니 여름 내내 돈을 산요긴한 채소였던 것이다. 일본에서는 여자들이 다이어트용으로 핸드백 속에 넣어 다닌다니 두고두고 돈이 될 채소이기도 했다. 바람든처녀처럼 그녀는 벌겋게 달아오른 고추를 보며 모처럼 흐뭇하게 웃었다.

고랑에서 익은내가 푹푹 끼쳤다. 보온비닐까지 덮었으니 솟구치는 열기 탓에 숨쉬기가 곤란할 정도였다. 햇살을 업고 고랑을 타자니 금세 몸이 땀범벅이었다. 그래도 허리 한번 맘놓고 펼 수 없었다. 고랑을 타고 밭 가운데쯤 이르니 빈공간이 나타났다. 녀석만 아니었다면 이곳에서도 한창 고추를 수확할 터였다. 온 지 얼마 되지 않은 녀석을 혼자 두기 뭣해 데리고 나선 길이었다. 눈에 보이는 게 죄다 신기한지 밭을 놀이터 삼아 놀기에 정신이 없었다. 그러더니 왜 작대기를 꽂아두었느냐며 묻는 것이었다. 하도 물어대니 대답해주지 않을 수 없었다. 고추는 가지마다 열매를 맺기에 잔바람에도 잘 넘어진다, 해서 쓰러지지 말고 잘살라는 뜻으로 꽂아둔 거라니깐 제깐에 뭘 알아들었는지 고개까지 연방 끄덕거렸다. 얼마 뒤 아무 소리가 나지 않아 집에라도 갔나 싶어 주위를 살피니 이게 웬일인가. 밭에 들어서서 지지대를 잡고 난리를 치는 게 아닌가. 그땐 이미 고추무가 와르르 쓰러진 다음이었다.

"민우, 쟈는 은자 우짤 낀교?"

그녀는 가슴속에 스멀거리던 생각을 털어놓았다. 남편은 대꾸가 없다. 그저 고개만 쳐들고 눈만 쏨벅거린다.

"애물단지가 따로 없다카이요. 집구석 한본 디다보소. 꼴이 우떤지……"

"조막만한 아가 뭘 우쨌건데?"

"말짱한 벽지를 죄다 망치났다 아이요. 아 뒤치다꺼리에 몸이 두 개라도 모자랄 판이니, 원!"

"얼라니깐 그렇제. 어른이몬 그라라캐도 안 그란다!"

"보낼라몬 큰아 민숙이라도 보내제, 와 하필이몬 민운교 그래!"

"그기야 헹님이 알아서 안했겠나. 우리야 딸만 넷이니 고추 귀한 집 아이가."

"고추야 널린 기 쌔비맀는데 뭔 고추타령인교? 그라고 아들 못 낳은 기 내 탓이요? 당신 탓이지?"

"뭐라카노?"

그녀는 대거리를 하려다가 참고 말았다. 손이라도 놓는다면 그녀만 손해였기 때문이다. 오후로 접어들자 바람은 고추밭을 걸레질하듯 바쁘게 나부댔다. 남편은 무슨 생각을 하는지 말이 없다. 남편 얼굴을 보니 또 막내도련님이 떠올랐다. 형제간이라도 어떻게 저리 쌍둥이처럼 닮았을까 싶어서였다. 얼마나 닮았으면 남편이 다니러 갔을 때, 겨우 말 배우던 민우가 제 아버진 줄 알고 아빠, 아빠 하며 안겼을까. 닮은 외모 탓인지 민우는 이곳에 와서도 남편을 몹시 따랐다. 어쩌면 그녀로서는 그게 더 부아가 났는지 모른다. 산등성이에 어둑살이 내리고 있었다. 여름해가 길긴 했지만 더 어둡기 전에 일손을 놔야 했다. 아이들도 이 시각이면 집에 와서 목을 빼고 있을 터였다. 그녀는 남편을 뒤로하고 먼저 집으로 향했다.

마당이 또 생밭이었다. 뒤란에 차곡차곡 쌓아놓았던 지지대를 언제 가져왔는지 마당은 작대기 천지였다. 반쯤은 꽂힌 상태고 그 곁엔 어디서 뽑아왔는지 고춧대까지 서 있었다. 그걸 보니 또 갈고리 삼킨 듯 속이 쓰렸다. 귀에 딱지가 앉을 만큼 이야기를 했으면 됐지, 또 입 아프게 잔소리를 퍼대야 한단 말인가. 내 새끼 걱정만 들어차도 비좁은 구석에 남의 새끼까지 쳐들어와 애를 먹이다니. 무슨 놈의 작대기에 원한이 맺혔다고 허구한 날 저렇게 박는단 말인가.

"이놈의 짜슥을 땅바닥에 콱 처박아야겠구만! 이기 무씬 짓이고, 으이?"

그녀가 소리를 질렀다. 제 어미 소리가 나도 빈터에 강아지 모이듯 방에 모여앉아 무슨 짓을 하는지 얼굴도 내비치질 않는다.

"이런 망할것들!"

그녀도 모르게 욕지기가 튀었다. 가슴짝이 에미것만하게 부풀었으면 어미 고생도 알아 집안일이라도 거들어주면 좀 좋을까. 이건 상전인 양 자식공양에 바쁘니 속이 뒤집힌 것이다. 마당이 이 지경이 되도록 귓구멍에 이어폰만 박고 방구석에 뒹굴어대니 보탬 안되는 건 남편이나 다를 바 없다.

"에미 늦는 줄 알몬 집구석이라도 치아놓던가. 손이 썩었냐 발이 문드러졌냐!"

문을 여니 거실엔 막내 둘만 텔레비전에 눈을 박고 있다. 화면에는 만화가 한창이다. 제 좋아하는 만화가 한창인데도 민우는 보이질 않는다.

"민우, 야는 저래놓고 또 어데 가 숨었노?"

"엄마! 민우가 내 공책 전부 낙서를 해놨어. 새로 사야겠는걸."

선숙이의 말이었다. 그래도 몇분 먼저 태어났다고 제법 언니구실을
하려 들었다.

"그건 니 애비한테 얘기해라. 책임진다고 데불고 왔으이."

"벽도 엉망으로 만들어놨어. 저것 봐!"

언니에게 뒤질세라 후숙이까지 나섰다. 쌍둥이 둘이 지지 않고 주
둥아리를 놀리는 게 어찌 그리 닮았을까 싶었다. 그녀는 땀도 채 훔치
기 전에 부엌으로 들어섰다. 그녀는 밥을 안치고 술국을 만들었다. 저
녁준비를 하고 있으니 그새 민우가 거실로 나와 있었다. 녀석을 보니
속에 영감이 든 것 같았다. 이어 경운기 소리가 울렸다. 그녀는 서둘
러 밥상을 차렸다. 남편이 현관에 얼굴을 디밀자 아이들이 기다렸다
는 듯 민우의 일을 고자질했다. 남편은 힐끗 벽을 보고는 "허허, 고 녀
석 참!" 했다. 제 새끼가 그랬으면 몽둥이찜질을 할 양반이 조카라고
두둔하는 꼴이 가소로웠다. 부랴사랴 밥상을 차리자 식구들이 파리떼
덤벼들듯 달려들었다. 내가 먼저니 네가 먼저니 밥상모서리가 한동안
시끄러웠다. 반찬 하나 만들기가 쉬운 것도 아닌데 그런 정성도 모른
채 제 입에 쑤셔넣기 바빴다. 누구 하나 에미더러 먹어보라는 말이 없
었다.

"아가리에 처넣어주몬 잘도 묵는 것들이 우째 에미 속에 든 고생을
모릴까 그래?"

숟가락을 놓기 무섭게 큰것 둘은 쪼르르 제 방으로 가버렸다. 설거
지고 뭐고 제 소관이 아니며 잘 먹어주면 되지 않느냐는 일종의 시위

같았다. 속에서 뭔가 치밀어올랐지만 그녀는 개수대로 향하고 말았다. 설거지를 하고 돌아왔을 때도 아이들 셋은 텔레비전에 눈을 박고 있었다. 앉은 모양새가 제각각이었다. 후숙이는 막내 아니랄까봐 아예 제 베개까지 들고 와 누웠다. 그사이에 남편까지 가세해 진풍경을 연출하고 있었다. 술기운에다가 몰려오는 잠을 어쩌지 못해 초저녁부터 눈썹싸움이 한창이었던 것이다.

"막내도련님한테 전화라도 해보소. 연락 끊긴 지가 하마 메칠짼교!"

남편은 대문짝만한 입을 벌려 선하품을 물더니 구겨진 포대처럼 몸을 틀었다. 된장에 풋고추 박히듯 꼼짝 않고 텔레비전을 보던 민우가 귀를 열고 있었는지 그 소리를 듣자 힐끔거렸다.

"그렇다고 제 어미가 없는 것도 아인데, 에미란 년은 대체 뭐 한단 말인교? 도련님이 그리 됐으몬 에미라도 자식을 건사해야지. 큰놈이야 다 컸으이 그렇다손 치더라도 쟈는 아직 에미 품이 필요한 놈 아인교!"

남편은 묵묵부답이었다. 도리어 듣기 싫다는 듯 눈까지 감았다. 그녀는 깜빡 잊었다는 듯이 봉지를 들고 나왔다. 낮에 사온 참외봉지였다. 깎기가 무섭게 손이 먼저 온 건 민우였다. 하나 먹어보란 말도 없이 입이 미어지도록 처넣기 바빴다. 언제 이런 걸 먹어봤냐는 투였다. 민우는 그것도 모자라는지 양손에 참외조각까지 그러쥐었다. 그런 걸 보자니 속에서 태풍이 일었다. 저런 꼴 좀 보라고 은근히 눈썹을 세워 남편을 바라보았으나 남편은 잠만 재촉하고 있었다.

"이리 살다간 식구 모두 굶어죽기 십상이지, 이거야 원 감당이 불감당이니!"

참외접시를 비우기가 무섭게 아이들을 방으로 내몰았다. 내 식구들 뇌두고 민우 혼자 제 방으로 쫓을 수도 없어서였다. 핑계삼아 죄다 홀 쫓고 나니 그것도 마음 부조가 되었는지 숨쉬기가 편했다. 대충 쓰레 질을 하고 몸을 누이려는데 전화가 울렸다. 닫혔던 민우의 방문이 삐 쭘이 열렸다. 엉덩이걸음으로 기어가 수화기를 들었을 때 자기도 모 르게 민우의 눈치를 살피지 않을 수 없었다.

"동서가 우찌……?"

남남이 된 사이니 동서란 말도 꺼내기 거북했고, 예전처럼 막말을 하기도 어쭙잖았다. 그러나 민우네는 넉살좋게, 성님은 잘 지내냐며 인사말부터 부드럽게 건넸다. 자식 내팽개치고 떠난 사람이라 반가울 리 없었다. 민우의 눈치를 보며 용건이 뭐냐고 다그쳤다. 민우가 거기 있는 거 안다며, 내일이라도 당장 데리러 가겠다는 것이었다. 민우 아 빠와 얘기는 된 거냐니깐 그 사람하고는 말도 하기 싫다고 했다. 그녀 의 입장에선 혹 뗄 수 있는 기회다 싶어 맞장구를 쳐댔다. 애가 밤마 다 엄마가 보고 싶어 운다면서, 그런 걸 볼 때마다 마음이 아파 죽겠 다는 둥 모성애를 부추길 수 있다 싶으면 무조건 뱉어내고 보았다. 그 러고도 모자라 한참 동안 도련님의 험담을 반죽좋게 늘어놓다가 수화 기를 놓았다. 민우가 어느 틈에 문앞까지 나와 있었다.

"너그 에미가 데릴로 온댄다, 내일!"

그래도 아이는 기쁘다는 표정이 없었다. 되레 시무룩하게 되묻는다.

"그럼, 아빠는?"

"니 아빠야 아직 실직자 신세니 그기 쉽겠나? 여보단 나을 낀께 어 매 따라가거라."

녀석이 고개를 떨군 채 방으로 들어갔다. 그사이에도 남편의 코고는 소리는 집안을 떠들썩하게 만들었다. 남편 머리밑에 베개를 밀어 넣어주고는 막내들 방에 들어가 잠자리까지 챙겼다. 큰것들은 무슨 얘기를 하는지 깔깔거리고 야단이었다. 저것들이야 저거들 알아서 잠자리에 들 테니 들어가고 자시고 할 것도 없었다. 안방으로 들어서니 온종일 일에 시달려 그런지, 아니면 내일이면 짐 하나 벗는다는 홀가분함 탓인지 온몸이 무너져내렸다. 곧장 이부자리로 쓰러졌다. 달빛이 창문에 엉겨붙어 대낮처럼 훤했다.

*

귓가에 뭔가 달라붙는 느낌이었다. 전화기 만지는 소리 같기도 했고, 발걸음 소리 같기도 했으며, 현관문 여닫는 소리 같기도 했다. 처음에는 남편이 밤중에 일어나 오가는 줄 알았다. 그러나 이상하게 그런 묘한 소리가 사라지자 잠도 덩달아 달아나고 말았다.

눈을 떠보니 방안이 훤했다. 허연 달빛이 창가에 묻어 사물의 윤곽을 금세 알아볼 수 있을 정도였다. 곁에 들어와 잠든 줄 알았던 남편이 없었다. 그렇다면 깨지 않은 게 분명했다. 문갑 위의 시계를 보니 아직 한밤중이었다. 다시 눈을 감았다. 이상한 소리가 계속 들렸다. 귀를 기울여보니 그게 음산하기 짝이 없는 산짐승 울음 같기도 했고, 칭얼거리는 소리 같기도 했다. 이따금 들렸다가 들리지 않다가 하는 게 여간 신경쓰이지 않았다.

확인하지 않고는 잠자리에 들 수 없을 것 같았다. 그녀는 일어나 거실로 나왔다. 거실 바닥에 초승달처럼 구부러져 잠든 남편이 보였다. 잠자리에 들기 전과 달라진 건 없었다. 혹시 싶어 아이들 방문도 열어

보았다. 아이들은 서로 엉겨붙어 꿀맛 같은 잠에 빠져 있었다. 그녀는 아이들 잠자리를 여며주고는 도로 방을 나왔다. 몸을 돌려 다시 안방으로 향하려다가 흘낏 민우의 방을 훑었다. 문이 닫혀 있었다. 그런데도 이상하게 문을 열어보고 싶었다.

녀석이 보이지 않았다. 잠자리는 구김살 하나 없이 곱게 펼쳐진 채였다. 녀석이 이 밤중에 어딜 갔단 말인가. 화장실에라도 간 건가. 화장실을 살폈다. 있다면 불빛이라도 새어나와야 하는데 그렇지 않았다. 고개를 갸웃거리며 돌아서는 순간 이상한 소리가 들렸다. 그녀는 주위를 다시 두리번거렸다. 분명 닫혀 있어야 할 현관문이 열려 있었다. 이 미친놈이 정신이 나가도 한참을 나갔지 무슨 밤중에 쥐새끼 나부대듯 한단 말인가. 그녀는 도둑고양이 같은 버릇을 단단히 고쳐주기라도 할 요량으로 신발을 꿰어신었다.

"야가 한밤중에 미친 것도 아이고 잠 안 자고 이기 무슨 짓이고, 으이?"

소리를 내질렀지만 마당에도 녀석은 보이지 않았다. 대신 하얀 눈가루라도 뿌려놓은 듯이 마당에는 달빛만 내려앉아 있다.

"야가, 참말로 대답도 않고 숨어서 뭐 하는 기고!"

그녀는 하는 수 없이 대문까지 걸음을 내디뎠다. 순간 나자빠질 뻔했다. 시커먼 물체 하나가 발밑에서 꿈틀, 했던 것이다. 그 바람에 대뜸 언성이 높아진다.

"이놈의 짜슥이 사람잡을 일이 있나! 거 있으면서도 대답도 안하고 와 사람을 놀래키고 지랄이고?"

그래도 녀석은 일어설 기미가 없었다. 그저 고개만 처박고 있을 뿐이다.

"퍼뜩 안 일어날 끼가? 오밤중에 누가 보몬 쫓아냈다 안쿠겠나."

그제야 녀석이 슬며시 고개를 들었다. 눈가가 짓무른 걸 보니 운 듯했고, 얼마나 오래 앉아 있었는지 입까지 덜덜 떨어낸다.

"감기라도 또 앓고 싶어 이라나? 퍼뜩 안 일어날래!"

녀석은 날선 목소리를 듣자 움직임을 보였다. 일어서는데 다리에 쥐라도 났는지 비틀거리기까지 했다. 녀석이 뭘 보고 있기라도 한 듯 다시 하늘을 힐끔거렸다. 그녀가, 녀석이 바라본 곳을 쳐다보았지만 이제 막 차오른 둥근 달만 떠 있을 뿐이었다. 하긴 해야 눈이 부셔서 쳐다볼 수 없지만 달덩이야 얼마든지 쳐다보아도 탐스럽기만 하니 어찌 보기 싫을까. 그 생각을 하니 녀석 속을 들여다본 것도 같았다. 정도 없는 어미 생각이라도 한 건가 싶어 그만 녀석 앞에 등을 내밀고 말았다. 민우가 멈칫거렸다.

"뭐 하노? 퍼뜩 안 업히고."

그제야 녀석이 등에 찰싹 달라붙는다. 녀석을 업고 무릎에 힘을 주는 순간 등이 축축하다.

"니 혹시……?"

녀석은 아무 말이 없다. 제 얼굴만 등에 파묻기 바쁘다. 그녀는 더이상 입을 열지 않는다. 낮에 호되게 나무란 것이 가위라도 눌렀던 모양이다. 방에 들어와 이부자리를 살피니 역시 짐작한 대로였다. 아이의 입에서 기침이 터졌다. 아무래도 젖은 이불 위에 재울 수 없을 것 같았다. 그녀는 젖은 옷을 갈아입힌 다음 냅다 녀석을 안았다.

"오늘은 큰어매랑 같이 자자."

안방에 건너와 아이의 물러터진 눈가까지 훔치고는 이불을 덮었다. 아직 추위가 가시지 않았는지 아래턱을 덜덜거렸다. 사로잡힌 새처럼 부들부들 떠는 게 여간 안쓰럽지 않았다. 녀석을 끌어안아 가슴에 품었다. 안은 팔에 자꾸 힘이 실렸다.

*

때묻지 않은 햇살이 눈부셨다. 잠을 설쳐서 그런지 눈이 다 아릴 정도였다. 그녀는 연신 하품을 해댔다. 새벽부터 큰것 둘을 도시락 싸서 보내고, 남편까지 밭으로 나간 뒤 작은것들을 깨웠지만 일어나기는커녕 더 깊은 잠만 청했다. 시계를 보니 아침밥상에 앉아야 할 시각이 지나 있었다. 그녀는 풀리지 않은 목청을 질렀다.

"요놈으 가시나들! 또 빗자루 몽뎅이를 들고 드가까? 와, 안 일어나노!"

그 말을 잠결에 알아들었는지 큰년 선숙이 기지개 켜는 소리가 들렸다. 막내를 깨우는지 이불 때리는 소리가 나더니 이어 작은년 칭얼거리는 소리도 들렸다.

"후숙이 니, 그 잠트집 몬 고치겠나! 언니가 깨우몬 퍼뜩 일나야제. 무슨 아침부터 짜는 소리고?"

아이들을 불러모으는 게 늦은 건 반찬에 신경쓴 그녀 탓이었다. 동서도 온다지, 녀석도 오늘 아침밥이 마지막일지 모르기 때문이다. 아침부터 동서라도 들이닥쳐 밥상이라도 디밀어야 한다면 낭패가 따로 없었다. 먹던 반찬 줄줄이 꺼내놓으면 지 새끼 이렇게 먹고 지냈나 싶어 섭섭해할까봐서였다.

민우는 한뎃바람을 맞더니 기어이 기침을 해댔다. 어미 온다는 말 엿듣고 부아 채울 게 없어 부러 감기걸린 듯했다. 늙은이 밭은기침처럼 그르렁거리니 누가 저 꼴을 보면 못 입혀 저렇게 되었다고 입나발을 불 것 아닌가.

"민우 니도 해가 동천이다. 일은 몬해도 지 몸은 알아서 부릴 줄 알아야제. 꼭 큰어매가 고함을 질러야 일나나!"

아이들보다 민우가 먼저 방문을 열었다. 기침 때문에 잠이 모자라기라도 했는지 눈알이 벌겠다. 밖으로 나와서도 연신 기침을 해댔다. 된기침 소릴 듣자 대뜸 머리끝이 섰다.

"누가 밤에 기나가라쿠더나. 니가 찬바람 쐬며 밭일을 했냐, 밤일을 했냐? 무슨 아침부터 밥맛없게 기침질이고!"

녀석이 입을 막고 화장실로 향했다. 문을 열고 들어간 뒤에도 기침 소리가 났다.

"누나 씻고 학교 가야 된다. 퍼뜩 씻고 나온나!"

식탁을 차려놓고 마당으로 나섰다. 볕 좋을 때 곡식이라도 말려야 했다. 얼마 뒤 나락 가마니라도 들이밀고 온다면 말리려 해도 말릴 수 없다. 그녀는 깻단이며 콩단까지 멍석 위에 널었다. 다시 들어왔을 때 아이들은 부스스한 모습으로 식탁에 앉아 있었다. 딸년 둘의 굼뜬 젓가락질이 확실히 민우와 달랐다. 녀석의 왕성한 수저질을 보니 눈허리가 시었다.

"천천히 묵어라. 무씬 밥을 도둑질해 묵나, 그리 서두르거로?"

그녀는 곧장 아이들 방으로 향했다. 방구석에 뒹구는 옷가지를 챙겨 세탁기에 넣었다. 그리고 스위치를 눌러놓고 민우의 방으로 향했다. 떠날 녀석의 옷을 빨자니 손길이 멈칫했다. 그러나 옷을 보니 때가 타서 형편없었다. 때묻은 옷을 본다면 입히는 것까지 까탈을 부릴까 싶어 손에 닿는 대로 주워들었다.

들로 나갔던 남편이 돌아왔다. 남편은 식탁에 앉자마자 민우가 제 새끼나 되는 양 엉덩이를 치며 반찬까지 집어주기 바쁘다. 딸년한테는 자상하지 않더니 웬일인가 싶은 게 입술이 절로 튀어나온다.

"고추밭엔 언제 갈라꼬 찌맨한 아하고 잠방인교, 잠방이!"

남편은 별걸 다 간섭한다는 듯 눈을 곤추떴다. 그녀는 못 본 척 세탁기로 향했다. 저런 것도 제 어미만 오면 볼 일이 없을 터였다. 녀석이 떠난다니 몸마저 가벼운 느낌이다.

"민우, 니는 오늘 방구석에서 꼼짝하지 마래이. 더 심하지 않을라몬, 알겠제?"

*

응달은 아직 이슬이 깨지 않았다. 기온이 제법 떨어지면서 고춧잎도 오그라지고 있었다. 이제 고추수확도 끝이었다. 아쉬워도 더이상 여물지 못하니 조만간 뽑아야 할 터였다. 아침을 먹자마자 다시 밭으로 나섰던 남편은 끝물고추를 따느라 허리를 펴지도 못하고 있다.

"와서 참이라도 들고 하소!"

남편을 향해 소리를 질렀다. 남편은 벌써 몇포대나 따서 경운기에 실어놓았다. 그녀는 남편을 위해 준비한 막걸리며, 개똥참외를 내놓았다. 남편은 따던 고랑을 마저 끝내려는지 나올 기미가 없다.

"그란다꼬 금세 끝나는 일이 아인께 빨리 와서 마 묵으소!"

남편은 그제야 발길을 놀리기 시작했다. 이슬이 묻어 옷이 축축하게 젖었다. 남편은 막걸리 사발부터 그러쥐었다.

"어젯밤에 민우 에미한테서 전화 왔습디다?"

남편은 입가에 허연 막걸리를 닦지도 않은 채 되묻는다.

"지가 우리집에 무씬 볼일이 있다꼬 전화질이고?"

"아, 그렇다꼬 자식이 지 자식이 아닌교. 다 그만한 일이 있응께 전화했제."

남편은 그게 무슨 말인가 싶어 눈을 동그랗게 치떴다. 그녀가 말했다.

"민우 데꼬 갈라꼬 전화했제 뭔 볼일이 있어 전화를 했겠는교. 그래도 꼴에 자식 고생은 시키기 싫은 모양이제, 뭐!"

"일한다고 지가 아새끼나 어디 키았건데?"

"그래도 키울 자신이 있응께 데리러 온다고 한 거 아이오. 저거야 아를 데꼬 가서 굶기든 죽이든 우리하고 뭔 상관 있소. 입 하나 더는 기 어딘데?"

"굶기든 죽이든 상관이 없다이? 민우가 어데 남이가?"

"삼촌 처지에 에미라도 챙겨가몬 오감타 해야제. 그걸 갖고 와 까탈을 부릴 끼요?"

"이 사람이, 터진 입이라고 도나캐나 씨버리고 있어!"

"내사마 지금껏 데불고 있은 것도 저거는 할배야 하고 고맙다 해야 할 끼요."

자동차 소리가 난 건 그때였다. 비탈길에 새까만 고급 승용차가 보인다 싶더니 농로를 따라 더듬어올라왔다. 벌초철도 지났는데 웬 승용찬가 싶었다. 끝까지 올라봐야 다랑밭밖엔 없는 곳이었다. 두 사람은 뭔 일인가 싶어 승용차만 지켜보았다.

차가 밭 모서리에 왔다 싶더니 스르르 문이 열렸다. 차에서 내리는 사람을 보자 그녀의 고개가 갸웃했다. 민우 어민가 싶기도 하고 아닌

듯도 했다. 때마침 집에 들렀다 오는 길인지 차에서 민우까지 내렸다. 그러고 보니 온다는 동서가 아니었다.

"아니, 민우 이모가 여까지 우얀 일고? 왔으몬 집에서 조금만 지달리든가."

"언니가 시간이 있어야 말이죠."

동서는 힐끗 자동차를 돌아보았다. 운전석에 앉았던 남자가 기다렸다는 듯 문을 열고 나왔다.

"형부 될 사람이에요. 인사하세요."

그녀도 모르게 뜨악해지고 말았다. 인사를 하라니. 아무리 농것들이라고 괄시를 해도 그렇지, 어찌 손윗사람보고 인사를 하라니 이게 무슨 망발인가. 그 말을 듣고 가만있을 그녀가 아니었다. 그녀의 급한 성깔이 물살을 탔다.

"아이, 아무리 없이 살기로 우리더러 먼저 인사를 하라니? 이런 경우가 조선천지에 어데 있단 말이고?"

민우 이모는 무슨 되잖은 짓거리냐는 투로 눈을 지그시 내리깔았다.

"됐어요. 그런 일로 싸우고 싶진 않네요. 민우 데리고 갈 테니깐 그렇게 아세요."

남편은 담배연기만 뿜어대고 있었다. 남자는 무슨 귀찮은 일이라도 생긴 듯 연신 손목을 들여다보기 바빴다. 젊은 사람이 턱살에 배까지 불룩하게 튀어나와 볼썽사나웠다. 민우 이모는 아이의 손길을 낚아챘다.

"아빠가 데릴러 온다 했단 말이야!"

정도 붙지 않은 이모에게 뭔 피가 뜨거워질까. 아이는 잡힌 손목을 빼려 온몸을 뒤틀었다. 그 모습을 보자 남자가 오히려 잘됐다는 듯 피식 웃음을 베어물었다. 그러더니 차로 향했다. 오는 길이 험해 차가 상하기라도 한 건 아닌가 싶어 연방 차 주변으로 눈을 부라렸다. 촌길 각오했으면 흙 묻는 거야 당연한데도 바퀴까지 만져가며 이맛금을 만들어붙였다. 민우가 자꾸 뻗대자 이상하게 덜렁 보내고 싶은 마음도 없었다. 아비야 지금 떨어져 있어도 직장만 잡는다면 굶어도 웃을 수 있지만 어미 곁은 어째 마음이 놓이지 않았다.

"민우 너, 엄마한테 안 갈래? 엄마가 데리고 오라 했는데?"

이모가 다시 아이의 손을 잡아끌었다.

"며칠 밤만 자면 아빠가 데릴러 온다 했는데……"

"민우야! 너, 지금 이모 따라가지 않으면 평생 엄마 못 본다?"

아이는 그 말에 표정이 굳었다. 엄마라는 말이 자꾸 가슴에 얹힌 모양이었다. 그런 아이를 이모가 다시 잡아끌며 차로 향했다. 그녀와 남편은 멀어지는 두 사람을 보니 뭔가 자꾸 허전해지기만 했다. 보내도 이렇게 보내고 싶은 것이 아니었다. 따신 밥도 해 먹이고 옷도 풀내나는 새것으로 갈아입혀, 멀어질 때까지 손 흔들며 보내고 싶었던 것이다. 그런데 일이 이상하게 꼬이고 말았다. 눈앞에 벌어지는 일을 보면서도 믿고 싶지 않았다. 차라리 동서라도 왔으면 이리 서운하진 않을 터였다.

차문이 탕 하고 닫히는가 싶더니 이내 차가 머리를 돌렸다. 창에 색지를 얼마나 짙게 발랐는지 타자마자 아무것도 보이지 않았다. 차는 두 사람의 곁을 지나 이내 험한 길을 소리도 없이 미끄러졌다. 잠시 뒤 거짓말처럼 차는 모습을 감추고 말았다. 차가 사라진 다음에도 두 사람은 움직일 줄 몰랐다. 남편도 채 수습하지 못한 감정 때문인지 아무 말이 없었다. 그저 애꿎은 담배만 뻑뻑 빨아댈 뿐이었다.

그때, 비탈 아래서 고함소리가 들렸다. 분명 "민우야" 하는 소리였다. 소리나는 비탈길로 눈길을 뻗었다. 도저히 그녀의 눈을 믿을 수 없었다. 민우가 달려오고 있는 것 아닌가. 그 뒤로 이모까지 달려오고 있었다. 가을운동회 달리기경주를 하듯 사력을 다해 뛰는 민우가 입을 열었다.

"큰어매!"

귀가 의심스러웠다. 큰엄마라니? 여태 입닫고 호칭 한번 않더니 이게 뭔 일이란 말인가. 민우가 부르는 그 말을 듣자 뜬금없이 눈에서 홍수가 졌다. 달려오는 아이를 향해 그녀 자신도 모르게 자세를 낮춰 팔을 벌렸다. 민우가 그녀의 품으로 달려든다 싶었는데 그녀는 벌러덩 고추밭으로 자빠지고 말았다. 녀석이 이렇게 힘이 셀 줄 몰랐다.

"이 미친놈의 짜슥, 집에 와서 밥 마이 묵었는갑네!"

돌에 찍혔는지 등짝이 따끔거렸지만 참을 만했다. 그러나 머리 위에 매달린 고추를 보는 순간 또 눈앞이 아득했다.

지리적 상상력의 깊이와 넓이

황국명

1. 소설의 매체적 타자성

모처럼 시원시원하게 읽고 소설언어의 풍요로움까지 맛보았다고 생각하니, 그 기쁨이 각별하다. 이상섭의 『그곳에는 눈물들이 모인다』가 그것이다.

현대사회에서 다양한 매체들이 상호 의존하고 있을 뿐 아니라 그들 간의 역관계가 불균형하다는 것은 잘 알려진 사실이다. 오늘날에는 문자매체가 문화적 우성인가에 대한 의문뿐 아니라, 소설의 언어적 풍경이 새로운 사회현실을 인식하게 할 지배적 수단일 수 있는가에 대해서도 회의가 점증하고 있다. 80여년 전 현대소설은 문예계의 왕자라고 김동인이 호언한 바 있지만, 오늘날 소설은 위기를 넘어 죽음에 이르렀다고 진단받기도 한다. 매체생태의 이같은 변화는 수많은 요인에서 비롯되겠는데, 그 가운데 비문학적인 양식의 압도적 영향력을 꼽지 않을 수 없다. 오늘날 문화는 미디어의 문제라고 한 프레드릭 제임슨(Fredric Jameson)이 문화적 지배의 새로운 후보자로 비디오를 내세운 이유도 여기에 있을 것이다.

이러한 매체환경에 대응하여, 혹자는 소설이 비문자매체의 내용과 특성을 적극적으로 수용하여 뉴미디어와 경쟁해야 한다고 말한다. 소설에 관한 근대적 관념을 반성해야 하고 내용과 기법에서 무법적인 상상이 필요하다는 주장도 같은 맥락에 있다. 이런 상상을 우상파괴적 실험정신이라고 할 수 있다. 삶을 혁명할 수 있는 실험이라면, 소설형식에서 실험을 타기할 이유가 없을 것이다. 소설이 문화콘텐츠로서의 파급효과를 내세워 터무니없는 판타지로 일관하거나, 역사를 인간 삶의 궁극 지평이 아니라 자료로 삼는 것은 소설의 위기를 분배의 규모에서 해소하려는 방편에 불과할 것이다.

소설가 이상섭 또한 새로운 사회체제를 해명할 새로운 서술방식에 대해 고심한다. 그러나 우상을 파괴하는 발칙한 상상에 몰두하기보다, 언어매체로서의 소설이 처한 상황에 직면하며 그 상황에 단호하고 비장한 입장을 취하는 듯하다. 그는 인쇄문화의 산물인 소설의 매체적 타자성을 지탱함으로써 소설의 풍요로움을 보장하고 소설의 위엄을 확보하고자 한다. 어쩌면 그는 소설이 소수 마니아의 전유물이 되거나 심지어 장렬하게 산화하는 모습을 보려는 것이 아닐까.

시장에서의 회전시간을 가속화하려는 입장에서 보면, 1998년에 신춘문예와 2002년 창비신인소설상으로 등단한 이상섭의 행보는 더디고 굼뜬 것이 아닐 수 없다. 1930년대 중반 임화가 "이상과 진리를 죽 그릇과 바꾸어"(「가을바람」)가는 전향론자를 통렬하게 비판한 사정과 달리, 이제 분배의 규모와 자본의 회전율은 이상섭이 맞서 싸우는 문화생산의 파시즘이라 할 것이다. 그렇기 때문에, 그는 기교 차원의 실험으로 작가의 무한한 자유를 입증하기보다 더딘 걸음으로 주어진 현실에 충실하며 이를 통해 세계의 자유가 어떻게 가능한가를 모색한다. 보고 싶은 것만을 보려는 주관의 변덕에 신물이 난 독자라면, 삶의 풍부한 진실을 육체로 삼은 이상섭의 소설을 일독할 만하다.

2. 주변부의 인식 가치

삶의 진실에 접근하기 위해 이상섭은 여러 경로를 탐색해왔다. 그 가운데 주목할 만한 사실은 그의 소설이 장소와 인간 사이의 복잡한 관계를 지속적으로 살폈다는 점이다. 인간은 시간뿐 아니라 살아가는 장소에 영향을 받는바, 이상섭의 소설은 작중인물에게 미치는 생활공간의 영향, 주체의 장소와 타자의 장소 사이에 존재하는 관계를 예리하게 인식한다. 작가의 고향이 거제도이고, 제5회 창비신인소설상 당선작인 「바다는 상처를 오래 남기지 않는다」도 어촌을 배경으로 하거니와, 그의 소설은 바다, 섬, 어촌, 가두리 양식장, 어시장 난전 골목 등을 주 배경으로 삼고 있다. 작중인물의 행동과 생각과 감정은 그 장소에 의존하며, 그 장소의 특성은 소설의 주요 사건을 구성한다. 이런 장소가 아니었다면 일어나지 않았을 사건을 다룬다는 의미에서, 이상섭의 소설은 지리적 상상력의 산물이라 해도 좋을 것이다.

이상섭 소설에서 어촌은 말할 것도 없고 바다나 외딴 섬도 유토피아나 낭만적 세계로의 초월을 함축하지 않는다. 그곳은 고된 노동이 이어지는 생활공간이며, 모든 종류의 갈등과 살아남기 위한 싸움을 포함한다. 거대한 조선소와 개발을 앞세운 매립으로 바다는 병들고, 먼바다에서는 고기의 씨가 마른다. 3년간 애태우며 양식한 물고기는 급등하는 사료값과 수입활어에 당하지 못한다. 어부는 한일어업협정으로 물길을 잃고 방황하거나, 끝없이 이어지는 고된 뱃일에 "바다에 매인 짐승"이 될 수밖에 없다. 작중인물들의 생활공간이 이처럼 고통의 현장인 까닭에, 거기엔 한치의 감상도 스며들 틈이 없다.

그의 입에서 어어, 소리가 터지고 말았다. 잠시 뒤 바썽이 중심을 잃는가 싶더니 이내 물속으로 곤두박질쳤다.

"저런, 괴기! 괴기!"

그는 뒤집힌 채 물위에 떠 있는 활어상자를 보며 외친다. 갑작스런 사고에 장씨는 안절부절못한다.

"이런 니기미 쌍, 고기부터 잡고 봐야 될 거 아이가!"

물고기들이 제 갈 데로 간 다음인 걸 알면서도 그는 소리부터 지르고 들었다. 눈앞에서 삼년농사가 물거품이 되는 순간이었다. 하필 활어상자가 떨어진 곳이 가두리와 가두리 사이라 고기를 고스란히 방생한 꼴이었다. 바썽의 팔뚝에서 핏물이 번지는 게 보일 리 없었다.(「수평선, 그 가깝고도 먼」 193면)

바썽은 불법체류중인 이주노동자로 양식장 일에 경험이 없다. 그래서 활어를 옮겨싣는 과정에서 중심을 잃고 다쳐 바다에 빠져버린다.

그러나 3년간 태풍이며 적조와 싸워 기른 생선이고 보면, 다친 사람보다 놓쳐버린 고기에 먼저 눈길이 간다는 것도 어부 생활의 실감에 접근한 진술일 것이다.

그의 소설에서 바다 혹은 섬은 도시에서 상처입은 자들이 마지막으로 찾아드는 종착점이며 더 나아갈 곳이 없는 경계이다. 섬에서 태어났고 "대처를 헤매다 다시 돌아"온 배남우에게 파도치는 바다는 "울타리"이며, 섬은 "희망이 없어 희망이 된 곳"(「불어라 바람」)이다. 이상섭 소설에서 이처럼 생의 막다른 경계에 도달했다는 의식은 편재한다. 그래서 난전이 펼쳐진 어시장 골목은 "도시의 낡은 모서리" "세상살이의 물살에 떠밀려 도달한 땅의 끝"(「그곳에는 눈물들이 모인다」)이라 이해된다.

어둠이 깔리고 있었다. 사람들은 고름 같은 등불을 내다거느라 종종걸음이었다. 불빛이 고여야 활기가 넘치는 이곳. 아직 흑백풍경으로 남은 도시의 낡은 모서리. 그래서일까. 이곳 사람들은 밝은 것보다 어둠에 익숙하다. 세상살이의 물살에 떠밀려 도달한 땅의 끝. 어쩌면 이곳의 안개는 그런 사람들의 한숨이 뭉친 것이고, 이곳 바닷물도 그런 사람들의 눈물이 고여 이루어진 것일지 모른다. 그는 잠시 그런 생각을 했다.(「그곳에는 눈물들이 모인다」 107면)

바다와 섬, 갯가와 어시장 난전골목은 작중인물들이 자신과 타자를 인식하는 장소로 기능한다. '땅의 끝'이나 '울타리'는 작중인물이 자신과 자신이 처한 장소를 중심에 대한 주변부로 인식한 징표일 것이다. 따라서 이곳의 사람치고 사연이나 상처 없는 사람이 없다든가(「그곳에는 눈물들이 모인다」), 한마리의 물고기를 잡기 위해 그물을 찢어야 하는 어부의 심정을 "누가 알기나 할까"(「바다는 상처를 오래 남기지 않는다」)라 거나, 가두리는 가장 옹달진 곳임을 "바다에 사는 사람들은 안다". 그 러나 바다에도 엄연히 임자가 있고 전세가 있음을 "사람들은 모른다" (「수평선, 그 가깝고도 먼」)고 할 때, 이 배경들은 이항대립항을 가정하는 구조적 범주이며, 주변부 인간이 자신이 직면한 환경을 전체적으로 사유하는 데 기여한다고 할 수 있다. 말을 바꾸어, 막다른 경계에 있 다는 작중인물들의 의식은 장소의 경험에 근거하여 자신의 삶을 공간 적인 지도로 인식한 것이다.

변두리에 있다는 장소의식으로 볼 때, 바다나 섬 같은 주변부는 작 중인물이 유목민처럼 매끄럽게 활주할 수 있는 탈영토화의 공간이 아 니다. 그것은 권력과 자본의 중력이 작용하는 불평등한 장소이다. 이 런 불평등의 경험은 중심 혹은 지배질서에 대한 비판적 사유의 원천 이 될 수 있다. 돈이 없다는 것이 죄가 되는 세상에서 "수평세상을 꿈 꾸"는 것이 그러하다(「수평선, 그 가깝고도 먼」). 물론 작가는 주변부의 잠 재성에 대한 터무니없는 낙관을 경계한다. 바다가 곧 수평세상은 아 닌 까닭이다. 이상섭 소설의 공간은 그 주변성으로 인해 새로운 세계 와 새로운 삶을 꿈꾸게 만드는 곳이라 할 것이다.

3. 억척어멈의 슬픈 운명

주변부의 고통스러운 현실을 견디거나 밑바닥 인생을 전전하는 데 남녀가 다르지 않지만, 이상섭 소설에서 주목할 만한 것은 남편이나 아버지와 같은 남성의 무기력이다. 남성들은 고래술을 마시는 무능력 자거나 병들어 앓다 죽고, 거덜난 농사일로 자살하거나 도시를 헤매다 초라한 모습으로 귀향한다. 이도저도 아니라면, 뺨을 거침없이 올려붙이는 장모의 구박을 묵묵히 견디는 사위이다. 게다가 「자장가」의 아버지는 아버지라 부를 가치도 없을 정도로 무책임하다. 집에 불을 질러 아내와 자식에게 "평생 지울 수 없는 숭터"를 남긴 그는 자식에게 "죽일 놈"으로 기억된다. 「웨일맨, 나의 아버지」에서도 아버지는 도시생활에 적응하지 못한 돈 끼호떼처럼 보인다. 아내에겐 무능한 남편으로, 아들에겐 시대에 뒤떨어진 "비메이커"로 여겨지는 그는 "엄마의 말몽둥이에 맞아" 비틀거리다가 끝내 실종되고 만다.

부재하거나 무능한 남성을 대신하여 가족의 생계를 책임진 여성이 억척스럽게 삶을 견뎌내는 이야기는 우리 소설사의 한 계보를 이루고 있거니와, 이상섭의 소설에 또한 억척어멈들이 꽤나 많이 등장한다. 이들 억척어멈들에게 자식의 입처럼 무서운 것은 없는 듯하다. 일찍 홀로 되어 어린 자식의 '밥그릇'을 지키기 위해 고투한 이들은 노련한 싸움꾼이기도 하다.

솔직히 말해서 장모야말로 단속반들도 아예 건드릴 생각을 않는다. 워낙 이 바닥에 굴러먹은 밑바닥 인생이라 그들도 손금보듯 잘 안다. 심하게 굴었다간 습성상 집고 할퀸다는 것을. 그래서 가져가는 거라곤 쉽게 만들 수 있는 가판대나 생선대야 몇개가 고작이다. 기실 '불알아지매'라 지어부른 것도 그들이 아닌가. 단속반이 들이닥쳐 하도 못살게 구니깐 이게 여덟 자식 밥그릇이나 마찬가진데 못하게 하면 그럼 너그가 책임질 거냐며 단속반 불알을 잡고 매달린 것이다. 그게 얼마나 고통스러웠으면 다음날부터 아예 장모 근처에는 얼씬도 하지 않더란다. 그러니까 장모는 이 바닥에 살아 있는 전설적인 인물이라 해도 과언이 아니다.(「그곳에는 눈물들이 모인다」 94면)

그런데 "등뼈 같은 남편도 없이 흡반처럼 매달린 자식들을 위해 살아야 하는 어미의 운명"은 여성의 몸을 자식 혹은 남성의 욕망을 충족시키는 수단으로 만든다. 그 과정에서 여성의 몸은 남성의 탐욕에 소모되거나 깊은 상처를 입고 불구가 될 수 있다. 「자장가」에서 남편 없고 배경이 없어서 어머니는 몸을 상납함으로써 동서기의 횡포를 막아야 했고, 어린 자식을 구하기 위해 몸으로 불길을 막음으로써 끔찍한 화상을 입는다. 이처럼 여성의 몸을 훼손시키는 근본 원인으로 남성의 부재가 강조될 때, 억척어멈의 운명은 남성 부재에 대한 공포를 강화할 수도 있다.

그래서인지 이상섭의 소설은 거칠고 때로는 상스럽기도 한 억척어멈과 섬약하고 가냘픈 여성을 대비시킨다. 예컨대 어시장 골목에 뛰어든 새댁은 "이곳 사람을 닮지 않은 하얀 피부"를 지녔고(「그곳에는 눈물들이 모인다」), 22년 만에 귀향한 은희는 주근깨투성이에 부풀 대로 부푼 몸피를 지닌 아내와 선명하게 구분된다. 사각거리는 풀잎 같은 목소리를 지닌 은희는 "뽀야니 도시티"가 나는 가냘픈 몸매를 지녔다(「바다는 상처를 오래 남기지 않는다」). 반면에 노련한 억척어멈들은 가족을 부양하는 식량공급자이되 남성들에겐 거칠고 무서운 여성으로 각인된다.

하얀 피부를 가진 여성에 대한 남성의 태도를 두고 단순히 도시여성에 대한 선망이라 하긴 어렵다. 여성의 아름답게 빛나는 하얀 알몸은 남성에게 '알 수 없는 미지의 세계'를 암시하기 때문이다.

　여자의 맨몸에 잠시 눈이 아리다. 이렇게 눈부신 여자였던가. 저렇게 아름답고 빛나는 몸을 어제는 왜 못 본 것일까. 그는 여자의 몸을 보며 부드럽고 연약한 살결로 자신의 거친 몸을 휘감아왔다는 사실을 믿을 수 없다. 그는 오랫동안 여자의 가슴과 부드럽게 오르내리는 뱃살을 지켜본다. 저 속에서 아이를 키우고 태어나게 만든다는 게 신비해 만져보고 싶을 정도다.(「불어라 바람」 149면)

　여성의 하얀 몸은 남성의 관능을 일깨울 뿐 아니라, 생명의 근원으로서의 모성을 환기한다. 그러니까 생명을 잉태하는 여성의 하얀 몸은 고되고 지겨운 일상의 반복에서 벗어나 개체를 소외로부터 해방시키는 모성적 양상을 암시한다고 할 수 있다. 어업협정으로 배를 처분한 남성이 "뭍에 서자 힘을 잃은 듯" "데친 시래기꼴"(「고추밭에 자빠지다」)로 무력해지는 것도 이런 맥락에서 이해될 수 있을 것이다. 그래서 여자가 "내 배를 탄 사람들은 다들 상처받지 않고 잘살"기를 기원하듯이, 작중인물 배남우 또한 "내 배를 탄 사람은 다 행복해야 하는 거"라고 말하는 것이다(「불어라 바람」).

　여자의 배〔腹〕와 남성의 배〔船〕가 정확하게 하나로 수렴됨에도 불구하고, 작가는 배를 노아의 방주라고 여기지 않는다. 섬여자 따로없듯이, 하얀 피부의 여성들도 생존경쟁에 뛰어든 양육자의 운명을 피할 수 없기 때문이다. 말하자면 남성들은 억척어멈에 대해 양가감정을 갖는다고 하겠는데, 이 때문에 이들은 삶에 대해 구경꾼이 된다. 은희와 아내가 싸움을 벌이며 동네를 악다구니로 가득 찬 아수라장으로 만들지만, 남편은 "느긋하게 신발까지 꿰차는 여유"를 부리고, 마을 남정네들은 "모처럼 구경거리가 생겼다는 듯 담배를 꼬나문 채 지켜보고" 있을 뿐이다(「바다는 상처를 오래 남기지 않는다」).

고함을 지르며 엉겨붙은 두 사람을 향해 덤벼들었다. 그런데 하필이면 뜯어말린다고 손을 내민 게 새댁의 젖가슴께였다. 순간 손에 닿는 물컹한 느낌에 그도 모르게 움찔하고 말았다. 그러나 새댁은 그런 건 안중에도 없다는 듯 꽉 쥔 아내의 머리끄덩이를 더 힘껏 부여잡았다. 코끝에 와닿는 새댁의 머리냄새가 묘하게 자극적이었다. 그는 그도 모르게 소리를 질렀다.
"이러지 마래이. 이라몬 우리 전부 다 죽는 기라!"
그는 입을 놀리면서도 눈은 지그시 감은 상태였다. 아내의 악다구니가 점점 커지고 있었다.(「그곳에는 눈물들이 모인다」 129면)

어린 자식의 밥그릇을 위해 분투하는 여성의 행위가 남성관객의 구경거리에 불과하다면, 이는 여성의 엄혹한 현실을 인정하지 않으려는 남근중심주의로 오해될 만하다. 그러나 작가의 근본 관심은 밑바닥 인생의 공동운명에 있으며, 상황을 해학적으로 마무리함으로써 그 운명의 이면에 놓인 슬픔과 고통을 역설적으로 강조한다고 하겠다.

4. 도시, 반생태와 낡은 미래

이상섭의 지리적 상상력은 이항대립을 통한 공간적 지도 그리기뿐 아니라 사회적 지도 그리기로도 발현되는 듯하다. 사회적 지도 그리기는 시간의 경과에 따른 사회과정의 변화를 인식하는 것인데, 그는 이를 지난 30여년간 한국사회에서 일어난 농어촌의 몰락과 도시로 이주한 사람들의 피곤한 삶으로 드러낸다.

미래학자 갈브레이드(J.K. Galbraith)가 이주(移住)는 가난에 대응하는 오래된 방식이라고 지적한 것처럼, 이상섭 소설의 작중인물들은 자신의 고향을 떠나 낯선 장소, 도시로 이동한다. 몸의 이동은 새로운 사상이나 가치와 연관을 맺게 마련이다. 「자장가」의 주인공도 원수 같은 가난에 복수하고 어머니와 함께 살 집을 장만하겠다는 꿈을 품고 도시에 입성한다. 그는 자신의 욕망이 자기 내부에서 흘러나왔다고 믿지만, 사실은 현대 도시가 가르치는 방식대로 욕망한 것이다. 자본주의 도시가 가르친 욕망의 방식은 적자생존, 약육강식의 법칙이다.

뭐든지 묵고 살라몬 소위 '쫑'이란 게 있어야 된다, 그기 있어야 돈도 마이 받고 나이들어도 괄세를 안 받는다, 자고 일어나몬 순식간에 변하는 세상을 살라몬 몸도 중요하지만 머리도 굴릴 줄 알아야 하고, 물흐름에 민감하게 대처하는 물고기의 저응력을 배워야 살아남는담서 한살이라도 젊을 때 퍼뜩 자격증 따라카는 기라요.(「자장가」 14면)

산업사회의 가속도에 적응하고 기술에 의존하려던 그는 그러나 끔찍하고 사악한 현실을 경험할 뿐이다. 중장비 자격증을 취득하고 어머니에게 자랑하고 싶은 마음에 포크레인을 몰고 집으로 가지만, 그는 절도죄로 호된 댓가를 치르게 된다. 개인의 선의가 깡그리 무시되는 고통스러운 경험을 통해 그는 세계의 본질을 깨닫기도 하는데, 법은 "사람잡는 그물"일 뿐이라는 인식이 그러하다. 이러한 인물을 통해 작가는 적자(適者)가 살아남는 것이 아니라 살아남은 자가 적자라는 비정한 삶의 법칙을 암시한다.

「웨일맨, 나의 아버지」에서 몽상가 아버지는 "기회가 곧 미래"라고 호언장담하지만, 그 또한 대도시의 삶에 쉽게 적응하지 못한다. 고래를 멸종으로까지 내몬 "인간의 이기심"에 분노하면서 그는 바다를 통해 들어온 낯선 것들, 예를 들어 햄버거와 감자칩, 커피와 콜라, 이기심, 폭력, 전쟁, 포르노 등을 언젠가 우리를 잡아먹을 '괴물고래'라고 말한다. 월마트 또한 진짜 착한 고래를 다 죽인 괴물고래이며, "모든 세상을 지배하려는 인간들이 만든 괴물"이라 여긴다. 그래서 그는 작살과 군복, 군화, 야전점퍼까지 구입하며 괴물고래와의 일전을 대비하지만, 아들에게 이런 아버지는 이상하거나 "현실을 몰라도 너무 모르는" 행동으로 인식될 뿐이다.

월마트에서 비정규직 청소부로 일하는 어머니에게는 없는 게 없는 월마트가 바로 '천국'이다. 무한생산과 소비를 찬양한다는 점에서, 도시 혹은 대형마트는 반생태적이라 할 수 있는데, 끝없는 욕망 재생산과 충족의 유혹으로부터 아들 또한 자유롭지 않다. "도시적 세련미를 갖춘 청년"으로 진화중인 아들은 "비메이커인 아버지가 싫었고" "메이커 있는 여자"와 연애하기를 소망한다.

당신은 모던한 도시인이 되고 싶지 않으십니까? 그럼 이곳으로 오십시오. 맥도날드의 황금아치는 그렇게 행인들에게 눈웃음을 짓는 것 같았다. 내가 노란 'M'자를 지나 크루가 되던 날, 나는 화장실에서 몇번이나 유니폼을 입은 나를 비춰보았다. 마치 이제 당신은 비로소 모던한 존재가 되었습니다, 하는 소리가 들리는 듯했다. [⋯] 차에 앉아서 주문한 후 카스테레오로 음악을 즐기면서 일분도 되지 않아 손에 쥐여주는 햄버거. 체계적이고 과학적인 경영방식과 모던한 디자인이며 깔끔한 실내. 이전 식당에서 맛볼 수 없는 세련미가 넘쳐나는 곳이었다. 손님들도 달랐다. 노란 'M'자를 지나는 순간 사람들은 세련되게 행동했다. 식당에서와 달리 내가 비록 아르바이트생인데도 불구하고 손님들은 반말도 사투리도 쓰지 않았다.(「웨일맨, 나의 아버지」 172~73면)

누군가의 아들에서 현대도시의 '청년'으로 이행하면서, 이들은 더이상 현실경험을 통해 자신의 주관을 형성하지 않는다. 그들은 주변에 널려 있는 다양한 문화생산물의 소비를 통해 변덕스러운 정체성을 구성할 뿐이다. 그들은 "쏘니 미니카세트"에 매료되고 "롹(록)"에 몰두한다. TV와 만화에 열중하고 "메이커"에 열광하며 인터넷게임과 포르노에 중독된다. 그리하여 그들은 "커피 넉 잔, 콜라 한병 마시지 않으면 잠이 오지 않"는 도시의 세련된 주민이 된다.

물론 상품의 문화적 소비를 통해 정체성을 표명하는 것도 역사적으로 발생하는 사회적 실천이다. 그러나 상징적 물질에 매개된 이들이 세련된 존재라고 믿는다면, 그것은 그들을 주체로 호명하는 이데올로기적 효과에 불과하다. 아버지 세대와 달리, 태생지의 전통과 문화에 영향을 받지 않는 그들은 월마트나 맥도날드 매장과 같은 전지구적인 공간에서 방향을 상실한 듯하다. 이 새로운 공간에서 자신의 특수한

지리적·역사적 상황을 인식하지 못한다는 사실을 통해, 작가는 중대한 정치적 문제를 제기한다고 할 수 있다. 왜냐하면 그러한 지구적 공간은 소비에 매혹된 주체를 탈중심화하기 때문이다. 패스트푸드 산업의 고용은 노동력의 탈숙련화와 저임금을 확대하고 이는 후기산업사회의 징표라고 말해지거니와, 탈중심화된 이들 젊은 세대는 아르바이트로 생활을 도모하고 '비정규직 인생'이라는 여전한 남루를 견딜 뿐이다. 그들의 미래는 이미 낡은 것이다.

그렇다면 도시에서의 문화적 부적응을 보여준 아버지는 아직 새로운 과거일 수 있는가? 자신에게 서울은 "오지 중의 오지"라는 아버지가 "뭐 한다고 서울까지 올라가 고생을 사서 하냐"고 자식을 추궁하지만(「수평선, 그 가깝고도 먼」), 그러나 아버지는 더이상 자식의 미래를 대변할 수 없는 것으로 보인다. 「웨일맨, 나의 아버지」과 같은 작품에서 작가는 몽상가 아버지를 통해 물화된 대도시의 삶과 도시자본에 대한 저항의 가능성을 열어두지만, 동시에 그 아버지의 아이덴티티가 구체성을 결여하여 독자로 하여금 쉽사리 동일시할 수 없도록 설정한 이유도 여기에 있을 것이다.

5. 해학을 넘어 생의 진실로

지금까지 인간과 장소의 상호의존에 착목한 지리적 상상력의 산물로서의 이상섭 소설이 공간적·사회적으로 그려내는 인식의 내용을 살폈다. 다른 차원에서 작가의 소설이 주는 재미 요소를 찾자면 그의 걸쭉한 입담을 꼽을 수 있을 텐데, 특히 토박이말을 풍성하게 활용한

점은 주목할 만하다. 대충 짚어봐도 눈풍년, 말방석, 그물눈치, 그물목욕, 입섞기, 굼뜬 낙지걸음, 눈멀미, 모들눈, 잠비늘, 며느리 험구덕, 동부레기, 남정바리 같은 표현은 젊은 작가들의 작품에서 찾기 어려운 어휘들이다. 또 작중인물의 대화에 경상지역 방언을 재현하되 그 음감까지 최대로 살려내려 한 점도 음미할 만한 사실이다. 작중인물의 행동과 생각을 장소와의 상호연관 속에 두고 있는 것처럼, 이같은 소설언어는 특정한 지역이 작가에게 자신의 특정한 언어형식을 요구한 결과라고 할 수 있다. 그러니까 이상섭에게 토박이말은 지역의 구체적인 삶을 반영하는 수단인 셈이다.

다른 한편, 작가는 능청스러운 말놀이와 해학적인 표현에도 능하다. 동음이의어를 활용한 말놀이, 예를 들어 배〔腹〕와 배〔船〕, 동포(同胞)와 똥퍼, 포경(捕鯨)과 포경(包莖)이 그러하고, "성내"라는 동네에 살았으니 "돼지와 함께 성생활"을 했다거나(「웨일맨, 나의 아버지」) "이건 허구한 날 술주전자 주둥아리나 빨 줄 알았지 마누라 주둥이 한번 빨 줄 모르니 생각만 해도 기가 찼다"(「고추밭에 자빠지다」) 혹은 "인생은 '역전'이 아니라 '여전'이지 않던가"(「그곳에는 눈물들이 모인다」) 등의 표현이 그러하다.

경쾌하고 발랄한 말솜씨는 고통스럽고 끔찍한 삶에 대한 해학적 대응방식과 무관하지 않는 듯하다. 앞서 「그곳에는 눈물들이 모인다」 「바다는 상처를 오래 남기지 않는다」의 경우 상황이 해학적으로 해소된다고 지적하였거니와, 이상섭 소설에서 갈등은 과격하거나 급진적인 방향으로 전개되지 않는다. 「자장가」의 작중인물이 "담배씨만한 희망"도 품을 수 없는 것은 폭력적인 현실경험 때문이 아니라 돌이킬 수 없을 정도로 악화된 간암 때문이다. 또 「웨일맨, 나의 아버지」의 경우, 아버지는 사회적 정체성을 지닐 수 없어 비극적인 영웅으로 소모될 가능성이 거의 없다. 「고추밭에 자빠지다」나 「수평선, 그 가깝고도 먼」에서 고통받는 약자에 대한 작가의 윤리감각이 드러나지만 이 또한 잘 만들어진 소설의 결말처럼 보인다.

소설가가 임박한 미래를 보여주거나 해답을 제공할 필요가 없음은 상식에 속할 것이다. 중요한 것은 작중인물의 상처와 고통, 좌절과 실패를 얼마나 밀도있게 그려내는가에 있을 것이다. 장소와 인간의 관계에 기초한 소설적 상상력에도 불구하고, 이상섭 소설에서 서술의 밀도와 묘사의 깊이에 대한 아쉬움을 느낀다면, 그 근거의 하나로 사건의 배경이 구체적인 지명을 갖는 경우가 적다는 점을 들고 싶다.

지명은 담론적·상징적 의미를 지닐 뿐 아니라, 일정한 장소의 한정된 정체성과 사회역사적 과정을 함축한다. 예를 들어, 「그곳에는 눈물들이 모인다」에서 자리다툼이 일어난 어시장 골목은 부산의 '자갈치시장'으로 추정된다. 그런데 작품에서 자갈치라는 말은 거의 찾을 수 없고 작중인물도 "이곳 사람들" 혹은 "노련한 아지매"들이라고 반복적으로 지칭된다. '이곳의 아지매'라고 하는 것과 '자갈치 아지매'라고 부르는 것 사이에서 이들에 대한 우리의 믿음이나 정서는 크게 달라진다고 나는 이해한다. 또 주요인물의 태생지인 섬이나 생활터전인 마을에 이름이 부여되지 않은 경우도 여럿 있다. 그래서 그 장소가 먼 과거부터 누군가 살아왔고 또 누군가에 의해 기억되는 지리적 실재인가에 의문이 생긴다. 이상섭 소설에서 장소와 통일적인 관계를 이룸으로써 자신의 역사적 뿌리를 발견하는 인물을 찾기 어려운 이유도 여기에 있을 것이다.

역사적 뿌리를 자각함으로써 우리는 자신이 누구이며 어떤 장소에 귀속하는가에 답할 수 있다. 그러나 장소가 구체적인 이름으로 명명되지 않는다면, 같은 구성원이라는 인식의 효과, 시간을 초월하여 정신을 공유한다는 동의의 효과를 얻기 어렵다. 그래서 이상섭 소설에서 장소는 강력한 집단적 기억을 환기하는 장소로 보이지 않는다. 작중인물들은 도시의 유혹에 끌려 낯선 곳을 배회하다 바다로 돌아오지만, 그들의 귀향 동기를 쉽게 이해할 수 없는 것도 지명의 부재와 무관하지 않을 것이다.

구체적인 지명이 결여된 것처럼, 작중인물들은 태생지에서의 충만한 삶에 대한 기억을 갖고 있지 않다. 예를 들어, "가진 것 없어도 섬이 주는 것에 만족한 어부"(「불어라 바람」)라거나 "몸담고 살아가는 사람들에게 넉넉한 사랑을 베풀던 바다의 넓은 품"(「바다는 상처를 오래 남기지 않는다」)이라는 우발적인 표현을 근거로 그 충만상태를 확인하기는 어렵다. 그래서 작중인물을 돌아오게 만든 바다의 '마력'이 무엇인지 독자가 알아차릴 수 있는 단서도 넉넉하지 않다. 그럼으로써 작중인물들의 불만이 현실을 통해 극복되어야 하고, 그들의 욕망은 역사 속에서 실현되어야 할 것인지 의문스러울 수 있겠다.

지명이 분명하지 않을 때, 그 장소를 살아낸 사람과 역사적 풍경 사이의 복잡하고 중층적인 관계를 드러내기 어렵다. 인간과 장소의 관계에 역사가 끼여들 틈이 없다면, 소설은 작중인물의 현실 가운데 장소를 쓰면서 동시에 지우게 된다. 이런 방식이 장소에 대한 인물의 의식을 자극할 수 없다면, 그것은 이상섭 소설의 지리적 상상력이 한단계 더 깊어져야 할 근거가 될 것이다. 그 깊이 속에서 우리는 생의 진실에 육박하는 소설의 위엄을 발견하지 않겠는가.

黃菊明 | 문학평론가

어릴 적 내가 살던 집은 일년에 한번씩 돌담이 무너졌다. 닳고닳아서 지문이 없던 아버지가 손수 담을 허물었던 것이다. 콰르릉 소리가 나기 무섭게 달려가면 뒤란은 어느새 말끔히 치워져 뻥 뚫린 길이 되어 있었다. 멀찍이 보였던 교회도 그때만큼은 성큼 다가와 집 가까이 서 있곤 했다.

'두동예배당'이라고 한글 현판을 새긴 교회는 피란민들이 세웠다 했다. 피란 왔던 이들이 떠나자 하나님도 안전한 곳으로 함께 떠나셨는지 신도들은 늘지 않았다. 그러니 변변한 사택 하나 있을 리 없었다. 자연 돌담 하나를 두고 있는 우리집이 사택 구실을 해야 했다.

아버지가 만들어놓은 길로 사람들이 몰려왔다. 대부분 교회에서 한번도 본 적이 없는 사람들이었다. 그들은 성탄절임에도 불구하고 아기 예수를 축복하기는커녕 모여앉기 무섭게 딴 이야기만 늘어놓았다. 그 이야기에 어떤 이는 울고 누구는 한숨을 내쉬었으며 또다른 사람은 혀를 찼다. 음식 심부름을 하던 나는 귀가 솔깃하지 않을 수 없었다. 동방박사 이야기보다 더 재밌었기 때문이다. 그렇게 돌담 무너지는 소리와 함께 다가온 크리스마스는 성경밖에 모르던 내게 세상 이야기를 전해주었다. 그런 탓일까. 우리집 잔치 같은 성탄절이 지나고 다시 쌓이는 돌담을 바라보면서 나는 또 얼마나 허탈해했던가. 또다시 무너질 날을 기다리며 돌담 너머로 찰랑이던 바다를 얼마나 오래 지켜보았던가.

지금 나는 부산에 산다. 그것도 하필이면 터널 입구에. 백양터널은 돌담과 달리 무너질 일도 없이 늘 서울, 대구, 마산 쪽의 수많은 차량과 사람들을 오가게 만든다. 더군다나 항구도시에 산다고 하지만 바다는 역삼각형 모양으로 겨우 보일 뿐이다. 지대가 높은 탓에 산봉우리 사이로 보이는 바다를 볼 때마다 나의 눈은 아리다. 그래도 다행이라면 다행이다. 일년에 겨우 한번씩 무너져서 경계를 허물던 집이 이제 내내 뚫려 경계가 아예 없어졌고, 비록 조각났을망정 여전히 바다를 눈에서 놓지 않고 살 수 있으니까 말이다.

내 소설들은 어쩌면 무너진 돌담이 들려준 이야기와 그 너머 찰랑이던 바다가 떠올리게 해준 것들인지 모르겠다. 그러니 이 작품은 내 것이 아니라 그네들의 것이다. 미력한 재주로 내가 살을 입혔을 뿐. 하여 내 작은 바람이 있다면, 그들이 꿈꾼 것처럼 서로간에 쌓인 작은 돌담이라도 허물 수 있는 웃음과 여유가 생겨났으면 좋겠다는 거다. 바다에 수평선이 살고 있듯이 이 땅에도 '수평세상'이 다가올 수 있도록.

2006. 12.
이상섭

| 수록작품 발표 지면 |

「자장가」…『작가와사회』 2004년 여름호

「그곳에는 눈물들이 모인다」…『국제신문』 2003년 7월~8월(발표 당시 제목은

'그곳엔 눈물이 모여 산다')

「바다는 상처를 오래 남기지 않는다」… 제5회 창비신인소설상 당선작

「불어라 바람」…『내일을 여는 작가』 2006년 겨울호

「웨일맨, 나의 아버지」…『해양과 문학』 2005년 겨울호

「수평선, 그 가깝고도 먼」…『실천문학』 2005년 가을호

「고추밭에 자빠지다」…『작가사회』 2001년 겨울호